S. FISCHER

Ángel Santiesteban

WÖLFE IN DER NACHT

16 Geschichten aus Kuba

Aus dem Spanischen
von Thomas Brovot

Mit einem Nachwort
von Abilio Estévez

S. FISCHER

Die Übersetzung aus dem Spanischen wurde mit Mitteln des Auswärtigen Amts unterstützt durch Litprom e. V. – Literaturen der Welt.

LITPROM
LITERATUREN
DER WELT
=

Die Erzählung »Mandela, sie kommen dich holen!« wurde von Svenja Becker übersetzt.

Einige Erzählungen liegen zum ersten Mal in gedruckter Form vor. Nähere Angaben in der Editorischen Notiz am Ende des Bandes.

Erschienen bei S. FISCHER

Für die deutschsprachige Ausgabe:
© 2017 S. Fischer Verlag GmbH, Hedderichstr. 114,
D-60596 Frankfurt am Main
Für das Nachwort: © 2017 Abilio Estévez
Veröffentlicht in Zusammenarbeit mit Michi Strausfeld, Barcelona-Berlin

Satz: Dörlemann Satz, Lemförde
Druck und Bindung: GGP Media GmbH, Pößneck
Printed in Germany
ISBN 978-3-10-397308-2

Für Michi Strausfeld, die wie eine gute Fee selbst in den dunkelsten Momenten da war, wenn nicht der kleinste Lichtstrahl mehr durchzudringen schien.

Für Amir Valle, den Freund, der nicht von meiner Seite wich, während viele andere Schriftsteller – die meisten – lieber der Version der Diktatur glaubten, um keine Nachteile zu erleiden.

WÖLFE IN DER NACHT

Fertig, Esteban?, und mit dem Kopf deutet er ein verschüchtertes Ja an. Es ist schon später Abend, als wir losgehen, unter einem Nieselregen, der uns noch mal Fieber beschert. Wir gehen ganz locker, um niemanden auf uns aufmerksam zu machen. Die Stadt kommt mir alt vor, die Orte, wo ich aufgewachsen bin, wirken fremd, ich fühle mich weit weg von dem arglosen Jungen, der ich einmal sein wollte. Ein Glück, dass niemand vom Revolutionskomitee bei den Wohnblöcken patrouilliert, so wie früher. Die Straßen liegen kalt und einsam da, es scheint der perfekte Tag für unser Vorhaben zu sein, ohne dass wir es hinterher bedauern müssten. Der Weg an der Polizeiwache vorbei, auf dem Bürgersteig gegenüber, macht uns Angst, denn der Polizist an der Tür schaut misstrauisch zu uns rüber. Ich sehe seinen riesigen Schatten, den das Licht vom Rasen aus an die Wand wirft. Wie eine Vogelscheuche, sagt Esteban, aber ich will nicht lachen, denn wenn der Wachposten mitkriegt, dass wir uns über ihn lustig machen, muss er nur mit dem Finger schnippen, und wir sitzen für lange Zeit mit unseren Tränen im Kerker.

Ich drücke den Sack unter meinem Arm fest an mich, dort ist alles Notwendige drin: zwei Messer, der Wetzstahl, Plastiktüten und ein Seil. Es freut mich, dass der Mond so klein ist und uns beschützt. Noch einmal frage ich Esteban, ob er seinen Ausweis mitgenommen hat, und greife an die Hosentasche, um mich zu überzeugen, dass ich meinen habe. Er macht immer dasselbe: Erst bekommt er einen Schreck, und wenn er ihn dann gefunden hat, atmet er tief ein und bläst die Luft langsam wieder aus. Ich bitte ihn, flehe fast, beim Laufen nicht so in die Pfützen zu patschen, mir ist, als würden seine ängstlichen Schritte von den Wänden widerhallen, das kann uns verraten. Noch einmal sage ich, er soll leiser auftreten, Idiot. Er schaut ungeduldig zu mir und verzieht das Gesicht. Vielleicht übertreibe ich ja und mache ihn nur noch nervöser, als er sowieso immer ist. Ich blicke mich um und suche nach der Gestalt des Polizisten, die kleiner geworden ist und unruhig hin- und hergeht. Er wartet auf die Ablösung.

Vom Regen wird der Sack immer schwerer. Ich klemme ihn mir unter den anderen Arm. Eine schwarze Katze läuft über die Straße, und auch wenn ich lieber nicht zu Esteban schaue, weiß ich, dass seine Augen auf mich gerichtet sind. Er fragt, ob wir nicht besser umkehren sollen. Wir sind gerade bei der Laterne an der Ecke, und Esteban kann sehen, wie unbehaglich mir zumute ist. Sei kein Feigling, sage ich, als er wegschaut. Aber ich muss an die Feuchtigkeit und den Gestank in den Zellen denken, und ich bekomme ebenfalls Schiss. Um ihm Mut zu machen, vielleicht auch mir selbst, erinnere ich ihn daran, dass Orula es uns erlaubt hat, und der Santero Miranda hat gesagt, Orula irrt sich nie. Darauf bekreuzigt er sich, kusst die Ochún geweihte Kette, die er um den Hals trägt, und zündet sich eine Zigarette an. Die Katze ist auf ein Dach geklettert, hockt dort und beobachtet uns. Esteban hebt einen Stein auf und will sie verscheuchen. Ich packe ihn am Arm, frage, ob das nicht ein guter Grund wäre, uns nach unseren Ausweisen und dem Inhalt der Säcke zu fragen. Er hält die Hand um den Stein geschlossen, schaut weiter zu der Katze, und natürlich errät sie seine Absicht und entwischt mit einem Sprung aufs nächste Dach. Esteban verzieht das Gesicht und lässt den Stein fallen. Wir gehen weiter.

Bevor wir zur Station kommen, lasse ich Esteban mit den Säcken im Dunkel eines Hauseingangs zurück. Er will, dass ich mich beeile, sag mir bald Bescheid, damit ich nicht so lange allein bin, und dann schaut er in alle Richtungen und schlingt die Arme um sich, um die Kälte zu vertreiben oder sich irgendwie beschützt zu fühlen. Ich wedele beschwichtigend mit den Händen, nicht so ungeduldig, wird schon gutgehen, wirst sehen. An der Bahnstation grüße ich, aber niemand antwortet, Zeichen dafür, dass die Leute keine Kinderstube haben, niedriges Bildungsniveau, für diese Tätigkeit genau das Richtige. Ich halte Ausschau nach einem Hinweis, dass etwas nicht stimmt, erkenne die Gesichter, es sind fast immer dieselben, der ein oder andere Neue in Begleitung eines Erfahrenen. So war es auch bei mir gewesen, ein Schwager hatte mich gefragt, ob ich nicht mitkommen wollte, ich hatte mich sofort entsetzt geweigert, und meine Familie starrte mich an, als wäre ich der Christus, den meine Mutter an der Wand hängen hat. Keine Frage, die Leute, die hier auf den Zug warten, sind alles Kriminelle, und die Angst, die Verbitterung hat ihnen die Wörter und die Stimme genommen, für diese Arbeit auch vollkommen entbehrlich, denn was man braucht, ist Ruhe und Konzentration. Ich frage, wer der Letzte in der Reihe ist, und schaue wieder in die Gesichter, um mich zu vergewissern, dass es die gleichen sind wie immer, an der Ecke hebt jemand rasch den Arm und lässt ihn wieder sinken. Ja, alles wie immer, es sind keine Maulwürfe darunter, die irgendwann einen Ausweis zücken und sagen, dass wir verhaftet sind. Ich wische mir mit dem Taschentuch über die Nase, das ist das vereinbarte Zeichen, und Esteban macht sich auf. Ich sage ihm, er soll die Säcke an dieselbe Stelle bringen wie immer, bis der Zug kommt, damit wir nichts bei uns haben, was uns verrät. Er läuft gleich los, versteckt sie und wirft Gras darüber, dann kommt er zurückgehüpft, steht vor mir und lächelt. Er hat Hunger, sagt er. Und warum hast du nicht vorher zu Hause was gegessen? Es gab nichts, nicht mal ein bisschen Zucker für eine Limonade. Ich schaue mich um, versuche ihn abzulenken, und wieder sagt er, dass er Hunger hat. Ich denke nach, aber mir fällt nichts ein, was ihn von seinem Hunger ablenken könnte. Dann soll er sich eine Zigarette anzünden, schlage ich vor, damit er beschäftigt ist, und er lächelt und nimmt sich eine aus der Packung, lächelt mich weiter an, seine Streichhölzer sind nass geworden, und er verzweifelt schon, sieht mich nervös an und versucht es weiter, nur mit Mühe kann ich ihm die Schachtel abnehmen und reiße ein paar Streichhölzer an, schaffe es aber auch nicht, jetzt verzweifle ich schon selber, aber ich will nicht, dass er irgendwen hier fragt, hier sind alle Feinde, auch wenn wir dasselbe tun. Immerhin, zu wissen, dass wir keinem trauen können, ist ein beruhigendes Gefühl, viel schlimmer ist es, wenn man nicht weiß, wer die Guten sind und wer die Bösen. Schließlich kann ich ein Streichholz anzünden, und ehe es ausgeht, steckt Esteban sich die Zigarette an. Ich atme auf, wahrscheinlich schwitze ich. Wieder mustere ich die Gesichter der anderen und versuche, irgendeine böse Absicht uns gegenüber zu erkennen. Ich weiß, dass hier alles passieren kann.

Zusammen mit den anderen haben wir uns untergestellt, aber der Wind klatscht uns den Regen ins Gesicht. Wir sind eben erst gekommen, und schon sind wir ganz kribbelig. Der Zug soll endlich auftauchen und uns mitnehmen. Esteban kauert sich hin, um den Tropfen auszuweichen, und zündet sich an der Kippe eine weitere Zigarette an. Er hockt ganz nah bei mir, vielleicht vermisst er die Wärme, die sein Bett ihm sonst um diese Uhrzeit schenkt. Der Rauch stört mich, aber ich sage nichts, mir ist es lieber, wenn er auf diese Weise ruhiggestellt ist. Ich kenne seine ewige Nervosität und habe Angst, ihn zu verlieren. Man findet nicht leicht einen Kumpel, der bereit ist, ein solches Risiko einzugehen, wir werden härter verfolgt als die Mörder, und fast immer schießen sie auf uns, wollen uns töten. Deshalb konnte ich es gar nicht glauben, als mein Schwager mich fragte, ob ich mitkomme, aber mit meinem Nein war das Thema beendet, er sprach es in meiner Gegenwart nicht mehr an. Nur machte meine Frau mich jetzt jedes Mal darauf aufmerksam, wenn sie sah, wie ihr Bruder sich den Sack über die Schulter warf und im Dunkeln loszog. Der Wind fegt uns weiter den Regen ins Gesicht, so heftig, dass es sich wie Peitschenhiebe anfühlt. Ich starre die ganze Zeit auf die Stelle, wo der Zug auftauchen soll. Einmal, als meine Frau und ich wieder aneinandergeraten waren, weil ich das Land nicht verlassen wollte, sagte ich ihr dasselbe wie immer, die Lage würde sich schon bessern, aber sie lächelte nur zynisch, als spräche sie mit einem geistig Minderbemittelten, und mir wurde klar, dass ich keine andere Wahl hatte, als ihren

Bruder zu begleiten. Viermal bin ich mitgegangen, dann hat man ihn erwischt, wie er auf dem Schwarzmarkt Fleisch verkaufte, er wurde zu vier Jahren Gefängnis verurteilt. Jetzt sehe ich die Lichter des Zugs am Horizont, und mir kommt es vor wie eine Erscheinung. Die Schlange formiert sich, ich suche nach dem Mann, der mir bedeutet hat, er sei der Letzte. Ich gebe Esteban ein Zeichen, und sofort holt er die Säcke.

Die Hitze der Lokomotive schlägt mir entgegen, es erinnert mich an die Brüste meiner Frau. Ich wähle den dunkelsten Wagen, steige ein und nehme nahe der Tür Platz. Esteban beklagt sich nie und folgt mir wie ein treuer Hund. Er setzt sich neben mich. Schlaf bloß nicht ein, sage ich, und er schüttelt den Kopf wie ein Pferd. Wollen wir nicht beten, Esteban, das haben wir dem Santero versprochen, flüstere ich, aber er hört mich nicht. Er sitzt nur stumm da und starrt an die Decke.

Auch wenn es kalt ist, bleiben die Fenster offen. Ich lehne mich hinaus, um den Weg zu verfolgen und damit wir noch rechtzeitig entkommen können, falls ich eine Polizeifalle entdecke. Der Regen peitscht mir ins Gesicht, die Tropfen rinnen an mir hinab bis zu den Füßen. Esteban zerrt an meinem Hemd und fragt, ob ich etwas sehe. Nichts, sage ich und bitte ihn, nicht dauernd an mir zu zuppeln, du weißt, dass ich das nicht mag. Er sagt keinen Mucks, wie ein Kind, das sich schämt und es gleich wieder vergisst, und dann kommt die nächste dumme Frage. Das möchte ich vermeiden, also stehe ich auf und tue, als wollte ich aufs Klo gehen, ich will sehen, wie die Stimmung ist. Er hält mich am Arm zurück, bitte bleib nicht so lange. Manchmal bringt er mich um den Verstand, und ich weiß nicht, was ich antworten soll, er merkt einfach nicht, dass in diesem Milieu hier jeder, der uns so aneinanderkleben sieht, bestimmt nicht denken wird, dass wir von Kindesbeinen an Freunde sind, mit edlen Gefühlen, eher würde man uns für ein Schwulenpärchen halten. Allein bei dem Gedanken bekomme ich Lust, Esteban in die Brust zu boxen, damit er lernt, sich zu benehmen. Ich schaue mir die Leute ringsum an, aber alle sind mit sich selbst beschäftigt. Niemand schläft. Alle lauschen auf das kleinste Geräusch, das ihnen sagt, dass sie in dieser Nacht Glück haben werden. Ich löse mich von Esteban und gehe langsam durch den Gang, halte mich an den Sitzen fest. Der Bahnpolizist unterhält sich leise mit ein paar Leuten, bei meinem Anblick verstummen sie gleich und sprechen erst weiter, als ich an ihnen vorbei bin. Bestimmt seine Komplizen, später geben sie ihm dann seinen Anteil und den für den Lokführer. In ihren Augen sehe ich den Glanz der misstrauischen Katzentiere, sie rollen sie nervös hin und her. Als mein Schwager ins Gefängnis kam, habe ich eine Weile ausgesetzt, aber dann habe ich Esteban davon erzählt, und nachdem ich es ihm ein paarmal erklärt hatte, war er einverstanden. Ich bin müde, stecke den Kopf aus dem Fenster. Sehe, wie die Zuglichter die Dunkelheit verjagen, bis sie auf einmal aus sind. Gleich überkommt mich ein freudiges Gefühl, und ich gehe zurück zu Esteban, er ist eingeschlafen. Ich schüttle ihn, er rappelt sich auf. Überraschung, sage ich und trete zur Tür. Als die Lichter wieder angehen, sind die Rinder schon nah, sie dösen auf dem warmen Holz der Schwellen. Esteban zieht mich am Hemd und fragt, ob es viele sind. Und plötzlich trifft diese grelle nächtliche Helligkeit auf die Augen der Tiere, sie leuchten auf wie Taschenlampen im Dunkeln und erschaffen ein Bild für diesen Maler, der ich gern gewesen wäre. Der Anblick bewegt mich so tief, dass ich lächeln muss. Die Rinder versuchen aufzustehen, behindert von ihrem eigenen Gewicht, und da sie geblendet sind, können sie der Kollision mit dem Zug nicht ausweichen. Eins der Tiere fällt den Hang hinunter, und ich blicke ihm nach und versuche mir die Stelle zu merken. Wir laufen zu einer der hinteren Türen. Als ich sehe, dass Estebans Hände leer sind, brülle ich ihn an, er soll den Sack holen, und verdutzt stolpert er zurück zu den Sitzen und kommt mit dem Sack wieder. Seine Unfähigkeit ärgert mich, aber ich will ihn nicht kränken, nicht dass in letzter Minute alles noch schiefgeht. Ich spüre, wie mein Blut durch die Adern schießt, jetzt oder nie, denke ich, und wie immer in diesen Momenten frage ich mich, was zum Teufel ich hier mache, ich schaue die Leute um mich herum an und weiß genau, dass ich nichts mit ihnen zu tun habe, aber ich will nicht daran denken, ich kann mir jetzt keine Skrupel leisten, ich sitze längst auf dieser Bestie, von der ich nicht mehr runterkomme. Esteban tippt mich an und fragt, ob ich müde bin. Nein, sage ich.

Der Zug bremst ab, der Polizist stellt sich mir in den Weg, damit seine Leute zuerst aussteigen können, irgendwann schlüpfe ich an ihm vorbei, und wir springen hinaus wie Wölfe auf ihre Beute. Mir wird klar, dass es nur wenige Tiere sind, zu wenige für so viele Leute, die meisten haben schon ihre Schlächter, die sie auch gleich bearbeiten, und ich rufe Esteban zu, er soll mir folgen. Der sagt nur: Hier, und da, das da. Aber es ist nicht leicht, eins in die Hände zu bekommen, ohne dass die anderen es gleich umringen. Ich will nicht, dass vor lauter Verzweiflung, Ehrgeiz und Hass die Messer durcheinandergehen und mir in den Arm schneiden, Finger abtrennen oder ich am Morgen zwischen den entbeinten Resten dieser Rinder liege. Ich laufe weiter und sage ihm, er soll auf mich hören, ich will ein Tier nur für uns, sonst müssen wir warten, bis die anderen fertig sind, und dürfen die Abfälle aufsammeln. Er ruft, du bist verrückt geworden, bleib stehen. Aber ich höre nicht auf ihn. Ich steige den Hang hinunter, und dort ist es, wartet still auf uns. Esteban bindet ihm das Maul zu, damit sein Gebrüll uns nicht verrät und irgendeinen patrouillierenden Polizisten alarmiert, ich hole das Messer heraus und stoße es ihm ins Bein, ein Schwall Blut schießt mir ins Gesicht, ich schließe die Augen und den Mund, schneide weiter. Das Tier will aufstehen, schafft es aber nicht mehr. Als es den Kopf sinken lässt, fängt Esteban an zu schneiden. Ich denke daran, wie besorgt meine Frau ist, vielleicht rechnet sie schon mit der Nachricht, dass man mich an der Station verhaftet hat. Sehe ihr lachendes Gesicht vor mir, endlich gibt ihr Magen Ruhe, und sie kann sich von dem Geschmack nach schlammigem Fisch, nach Sojahack und Okapampe erholen. Ich denke an die Schachtel mit Medaillen und Urkunden unter meinem Bett. Wie überrascht all die wären, die mit mir diese historischen Momente geteilt haben, wie man sie heute nennt.

Dann packen wir das Fleisch in die Plastiktüten und stecken sie in die Säcke. Ich bin erschöpft. Vor lauter Nervosität vergessen wir die Zeit, aber wir schneiden schon fast eine Stunde. Wir müssen uns beeilen, der Zug kommt bald zurück, Esteban. Ich frage ihn nicht, ob er mich gehört hat, sonst kriege ich eine blöde Antwort, und dann schnauze ich ihn an und wir prügeln uns noch. Der Sack ist schwer, ich kann ihn kaum tragen und stolpere. Ich beneide Esteban um seine Zähigkeit eines Maultiers, er trägt seinen Sack stur weiter. Aber er ist langsam, und langsamer noch im Denken, und da er das weiß, hört er im Allgemeinen auf mich und akzeptiert mich als Chef.

»Beeil dich, Esteban, wenn der Zug kommt, wirfst du den Sack rein und steigst gleich hinterher, nicht dass du zurückbleibst, denk dran, dass er nicht ganz anhält.«

»Lass mich nicht allein … Es ist so dunkel, ich würde schreien, bis mich jemand mitnimmt. Schwör mir, dass du mich nicht hierlässt.«

Normalerweise hätte ich über so eine Antwort gelacht, aber mir ist der Humor vergangen, zumindest unter diesen Umständen. Ich weiß nicht, wie lange ich schon nicht mehr von Herzen gelacht habe. Eigentlich könnte Esteban mir leidtun, aber auch Mitgefühl verspüre ich nicht. In solchen Augenblicken kenne ich niemanden, nur mich selbst, schließlich hängt von meinem Schicksal ab, was aus drei Frauen wird, und die können mir nur dankbar sein.

»Das schwöre ich dir, aber hör endlich auf mit dem Scheiß und halt den Mund.«

Wir kommen an die Stelle, wo der Zug uns aufnimmt, und ich fürchte, dass ich ganz blutverschmiert bin, auch wenn es jetzt noch stärker regnet. In einer Pfütze wasche mir das Gesicht und das Hemd, um jede Spur zu tilgen. Mir tun die Kiefer weh, so fest habe ich sie zusammengepresst, vor Kälte oder vor Angst. Zusammen mit den misstrauischen Männern von der Herfahrt bilden wir wieder einen dunklen, schweigenden Haufen, jetzt mit Bündeln und Säcken beladen. Wir sehen das Licht des Zugs. Wie eine kleine Sonne, die die Dunkelheit zerreißt, taucht es in der Ferne auf. Wir treten an die Gleise, das Eisen quietscht in meinen Ohren, als wären es Schreie. Ich werfe den Sack hinein, und im selben Schwung halte ich mich am Griff fest und steige ein. Esteban wirft den anderen Sack hinterher, aber er kommt nicht an die Stange ran, weil der Zug schon beschleunigt, seine Finger sind ausgestreckt, der Körper zur Seite geneigt, ich will seine Hand packen, schaffe es nicht, ich sehe nur noch sein entsetztes Gesicht und stelle mir vor, wie er nach mir ruft, seine Kinderstimme hat sich verloren im eisernen Lärm des Zugs und in der Stille der Nacht, in der Dunkelheit kann ich ihn nicht mehr erkennen, und ich werde noch nervöser, denn wenn sie ihn erwischen, verrät er mich vielleicht. Ich ziehe die Säcke von der Tür weg und wuchte sie auf einen leeren Platz, genau wie die anderen Schlächter, dann können wir sagen, dass sie nicht von uns sind, wenn die Polizei kommt, und dass wir nicht wissen, wem sie gehören. Esteban kommt auf mich zu, schubst mich, und auch wenn ich seinen irren Blick nicht sehe, erahne ich ihn.

»Ich habe dir gesagt, dass du mich nicht alleinlassen sollst«, blafft er.

»Ich habe dich nicht alleingelassen, und jetzt lass mein Hemd los.«

»Hast du wohl, und ich habe dir gesagt, du sollst mich nicht alleinlassen.«

»Das habe ich nicht, und das würde ich auch nie tun, hörst du? Ich wusste genau, dass du es durch eine andere Tür schaffst, und falls nicht, hätte ich die Säcke an der Station irgendwo im Gebüsch versteckt, wäre nach Hause gegangen und hätte das Fahrrad geholt, und dann wäre ich zurückgekommen und hätte dich geholt. Ich bin kein mieser Arsch, und jetzt brüll mich nicht an.«

»Ich muss wissen, dass du mich nie im Dunkeln zurücklassen würdest.«

»Natürlich nicht, oder glaubst du, ich könnte das ganze Fleisch ohne deine Hilfe transportieren? Ich brauche dich genauso, warum hätte ich dich sonst mitgenommen. Und sprich leise, die Leute gucken schon.«

Langsam legt sich seine Wut, und er blickt sich um und wird sich der Situation bewusst. Dann setzen wir uns, aber er schaut mich die ganze Zeit an, versucht meine wahren Absichten zu erraten. Seine Hose riecht nach Pisse.

»Du wärst wirklich zurückgekommen?«

Ja, sage ich, das Fleisch kommt und geht, genau wie das Geld, aber die Freundschaft bleibt, Esteban. Und dann lehnt er sich, schon ruhiger, in den Sitz und lässt den Kopf nach hinten fallen. Er fragt mich, ob ich sauer bin, und ich sage, er soll aufhören zu nerven, ruh dich aus. Jetzt kann auch ich ein wenig entspannen, nur mein Kopf nicht. Der Bahnpolizist tut, als würde er schlafen, so wie immer, aber ich kann mich einfach nicht an seine Gegenwart gewöhnen. Ich bleibe misstrauisch, fürchte, er könnte irgendwann aufstehen und sagen, ihr seid verhaftet. Ich sehe seine Pistole und frage mich, ob darin die Kugel ist, die meine Familie ins Leid stürzt.

Dann denke ich, wie froh ich bin, dass ich etwas zu essen mit nach Hause bringe, und wie gut ein Mann sich dabei fühlt. Denke an die Angst, den Druck, der auf einem lastet, und dass ich mich ein paar Tage erholen kann von den Vorwürfen meiner Frau, weil ich das Land nicht verlassen will. Aber noch liegt ein gefährliches Stück Weg vor uns, und mit dem Blut und dem Wasser sind die Säcke erst recht schwer. Esteban schläft nicht. Ihm ist anzusehen, dass auch er sich freut, trotzdem raucht er eine Zigarette nach der anderen, und er beobachtet genauso misstrauisch den Polizisten, der sich immer noch schlafend stellt. Wann immer er sich rührt, stupst Esteban mich an.

Kaum sind die ersten Lichter der Stadt zu erkennen, regt sich alles, um an die Türen zu kommen, damit wir noch rechtzeitig rausspringen und uns in die Büsche schlagen können, falls man uns durchsuchen will, so wie meistens. Im Widerschein des Zuglichts sehe ich das weiße Nummernschild des Streifenwagens, die Silhouetten der Polizisten beim Gleis. Mein erster Gedanke ist, mit dem Sack ins Leere zu springen, ins Dunkel, aber ich weiß, dass mein Begleiter das nie tun könnte, er würde nur jammern, und klar, dann wissen die anderen im Zug über die Razzia Bescheid und wollen dasselbe machen wie ich, was die Polizei auf den Plan ruft, und sie umzingeln uns und nehmen alle fest. Ich gehe zurück zu Esteban, und mit kaum hörbarer Stimme sage ich ihm, er soll seinen Sack hinter mir herziehen. Er will mich fragen, was los ist, und ich drücke seine Schulter und sage, er soll tun, worum ich ihn bitte, ohne zu fragen, wenigstens dieses Mal. Er nickt, schaut mir erst gar nicht in die Augen und nimmt den Sack. Wir stellen uns an eine der Türen, wo niemand sonst steht, weil es nicht die Ausstiegsseite ist, ich suche nach etwas, woran ich die Stelle wiedererkennen kann, einen Baum, und werfe meinen Sack so weit wie möglich hinaus, Esteban sieht mich erschrocken an, ich bitte ihn, dasselbe zu tun, aber er zögert, will nicht, weigert sich, schüttelt verzweifelt den Kopf, das gehört mir, sagt er, das nimmt mir keiner weg, und umklammert den Sack. Ich beuge mich vor und bitte ihn, endlich zu tun, was ich ihm sage. Er zittert. Ich packe seine Hände, und noch ehe er reagieren kann, reiße ich ihm den Sack aus den Armen und werfe ihn nach draußen. Er schubst mich, ich stoße mir den Kopf und habe keine Kraft mehr, mich zu wehren, ich kann nur das Knie anziehen, damit er mich nicht noch mal anfasst, und dann brüllt er, warum ich das getan habe, will aus dem Zug springen, will seinen Sack wiederhaben, aber die Dunkelheit steht vor ihm wie eine unüberwindliche Wand. Er kann sich nicht entschließen, und ich fürchte, dass er mit seiner Angst am Ende noch unter den Zug gerät, also halte ich ihn am Bein fest, er verliert das Gleichgewicht und landet auf dem Hintern. Ich rutsche an ihn heran, sage ihm ins Ohr, dass die Station voller Polizisten ist, aber er glotzt mich nur an, mit diesen riesigen Augen eines Verrückten, so wie immer, wenn die Gefahr groß ist. Wir stehen auf, und ich warne ihn, er soll bloß nicht quasseln, wenn die Polizisten dich fragen, sagst du dasselbe wie immer, wir kommen von ein paar Freunden in Loma del Tanque, auf alles sagt er jetzt ja, mein Kopf tut immer noch weh.

Wir setzen uns und warten, dass der Zug endlich hält. Jemand schlägt Alarm. Wir sehen die anderen losrennen, sie haben die Falle bemerkt, aber sie können das Fleisch nicht mehr verstecken, lassen es nur verärgert zurück. Der Bahnpolizist flüchtet sich in die Lokomotive. Durch mehrere Türen steigen die Polizisten ein und gehen direkt zu den Säcken. Sie fragen, wem sie gehören, aber niemand antwortet. Wir schauen uns an, als könnten wir es nicht glauben. Sie überprüfen unsere Ausweise und wollen wissen, wieso wir im Zug sind, fragen, was wir arbeiten. So wie sie versuchen, uns Angst einzujagen, wird mir klar, dass sie uns nicht auf die Wache bringen werden, und das Fleisch kommt auch nicht dorthin: Genau wie auf uns wartet auf jeden dieser Polizisten eine Familie mit aufgerissenen Schnäbeln. Sie sagen, da sie niemanden gefunden haben, dem die Säcke gehören, müssen sie sie mitnehmen. Sie geben die Ausweispapiere zurück und lassen uns im Dunkeln sitzen, ohne ein weiteres Wort, die Leute würden am liebsten heulen.

Als wir aussteigen, ist es ringsum ruhig. Wir müssen dem Regen nicht mehr dankbar sein für sein eintöniges Geplätscher, mit dem er uns die Polizeiplage vom Leib hält, wofür wir dann mit einer Woche Fieber und Husten bezahlen dürfen. Wir zerstreuen uns in alle Richtungen. Ich sage Esteban, dass wir besser warten, bis die anderen weg sind, sonst verlangen sie einen Teil für sich oder versuchen, es uns mit Gewalt abzunehmen. Dann gehen wir die Strecke zurück und suchen nach dem Fleisch, eine ganze Weile vergeblich, ich vermute schon, dass jemand es gefunden hat. Am meisten beschäftigt mich Estebans Reaktion, die meiner Familie auch. Aber irgendwann finden wir die Säcke und machen uns auf den Rückweg. Esteban setzt mir den Sack auf die Schulter, nimmt seinen eigenen. Wir brechen fast zusammen unter dem Gewicht und kommen nur langsam voran. Die Polizeiwache meiden wir, auch wenn der Weg dadurch länger wird, aber das ist uns egal. Ein paarmal sehen wir Scheinwerfer auf uns zukommen, und wir lassen die Säcke fallen, es könnte ein Streifenwagen sein oder jemand, der für die Polizei arbeitet und ihnen Bescheid sagt, dann bleibt uns nicht mal Zeit, uns zu ergeben, und sie schießen auf uns, wie sie es fast immer tun. Danach gehen wir weiter.

Als wir zum Wohnblock kommen, mustere ich die Fenster und Türen, wo man uns verraten könnte. Wann immer mich jemand sieht, gebe ich ihm etwas ab, und alles ist vergessen. Seither passen sie auf, wann wir losziehen, und warten auf unsere Rückkehr. Aber diesmal hatten Esteban und ich uns vorgenommen, sie reinzulegen, wir sind über die Mauer am Ende geklettert und durch die Leichenhalle raus. Ich bin sicher, dass wir sie ausgetrickst haben und dass sie denken, um diese Uhrzeit würden wir schlafen.

Als ich dann die Umrisse eines Paars im Eingang meines Hausflurs sehe, bekomme ich einen Schreck. Ich will den Sack fallen lassen, aber ich weiß genau, das bisschen Kraft, das mir noch bleibt, reicht gerade bis dorthin, ich bekäme ihn nicht wieder hochgehoben. Also wage ich es und gehe ängstlich weiter, und da erkenne ich meine Frau und meine Mutter, die sich mit Plastiktüten vor dem Regen schützen und auf mich warten.

»Seid ihr verrückt, ihr werdet noch ganz nass«, sage ich, und sie helfen mir gleich mit dem Sack. Esteban geht über die Straße und lässt seinen eigenen vor der Tür fallen. Wir betreten schweigend das Haus, in dem wir wohnen, auch wenn wir nicht verhindern können, dass unsere Schritte donnern wie eine Stampede. Hinter der Wohnungstür lasse ich den Sack fallen, ein rotes Rinnsal läuft über die Fliesen.

Ich setze mich erst mal hin und warte, bis der Schmerz im

Nacken, in den Armen, im Rücken nachlässt. Meine Mutter dankt den Heiligen, die sie mit brennenden Kerzen, Rum und qualmendem Tabak versorgt, und kommt mit einer Tablette und einem Glas Wasser zu mir. Meine Frau zieht mir die Schuhe aus, lächelt, und als ihr Blick auf den Sack fällt, glänzen ihre Augen, irgendwie erinnert sie mich an die Rinder, als der Zug sie angefahren hat. Sie beklagt sich nicht, dass meine Füße stinken, reibt sie sanft mit den Händen, drückt sie unter der Bluse an ihre Brüste, und mir ist, als würde die Wärme mich wieder zum Leben erwecken, als wäre es der gerechte Lohn für die ausgestandene Angst.

Trotzdem macht es mich jedes Mal stolz, und ich streiche über ihren kummervollen Kopf, eine Geste der Entschuldigung für all die Sorgen, die ich ihr bereite, für dieses Leben, das sie nicht verdient hat, das wir nicht verdient haben. Und schaue zu meiner Mutter, sie hält die Augen geschlossen, ihre Lippen bewegen sich still, immer wieder bekreuzigt sie sich.

Es klopft an der Tür, das Herz rennt mir davon. Meine Frau versucht, den Sack wegzuschleifen, vergeblich. Meine Mutter schlägt die Augen auf und schaut nervös zu den Heiligen, bittet sie, ihr diese Scheiße nicht in letzter Minute anzutun. Ich bin's, Esteban, hören wir, und mit zitternden Knien gehe ich auf die Stimme zu. Ich blicke durch den Türspalt, will sicher sein, dass er es ist, und öffne. Was hast du mit deinem vor?, fragt er. Aufessen, sage ich, ich will nicht das Risiko eingehen und beim Verkaufen festgenommen werden. Du sieh selber zu, was du damit machst, und wenn sie dich schnappen, benimm dich wenigstens wie ein Mann und erwähne meinen Namen nicht. Am besten isst du es auch selber auf und vergisst die Welt für ein paar Tage. Er meint, bestimmt würde ich ihn nicht noch mal mitnehmen, weil er sich nicht zusammenreißen kann. Ich sage, morgen sprechen wir uns, es ist schon spät. Aber ich weiß nicht, sagt er weiter, ob ich den Mut habe, noch mal mitzukommen, ich glaube, ich wäre dir dankbar, wenn du mich nicht wieder fragst. Ich sage, dass ich müde bin, drücke die Tür langsam zu. Und er geht, ohne ein weiteres Wort. Es ist jedes Mal dasselbe, und kaum sind ein paar Tage vergangen, kaum ist ihm das Fleisch und das Geld ausgegangen, löchert er mich wieder und fragt, wann wir uns endlich mehr holen von dem, was wir so mögen.

Ich schließe die Tür und kippe den Inhalt des Sacks auf den Tisch. Ein paar große rote Klumpen liegen nun da. Ich bitte darum, den Herd anzumachen, jetzt wird gegessen, bis wir platzen. Meine Mutter läuft in die Küche, füllt Kerosin nach, meine Frau stellt die Pfannen hin und schaut mich begeistert an.

Wieder klopft es an der Tür, und auch wenn wir genauso erschrecken, denken wir, dass es Esteban ist, mit einer weiteren Frage. Ich mache auf, aber es ist die Nachbarin von gegenüber mit einem Teller in der Hand. Ich höre die Stimme meiner Mutter, die sagt, das hält sie nicht mehr aus, meine Frau meint, das ist Erpressung, und als ich der Nachbarin ins Gesicht schaue, will sie ihre Augen hinter den Falten verbergen, so sehr schämt sie sich. Ich nehme den Teller, schneide ein Stück ab und gebe es ihr. Ehe ich die Tür zumachen kann, sehe ich drei weitere Gestalten, es sind die anderen Nachbarinnen. Eine sagt, ihre Tochter ist krank, und meine Frau, dann soll sie sie zum Arzt bringen, aber sie lässt nicht locker, ihre Augen flehen, ich möge ihr helfen, ihr Kinn zittert. Ich seufze tief und nehme die drei Teller, um aus der Sache rauszukommen. Während ich die Stücke für die Nachbarinnen abschneide, beklagen sie sich, dass Esteban ihnen nicht aufmachen will. Meine Mutter erklärt ihnen, dass wir nicht alle gleichzeitig kochen dürfen, sonst riecht man es in der ganzen Nachbarschaft, und das verrät uns. Sie bittet sie, uns die ersten beiden Stunden zu lassen, danach bist du dran, und sie deutet auf eine Frau, die gehorsam nickt, danach du und zum Schluss sie. Meine Frau bringt ihnen die Teller und knallt die Tür zu. Mutter sagt, das ist ungerecht, dass wir ihnen abgeben müssen, die haben schließlich auch Kinder und Ehemänner, warum opfern sie sich nicht so wie ich, wenn ich ins Gefängnis komme, Gott behüte, sie bekreuzigt sich, wird keine von ihnen auch nur einen Finger für mich krumm machen, sie zerreißen sich nur das Maul und sagen allen, dass du ein Krimineller bist und nicht ganz richtig im Kopf, genau wie bei deinem Schwager. Ich lege ihr den Arm um die Schulter, bitte, mein Kopf braucht Ruhe, und sie lächelt, küsst mir die Hände und geht wieder in die Küche.

Sie braten die ersten Scheiben und verschlingen sie, kaum dass sie aus der Pfanne kommen. Als sie fertig gegessen haben, ist es fast Morgen. Meine Mutter rülpst manchmal, sie kann nichts dagegen tun, die Freude ist ihr anzusehen. Meiner Frau ist der Knopf am Rock abgesprungen, so voll ist sie, auch wenn sie noch heißhungrig nach dem Rest des Fleisches schielt. Sie hat ein paar Stücke für unsere Tochter zubereitet, zum Frühstück, bevor sie in die Schule geht. Zumindest vorerst werde ich mir nicht jeden Morgen das Gejammer meiner

Frau anhören müssen, wieso wir nicht auf ein Floß gehen und nach Miami fliehen. Ich selber habe nicht ein Fitzel Fleisch probieren können. Von der Anspannung der Nacht bin ich noch viel zu durcheinander. Und allein der Gedanke, dass ich, wenn das hier vorbei ist, wieder dasselbe Risiko eingehen muss, erschreckt mich. Deshalb schaue ich zu den Heiligen meiner Mutter und bitte sie, es möge etwas wirklich Großes in meinem Leben passieren, was mich davor bewahrt, es noch einmal zu versuchen.

Wer weiß, wie lange das Glück mir hold ist.

13. GRAD SÜDLICHER BREITE

Hinter uns, am Horizont, war nur noch der Rauch über den Lastwagen zu sehen. Das Flugzeug hatte abgedreht, aber wir fürchteten, es könnte zurückkommen. Einen Schwerverletzten hatten wir in dem Chaos noch bergen können. Das Funkgerät zu reparieren wäre sinnlos gewesen, es gab sowieso keine Verbindung zum Kommando, meinte der Funker. Wir waren noch acht Soldaten und der Hauptmann der Kompanie. Also gab er den Befehl, uns in Marsch zu setzen und zuzusehen, dass wir uns unserer Einheit wieder anschlossen.

Medina, der neben mir geht und seinen verletzten Fuß über den Boden schleift, hält mir eine Zigarette hin. Ich nehme einen Zug, und so geht die Kippe von Mund zu Mund, bis sie uns die Lippen verbrennt. Mir fällt auf, dass sie Argüelles übergehen, aber der sagt nichts, achtet nur auf die Geige unter seinem blutenden Arm. Ich sehe uns noch vor den Lastwagen hergehen und wie wir uns in die Büsche warfen, kaum dass wir das Flugzeug hörten, wir dachten nur daran, uns in Sicherheit zu bringen, außer den Waffen mussten wir alles zurücklassen. Ich hielt die Kalaschnikow fest an mich gepresst, andere hielten sie über dem Kopf und bissen schon auf die Erkennungsmarke. Das tue ich nie, denn ich bin sicher, dass ich hier nicht draufgehe. Vor der Überfahrt hat meine Mutter mir ein Amulett mitgegeben, mit allem Drum und Dran. Zuerst wollte ich es nicht einstecken, wegen der dummen Bemerkungen, aber da es ganz klein ist und nichts wiegt, habe ich es dann doch mitgenommen. Und jetzt habe ich es dabei. Nur Argüelles, der hat wie der letzte Depp seine Geige im Arm gehalten und sie mit seinem Körper geschützt, das Gewehr über dem Rücken, wo es nur hinderlich ist. Manchmal tut er mir leid, ich glaube, er ist nicht ganz richtig im Kopf. Von Anfang an, gleich als er zu unserer Einheit kam, konnte niemand ihn leiden, manche haben es ihn richtig spüren lassen, für sie ist er ein Muttersöhnchen, ein kleines Mädchen, das Angst hat um die weißen Schuhe. Keiner spricht mit ihm, und ich glaube, es macht ihm nicht mal was aus.

Während wir noch laufen, kommt der Mond hervor. Wir schlagen unser Lager neben einem Bach auf, ein winziges Rinnsal. Der Inhalt der wenigen Konserven, die Crespo in seinem Rucksack hat retten können, wird heiß gemacht, und bald verbreitet sich ein Duft, dass uns das Wasser im Mund zusammenläuft. Schweigend betrachten wir die Etiketten auf den leeren Dosen, nicht anders als unsere toten Kameraden, wenn wir sie auf dem Schlachtfeld zurücklassen.

Auf ein Zeichen des Hauptmanns treten wir an, um unsere Portion in Empfang zu nehmen. Alle außer dem Geiger, der rennt los und verschwindet hustend zwischen den Bäumen, wie ein weißer Schatten. Aber niemand beachtet ihn, wir sind weiter wie hypnotisiert von dem Essensduft. Auf einmal weht von irgendwoher eine wunderschöne, traurige Melodie zu uns, erst ganz leise, wie aus weiter Ferne, dann immer kräftiger, wie ein Windstoß, der uns ins Haar fährt. Wir blicken uns an und fragen uns, was das ist. Und keiner isst mehr, keiner rührt sich mehr, und dann schauen wir in diese unendliche Dunkelheit und wünschen uns nichts sehnlicher, als dass es Tag wird und alles nur ein Albtraum war.

So sitzen wir da, reglos, bis Eladio anfängt zu meckern, er versteht nicht, was ein so seltsamer Typ wie er bei so einem Einsatz zu suchen hat. Eladio ist ein sturer Bock, und wenn er erst mal loslegt, halten wir uns lieber raus. Der Koch sagt, Argüelles isst nur feine Sachen und mit Serviette, sein Essen würde er nicht anrühren, klar, deshalb wäre er auch so fahl und dünn: bloß Brille und Geige. Die anderen lachen, und ich sage, im Lager war er genauso, das ist mir schon immer aufgefallen, der Kerl ist nun mal so. Jemand kommt und sagt, dass der Verwundete, den wir geborgen haben, keinen Bissen essen will, er hätte Fieber und würde delirieren, uns vor Flugzeugen warnen. Und als wir dann alle um die Trage herumstehen, sehen wir, wie Argüelles mit der Geige über der Schulter zurückkommt und sich auf denselben Platz setzt wie vorher, so wie immer, ohne ein Wort. Als hätte er sich keinen Schritt wegbewegt. Als würde nichts, absolut nichts ihn stören oder interessieren.

Am Morgen beschließen wir weiterzugehen, bis wir auf irgendein Hüttendorf stoßen. Auch wenn wir nicht wissen, was besser ist, weniger gefährlich, ob hierzubleiben, verloren im Busch, wo wir nachts kaum schlafen können und immer aufpassen müssen, dass uns keine Kobras in die Stiefel oder die Hose kriechen, oder uns der Gastfreundschaft eines Quimbos anzuvertrauen, wo schon die Kwachas mit Messern und Kugeln auf uns lauern. Aber solange wir noch bei Kräften sind, gehen wir weiter, spüren, wie die Erschöpfung in uns dringt, durch jede einzelne Pore, mit jedem Atemzug, jedem

Gedanken. Immer diese Müdigkeit. Nicht beim Aufbruch in Kuba hat man sie uns mitgegeben, und auch auf der Überfahrt mit dem Schiff haben wir sie nicht kennengelernt. Sie empfing uns ganz einfach, als wir in diesem Reich der schwarzen Magie an Land gingen, befiel unsere Körper wie ein Virus, selbst die Uniformtaschen sind voll davon, falls es mal ganz schlimm kommt. Je länger wir laufen, desto kürzer und unentschlossener werden unsere Schritte. Die Bäume werfen die letzten Blätter der Jahreszeit ab, und die nackten Zweige, vom Wind gewiegt, kommen uns vor, als wollten sie uns in die Irre führen. Ein Labyrinth ist das, wo irgendein Vorsichtiger auf Schritt und Tritt Samen gestreut hat, um zurückzufinden, und wenn ich könnte, würde ich weiterlaufen, bis ich bei meiner Mutter im Bett liege und sie bitte, dass sie mich bestraft, so wie früher, dass sie mich nicht draußen mit meinen Freunden aus dem Viertel Krieg spielen lässt, denn das ist kein Kinderspiel, das sind Launen der Erwachsenen. Meinen Kindern werde ich niemals Pistolen oder Gewehre kaufen. Und als ich mich umschaue und nach einem Samenkorn suche, sehe ich nur Patronenhülsen und ausgeleckte, verrostete Konservendosen. Letzten Endes sind unsere Feinde oder auch wir, ihre Feinde, das ist mir längst egal, bloß irgendwelche Däumlinge, die versuchen, das Ungeheuer zu besiegen, das wir selber sind, wir, die wir solche Bilder hervorbringen.

Seit Stunden laufen wir schon, nirgendwo ist ein Mensch zu sehen, kein Zeichen, kein Hauch von Zivilisation. Ich rieche Medinas Bein, das schon blau anläuft, er zieht es verzweifelt hinter sich her und hinterlässt eine Spur auf dem Weg, wie eine Schleimschnecke, es ist zum Kotzen, zum Weinen, zum

Lachen, aber ich lasse mir nichts anmerken. Ich schaue hinter mich, zu den Nachzüglern, blicke wieder nach vorn, offenbar zu ruckartig, und mir wird schwindlig, ich verliere das Gleichgewicht, stürze fast, und auf einmal bricht diese Musik, die vorher vom Himmel kam, mit seltsamer Kraft aus Argüelles' Geige hervor, und ich bleibe stehen oder höre für ein paar Sekunden, Minuten, Jahre auf zu existieren, es kommt mir vor wie die Ewigkeit, und ich atme tief ein und schwitze alle Müdigkeit aus. Crespo schaut uns an, hey, als wäre das der Moment für sein Gefiedel! Aber alles ist auf einmal anders, denn wir spüren ein leises Zucken in den Füßen, und sie bewegen sich wie von allein, in meinen Eiern kribbelt es, das Scheuern der Beine erregt mich, auch der restliche Körper spannt sich. Wir haben uns wieder miteinander verbunden. Niemand hat zu ihm hingeschaut, wir sagen kein Wort. Wir laufen weiter, denn das ist der Befehl, laufen, bis wohin auch immer …

Niemand zeigt darauf, wir sehen es, aber wir haben Angst, es könnte eine Halluzination sein. Noch unsicher treten wir an den Zaun heran, das Holz ganz verwittert. Auf Befehl des Kompaniechefs umstellen wir das Haus, und er geht vor bis an die Tür und ruft. Ein doppelläufiges Gewehr empfängt ihn und zielt auf seinen Kopf. Sofort denke ich, jetzt hat es den Nächsten erwischt. Tschüss Hauptmann! Ich mache mich bereit, ein paar Salven abzugeben, und greife nach den zwei verbliebenen Ladestreifen. Der Hauptmann lässt sein Gewehr langsam fallen und hebt die Arme. Ich schaue zum Kameraden neben mir und verneine stumm, wer käme schon auf die Idee, sich freiwillig zu übergeben, wir sind doch kein Geschenk zum Geburtstag. Aber der Chef führt ein Gespräch, versucht wohl davonzukommen, schüttelt den Kopf, nein, wir können nichts für ihn tun, wenn wir schießen, treffen die Kugeln ihn zuerst, er fuchtelt und bedeutet irgendwas. Zu unserer Überraschung verschwindet das Gewehr wieder, und wir atmen auf. Der Hauptmann kommt zurück, ruft uns zusammen und sagt, das ist eine portugiesische Familie, ziemlich verrückt. Sie können uns mit ein wenig Gemüse, Brot und Wasser aushelfen, auch mit der Hütte hinterm Haus. Keine Medikamente, auch wenn jemand gerade stirbt. Aber sie leihen uns einen Schwarzen, der kann ihm Umschläge machen, mit Blättern und Schlamm. »Was immer Gott will«, sage ich laut, aber niemand schaut zu mir hin. Mir fällt ein, dass ich in der Partei bin, und Parteimitglieder glauben nicht an Gott. Also spucke ich in den Himmel und bekreuzige mich. »Unter der Voraussetzung, dass wir so schnell wie möglich wieder abhauen, sie wollen keine Probleme mit den Kwachas«, sagt der Hauptmann zum Schluss. Seine Uniform erinnert mich an einen zerknitterten leeren Bierbecher. Das würde ich gerne jemandem sagen, aber alle blicken zum Geiger, er geht einfach weg und schaut einem Schwarm weißer Vögel nach, die nach Norden ziehen. Eladio stupst mich an und sagt, das verzeiht er ihm nie, jeder Dreck interessiert den mehr als wir. Aber der Geiger hockt einfach da, seine dürren Knie in die Erde gerammt, auf den Punkt starrend, wo die Vögel verschwunden sind, wartend worauf auch immer. Aber da ist nur die Leere.

Wir sitzen unter einem Fenster im Schatten, erinnern uns an die letzten Worte der Familie beim Abschied, ahnen die Gelegenheit für einen Seitensprung der Ehefrau, die sich hat hinreißen lassen, denn wer bleibt schon davon verschont.

Häftlinge denken immer an die Amnestie, wir an ein Friedens-
abkommen und dass man uns nach Hause bringt. Argüelles
kommt hustend zurück. Er hockt sich auf den Boden, und wir
alle rutschen auf den Holzkisten ein Stück zur Seite, aber er
setzt sich nicht in die Lücke, er hat die Augen schon geschlossen, wie die Katzen, um sich nicht dankbar zeigen zu müssen.
Medina summt eine Melodie, wohl um sich von dem Schmerz
in seinem Bein abzulenken. Wir schauen zum Geiger, warten
auf eine Reaktion. Aber er rührt sich nicht. Wir rutschen wieder zusammen, dann eben kein Platz auf der Kiste. In Eladios
Miene lese ich den Wunsch, dem Geiger auf die Haut zu spucken, die schon ganz rissig ist, trocken wie die Wüste.

Wir legen uns in die Scheune. Draußen bereitet Crespo so
gut es geht vor, was wir dann Mittagessen nennen. Plötzlich
hören wir eine Musik, die an uns nagt, die langsam von uns
Besitz ergreift, die alles umhüllt wie eine Liebkosung, wir können sie fast berühren. Ein paar Kameraden bekommen feuchte
Augen. Niemand bewegt sich, hinter geschlossenen Lidern
galoppieren die Träume. Und auch wenn wir nicht wissen,
warum, lächeln wir.

Der Portugiese ruft den Hauptmann und bittet ihn herein. Der weigert sich, also unterhalten sie sich an der Tür. Sie
diskutieren, bis der Mann verärgert wieder ins Haus geht.
Der Hauptmann sieht zu uns rüber, streicht sich über den
Schnurrbart. Dann kommt er näher und mustert die Geige
in Argüelles' Armen. Er will kehrtmachen, aber der Blick des
Portugiesen, der ihn durch ein Fenster beobachtet, hält ihn
zurück. Der Hauptmann schaut auf Medinas blau angelaufe-
nes Bein, das jetzt kein Bein mehr ist, dann auf die schmut-

zigen Binden des halbtoten Verwundeten, den wir blöderweise geborgen haben, denn gebracht hat es uns nur unnötige Strapazen. Seit wir ihn aufgesammelt haben, ist er bloß ein Hindernis gewesen. Bei all den Kameraden, die wir zurückgelassen haben, hätte man uns einen weiteren Toten sowieso nicht angekreidet, und danken wird man uns seine Rettung auch nicht, wir hätten uns taub stellen sollen, woandershin schauen und weitergehen, ohne etwas auf sein Jammern zu geben. Der Hauptmann nimmt die Hand vom Schnurrbart, strafft sich, lässt den Blick nicht länger über seine dezimierte Truppe schweifen und sagt zum Geiger, für das Gitarrending würde der Portugiese uns die notwendigen Medikamente für seinen Arm und die Infektion der beiden Männer geben, fünf Dosen Fleisch, zwei Flaschen selbstgebrannten Schnaps und Zigaretten. Wir gehen zu ihm und starren ihn an, jeden schmutzigen Teil seines Körpers. Der Geiger weicht zurück, erwidert den Blick. Der Hauptmann sagt, es tut ihm leid, er weiß ja, was ihm die Geige bedeutet, aber sie seien nun mal in einer schwierigen Lage, das müsse er doch verstehen. Sein Schweigen ist die schlimmste Antwort. Der Chef will nach der Geige greifen, aber Argüelles hält sie hoch, genau vor uns, die wir um den Hauptmann herumstehen. »Würden Sie sich das Gewehr abnehmen lassen?«, fragt er. Der Hauptmann zögert. Und Arguelles schaut uns der Reihe nach an. »Soll er mir lieber das Gewehr abnehmen.« Der Hauptmann sagt nur: »Du willst nicht verstehen.« Und der Geiger schaut zu Boden, hinter den Brillengläsern werden seine Augen feucht, er hält die Geige fest umklammert. »Nein«, sagt er, »nein.« Niemand rührt sich, wir schauen ihn weiter an, als hätte er kein Wort gesagt. Er mustert den Verband des Verwundeten, das Blut, durch das nun eine grünliche Flüssigkeit quillt. Auch die Fliegen auf Medinas Bein, die mit den ersten Fieberschüben gekommen sind. Blickt zu den Geiern auf, die jetzt dort fliegen, wo vorher die Vögel des Nordens vorbeigezogen sind: »Ist das ein Befehl?« Der Hauptmann nickt. Und unschlüssig lässt er die Geige fallen. »Scheiße«, sagt er, kehrt uns den Rücken zu und geht fort.

Seither hängt er bloß bei uns rum. Vier Tage schon. Er isst nichts von dem Dosenfleisch, trinkt nichts von dem Schnaps, schaut uns nicht an, und selbst wenn er es täte, wäre sein Blick bestimmt voller Hass, weil wir ihn nicht bei uns haben wollen. Da wir wieder bei Kräften sind, hat der Chef beschlossen, dass wir weitermarschieren. Und wir verlassen den Ort, schleppen uns durch diese unfruchtbare Landschaft. Das Haus haben wir längst aus den Augen verloren, aber immer schaut jemand zurück, will es nicht glauben.

Der Geiger läuft wie ein Hund hinter uns her. Käme er doch nur vom Weg ab. Wir würden erst gar nicht nach ihm suchen. Was nutzt uns einer, der nicht von seiner Heimat erzählt, nicht von denen, die er zurückgelassen hat, der uns nicht mal was vorlügt. Wir sind schon ein gutes Stück gegangen und legen eine Pause ein. Alle sind still, irgendwer spuckt aus, ein anderer tritt gegen einen Stein. Der Geiger liegt nur da, sagt kein Wort. Er klagt uns an mit seiner Gegenwart, mit seinem Schweigen. Jemand meint, ohne Proviant weiterzugehen wäre Selbstmord gewesen. Alle schauen zum Geiger, aber der ignoriert uns. Wir haben zwei Verwundete, dazu ihn, auch wenn er seinen Arm und das schwärzliche Blut genauso

ignoriert. »Hier gibt es nur eine heilige Parole: Überleben.«
Jetzt dreht er uns den Rücken zu. »Krieg ist Krieg«, sagt ein
anderer. Der Hauptmann spricht von Prinzipien. Niemand
hört hin. Wir wissen, dass wir im Kugelhagel manchmal vergessen, warum wir töten: weil sie eine andere Uniform anhaben oder weil jemand es befiehlt, warum auch immer. Die
einen haben es auf eine Feldflasche mit Rum abgesehen, andere
suchen nach einem Pornoheft oder irgendwelchen Comics …
Der Chef fragt, ob alle mit einer Umkehr einverstanden sind.
Wir stehen auf, die Kalaschnikow im Anschlag, und warten
auf Argüelles, damit er vorangeht, aber der bleibt sitzen. Mit
der Spitze seines Gewehrs hat er in den Matsch geschrieben:
DU SOLLST NICHT STEHLEN. Eladio sagt, der kann
uns mal, und wir drehen um. Niemand hört mehr auf Befehle
oder auf den Hauptmann. Es gibt keine Marschformation,
keinen Trupp und keine Soldaten. Die Schulterklappen und
Abzeichen haben wir uns abgerissen. Wir sind jetzt nur noch
ein Haufen verzweifelter Männer, die in das Haus eindringen
und den Portugiesen überrumpeln und ihm das Gewehr abnehmen. Der Schwarze, der für den Siedler arbeitet, will uns
aufhalten, brüllt uns an, die angolanischen Genossen seien es
leid, den kubanischen Genossen zu helfen. Und noch ehe ich
einen Ton sagen kann, habe ich ihm einen Kolbenhieb verpasst, und er stürzt zu Boden. Und wir gehen in die Küche
und in die Vorratskammer und ins Zimmer der Tochter und
holen uns die Geige.

Als wir zurückkommen, zeichnet er noch immer mit der
Spitze seines Gewehrs in den Matsch. Ein seltsames Bild,
weder von drüben noch von hier. Und noch immer nimmt

er unsere Anwesenheit nicht zur Kenntnis. Der Hauptmann brüllt ihn an, stillgestanden!, stößt ihn, und das Gewehr sinkt in den Dreck, dann sagt er, dass er es leid ist, seine Launen zu ertragen, seine mangelnde Sensibilität, seine Trägheit und seinen Groll auf die Kameraden. Dass er ihn bestrafen kann wegen Sabotage, ihn als Deserteur erschießen … Na und, soll er ihn doch fertigmachen, er kriegt sowieso nichts mit, soll er ihm das Gewehr ruhig abnehmen … Ja, dann geht er vor die Hunde, dann muss er mit seiner blöden Geige schießen. Und der Hauptmann wirft sie in den Dreck und spuckt aus und geht. Der Geiger schaut uns ungläubig an. Bückt sich, schaut uns an. Zögert. Hebt sie auf und schaut uns an. Säubert sie mit dem Ärmel seines Hemds. Schaut uns an. Und geht. Lässt uns stehen, mit all unserem Hass auf ihn.

DER MOND, EIN TOTER UND
EIN STÜCK BROT

Der Mond hängt dort wie ein Lampion, vom Wind nach Lust und Laune bewegt, aber für uns, die wir durchs Oberlicht schauen, wird so viel Schönheit unerträglich. Keiner der Gefangenen will länger hinsehen, sein Schein taucht uns in Hilflosigkeit, macht uns Angst, und dann möchten wir am liebsten die Zeit in Bewegung versetzen, den Raum, die Vergangenheit, möchten mit den Händen die Gegenwart und die Zukunft formen, als wären sie aus Ton. Man könnte meinen, die Augen würden gefrieren, eine tiefe Hypnose würde uns die Flucht erlauben, und wie nach einer Prise Kokain wird die Wirklichkeit trübe, lässt uns schwindeln, und der Mond verwandelt sich in eine große Leinwand, auf der wir unser Leben vorbeiziehen sehen bis zu dem Tag, an dem wir hierherkamen. Dann möchten wir die Gitter, die Mauern durchbrechen und hinauslaufen, die Konsequenzen sind uns egal.

Aber diese Wirkung beim Anblick des Mondes kennen nur die Gefangenen, die wie wir schon eine Weile hier sind.

Letzte Nacht ist ein Häftling in die Falle getappt, fast bis zum Morgen hat er den Mond betrachtet. Seinen Namen kannten wir nicht, er war einfach nur ein unerfahrener Gefangener, den man mit der letzten Gruppe hierher verlegt hatte und der vom Mond nicht lassen konnte. Als dann die Tür aufging, um sie zur Krankenstation zu bringen, sah niemand ihn rennen, beim Überqueren des Hofs auch nicht verdächtig aus der Reihe treten. Auf einmal hallten Schüsse, und kaum hatte man hingeschaut, hing er dort oben, in drei Meter Höhe, und versuchte, über den Zaun zu klettern. Rauch kam aus seinem Rücken, und ein paar schwarze Punkte, wie matschige Flecken oder Kugeln, quollen ihm durchs Hemd, er schüttelte sich. Jemand meinte, der Draht steht unter Starkstrom.

Dann wurden die Punkte auf seinem Rücken rot, rote Hibiskusblüten, die ihre Blätter öffneten wie schwarze Rosen und sich rasch entfalteten. Der Mann wusste minutenlang nicht, was er tun sollte, er war genauso verwirrt wie wir, die wir uns fragten, was er mit dem Erklettern des Gefängniszauns erreichen wollte, das ergab einfach keinen Sinn, niemand entkam auf diesem Weg, dort ging es nur zu den Felsenriffen, umspült vom Wasser der Bucht. Die Soldaten liefen hin und blieben unten stehen, so wie sie es bestimmt in ihrer Kindheit gemacht hatten, wenn sie zu den Mangobäumen ausgebüxt waren und darauf warteten, dass jemand ihnen die Früchte zuwarf.

Die Schüsse, nahmen wir an, hatte der Soldat abgegeben, der über unserer Zelle Wache steht. Wenn er zu uns hinschaut, dann immer drohend, mit einem zynischen Lächeln, und dabei fährt er mit dem Finger über den Abzug seiner Kalaschnikow und muss sich zurückhalten, um nicht abzudrücken, um nicht zu zeigen, wer das Sagen hat und wozu er mit dieser mächtigen Waffe in Händen imstande wäre.

Dem Gefangenen blieb keine Hoffnung mehr, doch für einen Moment, ein paar Sekunden nur, spürte er eine Brise, wie sie den anderen Insassen verwehrt war, einen klaren, freien

Wind, der direkt von der Stadt über die Bucht wehte und den Anglern am Ufer das Haar zauste und ihre Angelruten bog und den Geruch von Fisch und Muscheln mit sich riss. Er machte so verzweifelte Bewegungen, dass ich mir vorstellen konnte, was er sah: die Häuser, die Autos, all die freien Menschen am Malecón, und allein bei dem Gedanken durchlief mich ein Schauer. Doch zu unserer Überraschung wandte er den Blick nicht ab vom Horizont und zeigte damit, dass ihm alles andere egal war.

Das Gefängnis lag weiter in tiefer Stille. Im Essraum ließ jemand Löffel fallen, und es klang, als riefen Glocken zur Messe. Innerhalb von Sekunden waren die Blicke und die Gedanken der Häftlinge vereint. Und der Mann, der dort hing, wurde für uns zu einem Engel, einem Führer. Ich war neidisch. Ich wünschte mir, ich wäre an seiner Stelle und hätte selbst mit Schüssen im Rücken und nur noch wenigen Zentimetern Leben ein Stück Stadt vor Augen. Ich musste an meine Kindheit denken, die Torte an einem Geburtstag, den ich nie vergessen werde, oder wenn wir über die Mauer am Malecón liefen und Drachen steigen ließen, und auch der Gefangene bat, so wie jedes Kind, um ein paar Minuten noch, ja, wer wollte das nicht, ein paar Minuten länger, och bitte, Mama, nur ein bisschen, das wird auch er sich gesagt haben, nur dass diesmal etwas Seltsames geschah, denn die Mutter antwortete nicht. Wahrscheinlich saß sie irgendwo zu Hause vor seinem Foto und konnte die Tränen nicht zurückhalten. Doch ihr Sohn fiel gerade von einem Zaun und tat nichts, um sich vor dem Aufschlag zu schützen, so als wäre, kaum dass sein Wunsch in Erfüllung ging, nichts anderes mehr wichtig, und zusammen mit ihm sanken auch alle Blicke im Gefängnis zu Boden. Wir hörten ihn auf den Beton schlagen wie einen nassen Strohsack. Die Soldaten ließen ihm kaum Zeit, unten aufzukommen, und mit Stiefeltritten in die Rippen vergewisserten sie sich, dass er tot war.

Die Wachen riefen nach einem Laken und bedeckten ihn, aber dann kümmerten sie sich nicht weiter um ihn und ließen ihn am Zaun liegen, stundenlang, wohl als abschreckendes Beispiel für die anderen Insassen. Niemand sprach laut. Die Gefangenen standen kaum von ihren Betten auf und mieden das Türgitter, um den Leichnam nicht sehen zu müssen. Schließlich schickte man aus der Küche zwei Häftlinge, um den Toten wegzuschaffen, und die warfen ihn in eine Schubkarre, mit der sonst Kanister oder verrußte Kessel transportiert wurden. Sie warfen ihn auf das blanke Metall, ohne jede Vorsicht oder auch nur den kleinsten Respekt, und so, die Arme zu beiden Seiten der improvisierten Bahre herabhängend, brachten sie ihn zu den Büros der Gefängnisverwaltung.

Auf diese Weise bestätigte sich uns, was wir längst wussten, dass es nämlich besser war, den Blickkontakt mit dem Mond zu vermeiden, egal ob voll oder halb. Am traurigsten aber war, dass die Welt sich weiterdrehte. Da stirbt jemand, und nichts ändert sich, als wäre nichts geschehen. Die Häftlinge atmeten weiter, dachten an ihren chronischen Hunger und wie sie ihn stillen konnten.

Die Nacht war über der Festung hereingebrochen, und alles blieb gleich. Nur dass mein Schwager, der in einer anderen Abteilung einsitzt und in der Küche arbeitet, mir um neun Uhr ein Stück Brot mit Knoblauch, Öl und Tomate schickte.

Ich schrieb gerade einen Brief, als es hieß, hier, von deinem Schwager. In einer Plastiktüte war dann dieses Stück Brot, das alle in der Zelle aus ihrer Lethargie riss.

Sie legten das Brot neben mich, ich nahm es gar nicht wahr, oder zumindest wollte ich vor den anderen so tun, denn allein sein Duft, seine Vorstellung, die kleinste Berührung konnten mir einen Herzinfarkt bescheren. Aber jetzt liegt es neben mir, dieses Stück Brot, Symbol für die Rettung meines Lebens. Und mir wird klar, dass ich nicht hinschaue, weil ich will, dass die Männer um mich herum es ebenfalls ignorieren. Aber das ist zu viel verlangt. Als sollten sie ihren Magen um eine Lüge bitten, sollten sagen, dass ihnen dieses Stück Brot nichts bedeutet, weil sie satt sind von Luft. Tatsächlich haben wir zuletzt um drei Uhr etwas gegessen, eine so kleine Portion, dass wir sie beim Hinunterschlucken nicht mal bemerkten, seither sind sechs Stunden vergangen, und alle wissen genau, dass bis zum Frühstück noch neun weitere folgen. Und da kommt, wie in einem Science-Fiction und begleitet von Dutzenden von Blicken, dieses Stück Brot mit Öl, Knoblauch und Tomate herein und wird auf mein Bett gelegt, direkt neben mich, nur fünfzehn Zentimeter entfernt von einem Biss. Aber ich schaue nicht hin, ich will, dass die anderen dieses unbedeutende, neben mir wartende Stück Brot vergessen. Ich stelle mir vor, wie sie es kaum aushalten, wie sie mit geschlossenen Augen denken, sie würden es kauen. Und ich möchte der einsamste Mensch auf Erden sein, möchte dieses Brot essen können, das mir mein Leben rettet, dieses Brot, das mir erlaubt, ohne Hunger zu schlafen, ohne Angst vor dem Gefühl der Leere, der Schwerelosigkeit, dem Gefühl, dass meine Knochen anfangen zu schweben, dass ich mich mit dem Laken am Etagenbett festbinden muss, um nicht auf Nimmerwiedersehen in die Lüfte zu entschwinden.

Das Brot liegt immer noch auf dem Bett, und mir kommt der Gedanke, jemand könnte es allein mit den Augen bewegen, sein quälendes Verlangen könnte ihm telekinetische Kräfte verleihen, und dann legt er mich rein. Irgendwer stellt sich neben mich, aber ich achte nicht auf ihn und schreibe einen Brief, der Empfänger ist mir entfallen, ich weiß nur, dass meine Hand sich bewegt und Wörter schreibt, ein Wort nach dem anderen, mit einer solchen Geschwindigkeit, dass sie unlesbar werden. Aber ich will weiter so tun, als wäre es mir egal, denn dieses Ignorieren, dieses Schweigen ist mein Schrei, der Racheakt für den Tod des Mannes, der den Zaun hochgeklettert ist. Mit meiner Haltung erkläre ich die Welt zu meinem Feind, seit ein paar Minuten befinde ich mich im Krieg mit allen Völkern, sollen sie mich mit Hitler vergleichen, mit Mussolini oder Gott. Ja, ich will, dass mein Wille geschehe. Und wenn die Menschheit meine Vorstellungen nicht teilt, kann sie mich mal. Das Brot gehört mir.

Der Mann, der neben mir steht, räuspert sich, ich ignoriere ihn. Er wird mich nicht dazu bringen, von dem Papier aufzublicken, das ich ebenfalls ignoriere, und das letzte Wort, das ich schreibe, ist »ignoriere«, um es dann zu wiederholen, und ich schreibe »wiederholen«, oder auch nicht, denn jetzt schreibe ich »jetzt«.

Und am liebsten möchte ich über ein Fußballfeld laufen, fliehen, über den Platz laufen ohne Blick zurück, und mich in die Mitte setzen, genau in die Mitte, weit weg von den überfüllten Rängen, wo die Leute schweigend auf mein Brot schauen. Alle beobachten mich. Aber ich ignoriere sie. Ich bin der einsamste Mensch der Welt, werde verfolgt wie keiner. Dass ich der herzloseste Egoist bin, ist mir egal. Ich bin zu allem fähig, Hauptsache, das Brot gehört mir und niemandem sonst. Und da will ein Mann neben mir auf sich aufmerksam machen. Pech für ihn, dass ich von allen unter diesem Dach der Meistbeschäftigte und Dümmste bin. Er tippt mir auf die Schulter, mehrere Male, zieht an mir, spricht meinen Namen, grüßt mich freundlich.

»Ich bin's«, sagt er und lächelt wie blöde.

Ich zucke die Schultern, mir doch egal. Sein Gesicht ist rund, die Haut verpickelt. Wichser, denke ich, schaue auf seine Hände und stelle mir vor, wie er sich einen runterholt.

»Hey, *broder*«, fängt er wieder an.

»Was willst du?«

Er überlegt, und ich sehe, wie er sich schämt, aber die Scham ist nicht größer als der Hunger.

»Was ist?«, frage ich noch einmal.

»Kann ich ein Stückchen haben?«

Und ich spüre, wie die Welt zusammenbricht, wie man mir die Haut abzieht, es gibt mich nicht mehr. »Ein Stückchen.« Nein, lieber schlage ich ihn selber in Stücke, reiße ihn mit meinen Fingernägeln in Fetzen, und ich stelle mir vor, wie ich ihn in die Gaskammer stoße, die Tür schließe, sein hungriges Gesicht ist mir egal, »ein Stückchen«, ja, das hat er gesagt, »Stückchen«, immer wieder höre ich es, ich kann nichts dagegen tun. Und eine Kraft wächst in mir und boxt sich durch, und ich will ihm sagen, dass das Brot mir gehört, dass ich es um jeden Preis verteidigen werde, dass ich genauso hungrig bin wie er oder noch hungriger, dass ich nicht mal von dem Stück Brot satt werde, dass ich rauslaufen will und den Zaun hochklettern wie der Tote von heute Morgen, die Lichter der Stadt sehen, sehen, wie jenseits der Stille dieser Mauern Menschen leben, auch wenn sie keine Notiz nehmen von denen, die hier drinnen leiden. Aber sie sollen wissen, dass man nicht nur herkommt, um etwas über die Geschichte zu erfahren oder Sightseeing zu machen, das ist nämlich auch ein Menschenmuseum hier, ein Museum der zerstörten Leben. Ja, ich muss glauben können, dass unser Schicksal jemanden schmerzt, dass jemand um uns weint und mit uns leidet.

Es ärgert mich, dass ein Leben einfach so von uns gegangen ist. Dass niemand geschrien oder protestiert hat oder auch nur traurig war. Keiner hat den Mund aufgemacht, denn wir sind alle Feiglinge, Memmen, Hasenfüße, Schisser. Auf ewig werde ich mich schämen, meiner selbst und weil ich sie begleitet habe in diesem Leben und in dieser Zelle, und die ist nicht mehr als das Ende des Schachts, der Boden des Abgrunds. Natürlich hätte ich schreien und sie Folterknechte, Mörder nennen können, egal, ob sie mich schlagen und mit Stiefeltritten in die Strafzelle schicken, aber ich habe es nicht getan, habe nur für mich selbst gesorgt, genau wie die anderen, oder zumindest habe ich es versucht, aber jetzt wird mir klar, dass das Gegenteil der Fall ist, wir haben das Opfer nicht zu schätzen gewusst, keine Lehre daraus gezogen, haben es verkackt, mit uns und unserem Gewissen. Ja, es ist zu spät, es bringt nichts mehr, nie mehr wasche ich meine Seele rein, mein Schweigen ist zum Komplizen des Henkers geworden. Und auf einmal rutscht mir ein Satz heraus, ich muss ihn sagen, sonst halte ich es nicht mehr aus:

»Nimm es dir.«

Aber der Mann antwortet nicht, greift nicht danach und schaut auch nicht mehr hin, er starrt mich nur an, will herausfinden, was ich denke, was ich verberge. Er fürchtet, ich könnte in der Nacht an sein Bett kommen und für das verdammte Stück Brot kassieren.

»Du sollst es dir nehmen«, sage ich.

»Bist du sauer?«

»Nein.« Es klingt nicht sehr überzeugt.

»Wirklich?« Sein Blick wandert zwischen dem Brot und mir hin und her. »Besser, ich gehe.«

»Nein.« Ich packe ihn am Arm. »Du kannst es haben, es gehört dir.«

»Und du willst nichts dafür, *broder*?«

Ich will ihm schon sagen, dass wir keine Brüder sind, nicht mal Bekannte.

»Nichts«, versichere ich ihm.

Er schaut mich noch eine Weile an, unschlüssig, und dann kann er nicht mehr. Er schnappt sich das Brot, springt zu seinem Bett und schlingt es in sich hinein, fast ohne zu kauen, ohne einen Blick auf die Häftlinge, die sich um ihn geschart haben und darauf warten, dass er ihnen ein Stück anbietet oder dass ein paar Krumen herunterfallen, um die sie sich balgen können. Am liebsten würde ich es so machen wie er, und es drängt mich, die anderen beiseitezustoßen, mich neben ihn zu stellen und mir, auch wenn er nichts abgeben will, ein Stück zu nehmen, denn seine Widerstandskraft ist geschwächt, er hat längst die Linie überschritten, die ihn zu einem Tier macht, die Beute in den Fängen. Und ich will schreien, er soll es mir zurückgeben, es gehört mir, nur mir. Ich habe Hunger, verdammte Scheiße.

Aber ich schreibe weiter irgendwelche Wörter, um nicht zu weinen oder den Mund aufzutun, um nicht zu merken, wie schwach auch ich bin. Ich halte stand. Dabei fällt mir eine Anekdote ein, die ich mal gelesen habe, jemand hatte Mutter Teresa von Kalkutta gefragt:

»Wie lange muss man geben?«

»Bis es weh tut.«

Und wie es mir weh tut. Ich spüre einen stechenden Schmerz im Bauch, wie von einem Brandeisen. Ich muss an den Gefangenen oben am Zaun denken, an seinen staunenden Blick, so als hätte er keine Kugeln im Rücken. Und auch wenn er tot ist, muss ich anerkennen, dass er glücklicher war als wir.

Warum sollte es nicht jeden Morgen einen Glücklichen geben, einen Auserwählten, der den Zaun hochklettert oder zumindest den Versuch unternimmt, um mit den Augen, und sei es zum letzten Mal, einen Spaziergang durch Havanna zu genießen.

Wütend, ich kann es mir selber nicht erklären, gehe ich zum Oberlicht. Klammere mich an die Gitterstäbe. Und betrachte den Mond.

DAS LÄCHELN IN DER LEERE

Wer die Wahrheit sagt, dem gebt ein Pferd.
Er wird es brauchen für die Flucht.

Arabisches Sprichwort

Ich bin die Hauptperson eines soeben beendeten Romans, bin derjenige, der aufs Wort alles tut, was sein Schöpfer ihm aufgibt. Ich gebe mir Mühe, und wie ein Schauspieler versuche ich, meine Rolle so glaubwürdig wie möglich zu spielen. Ich will den Leser verführen bis zur letzten Zeile.

Der Schriftsteller bringt mich zu einem Verlag. Eine literarische Bewertung. Ich fühle mich wie ein Angeklagter auf dem Weg zum Gericht. Das Sonnenlicht gleißt auf den Pflastersteinen der Plaza Vieja. Während er geht, dringt der Schweiß seines Arms durchs Papier, befeuchtet die Wörter und nässt mein Gesicht.

Die Straßen kommen mir viel zu lang vor, und ich spüre, wie die Schritte meines Schöpfers ermatten. Sein Körper wird müde, und er schwitzt so heftig, dass ich schon fürchte, der Schweiß könnte die Tinte verwischen und mich unleserlich machen. Mich erschreckt der Gedanke, dass mein Äußeres unansehnlich wird, dass man die Lektüre voreingenommen angeht und nach außerliterarischen Kriterien sucht, um ein vernichtendes Urteil über das Werk zu fällen. Dann lande ich, so meine Sorge, in einer ewigen verlegerischen Warteschleife, oder mein Autor steckt mich, schlimmer noch, frustriert in eine Schublade und vergisst mein Leben und was er alles unternommen hat, um aus mir etwas zu machen.

Als wir die Verlagsräume betreten, begrüßen die Mitarbeiterinnen ihn freundlich. Sie sagen, bitte warten Sie auf den Cheflektor. Unterdessen spüre ich, wie die Finger meines Schöpfers sich um das Papier klammern, zögern, ehe sie mich auf den Schreibtisch legen.

Kurz drauf erscheint der Chef und starrt auf den Blätterstapel, der ich bin. Seinem Gesicht ist die Verärgerung anzusehen. Anscheinend bedauert er, dass er nicht in der Sitzung geblieben ist, so hätte er sich erspart, meinem Autor zu begegnen.

»Dann können wir also sagen, dass der Roman jetzt Wirklichkeit ist«, sagt er und lächelt gezwungen.

Der Künstler hebt die Schultern, wischt sich mit einem Taschentuch über die Stirn.

»Ja, fertig«, sagt er beinahe lässig. »Schreiben ist mein Metier.« Und entschlossen steht er auf und geht, ohne sich zu verabschieden.

Ich sehe meinem Schöpfer nach. Es ist das erste Mal, dass wir uns trennen, und ich habe Angst, seinen Schutz zu verlieren. Kaum ist er fort, vermisse ich seinen zärtlichen, manchmal verängstigten Blick, mit dem er mich durch den Roman dirigiert hat.

»Der kann es einfach nicht lassen«, sagt der Chef. »Immer hofft er auf eine Chance.«

Niemand greift nach mir. Sie lassen mich auf dem Schreibtisch liegen. Manchmal kommt jemand und fragt, ob mein Schöpfer den Roman schon abgegeben hat. Dann deuten sie auf mein Manuskript. Den ganzen Nachmittag beachten die Verlagsleute mich nicht, zumindest sieht es so aus.

Es ist Feierabend, und sie löschen die Lichter, schließen die Türen. Mehrere Stunden vergehen, bis sie sich wieder öffnen. Zwei Männer kommen herein, setzen sich, schauen mich an und tätscheln den Stapel.

»Tja«, sagt der eine spöttisch.

»Immer dasselbe«, antwortet der andere.

Sie schieben mich beiseite und öffnen Umschläge aus einer Kiste. Es sind Originale, sie sehen sie durch, streichen hier und da, schneiden mit einer großen Schere etwas aus den Seiten heraus. Sie entfernen Absätze, Sätze, Wörter und werfen sie in den Papierkorb. Ein paar Figuren bitten um Hilfe. Niemand kommt. Die übrigen bleiben stumm, setzen darauf, dass sie mehr Glück haben, wenn sie an der Reihe sind.

Keine der Figuren sagt etwas zu ihnen. Sie sind verängstigt. Ich auch. Ich habe gelernt, dass die Angst niemals dieselbe ist. Im Laufe der Zeit bildet sie sich aus, vervollkommnet sich, wird tiefer, wandelt sich, nagt, greift nach jeder Ecke, schwächt uns, zerstört alle Rechtfertigungen, die wir uns ausdenken, um sie zu vertreiben, und auch wenn es an neuen nie mangelt, machen sie uns doch nur bewusst, dass die Angst stärker ist als aller Mut, eben weil sie geboren ist aus der Verzweiflung, der Verzweiflung darüber, dass wir verloren sind und dies wissen. Manchmal überkommt mich ein noch beklemmenderes Gefühl, es ist diese Angst, die uns jede Lust nimmt, uns zu beklagen, uns zu bewegen. Und ich bin so deprimiert, dass es mich in irgendeinem unnützen Absatz festhält, fern der Szenen, die mein Treiben im Werk am meisten stimuliert haben.

Mein Schöpfer hatte mich gewarnt vor diesen Menschen, die eine solche Prüfung vornehmen, die den Daumen über der Arbeit eines anderen heben oder senken, aber ich hätte nie gedacht, dass auch ich einmal durch ihre Hände gehen müsste, es war eine allzu ferne Drohung, »so wie wenn man jung ist und es aussieht, als würde der Tod einen niemals holen«, habe ich meinen Autor einmal sagen hören.

Bei Tagesanbruch gehen die beiden, kurz bevor die Verlagsmitarbeiter kommen. Der Cheflektor betritt das Büro und schlägt meine Seiten auf, aber bald bricht er ab und legt mich auf den Boden der Kiste, in der die anderen Originale lagen. Ich fürchte, ich bin gezwungen, um Gnade zu bitten, mein Existenzrecht einzufordern, vergeblich wohl, denn schon immer, von dem Moment meiner Erschaffung an, habe ich das Zögern gesehen, die Angst des Autors vor jedem geschriebenen und dann gestrichenen Wort. Seither halten wir uns im Verborgenen, tasten uns durch die Dunkelheit. Die Wölfe lauern nur darauf, die Wörter zu fressen und mit ihnen unser aller Leben.

Resigniert verharre ich auf dem Grund der Kiste. Vielleicht ist es für mich die einzige Möglichkeit, fortzubestehen: indem ich im Dunkeln bleibe, in der Anonymität. Ich gebe zu, dass aus meinem Mund Sätze gekommen sind, die mich als unangepasst ausweisen, »enttäuscht von diesem erbärmlichen Leben, mit dem wir geschlagen sind«, sage ich irgendwo im Roman. Mehrmals hat mein Autor versucht, mir den Mund zu verbieten, denn was ich sagte, konnte ihm Probleme bereiten. Wir haben eine lange nächtliche Diskussion geführt über das Risiko, von den Verlagen totgeschwiegen zu werden und am Ende kaum Leser zu finden. Worauf ich ihm sagte, dass ihm immerhin mehrere Optionen blieben, mir nur eine: dass man mich ins Nichts wirft. Irgendwann schien der Autor mich zu verstehen, aber dann sagte er auf einmal, das letzte Wort habe er. Und machte den Computer aus.

Tagelang öffnete er meine Datei nicht. Die Unruhe nagte an mir. Die anderen Romanfiguren kritisierten meine Position, sprachen nicht mehr mit mir, mieden mich.

Bis er sich eines Morgens durchrang.

»Hier bin ich«, sagte er. »Aber lass mich bitte arbeiten.«

Ich antwortete ihm nicht einmal. All die verlorenen Schöpfertage und die Zurückweisung durch meine Begleiter im Text waren mir Strafe genug. Wir Romanfiguren wollen immer die beste Behandlung und die größtmögliche Teilnahme am Werk, also blieb ich tagelang stumm, konzentrierte mich allein auf meine Arbeit, versuchte, sie so überzeugend wie möglich zu tun.

»Hältst du mich für ungerecht?«, fragte er unversehens.

Beinahe hätte ich ja gesagt, dann nein. Aber ich wollte ihn nicht deprimieren, die Qualität des Werks hätte darunter gelitten.

»Tu, was du kannst«, sagte ich. »Und gibt dir Mühe. Nur darauf kommt es an.«

Er starrte auf die Wörter, versuchte hinter irgendeinem Satz mein wahres Gesicht zu erkennen.

»Man sieht, dass du kein Künstler bist«, sagte er in vorwurfsvollem Ton. »Ich begnüge mich nie mit dem, was ich kann. Ich will immer mehr. Will alles. Ich suche nach der Welt in einem Ausdruck, einer Skizze, einer Bewegung, einem Wort.« Er stand auf und ging durchs Zimmer. »In allem, was ich tue, strebe ich danach, die Welt zu fassen.«

Und schloss meine Datei.

Es folgten weitere fruchtlose Tage. Jedes Mal bekam ich einen fürchterlichen Schreck, ich hatte Angst, er könnte den Text in einer Verzweiflungstat löschen, und ade Roman. Ich wollte existieren, wollte »sein«. Ich will den Autor überdauern. Will für immer bleiben. In Wörtern leben, Wörtern, die der Welt das ewige Dasein abkaufen. Aber wenn ich etwas gelernt habe, dann dass es keinen Traum gibt, der sich ohne Opfer träumen lässt, ohne dass wir den Preis für das Gewünschte zahlen.

Wenn sie nachts in die Kiste einfallen, um die Texte herauszuholen, die dann von diesen dunklen Scheren beschnitten werden, presse ich meinen Körper an die Blätter, als wollte ich verhindern, dass sie sich jemals voneinander lösen. Nachdem sie gegangen sind, stelle ich fest, dass weniger Manuskripte über mir sind, was mich der Oberfläche immer näher bringt, meinem unabwendbaren Schicksal.

Am Tag legen sie zwei Manuskripte unter meins, weitere Schriftsteller warten darauf, gelesen zu werden. »Frischfleisch«, tönt es dann von irgendeiner Seite her, auch wenn niemand über den vermeintlichen Scherz lacht. Kaum nimmt die Kiste sie auf, wird es still. Es ist diese Stille, die die Sekunden begleitet, in denen der Sarg in die Grube fährt. Und für einen Moment sagen wir nichts, schauen uns an, warten auf ein Zeichen, dass wir die Neuankömmlinge fragen können, warum man sie in die Kiste befördert hat.

Mein Schöpfer hat nie angerufen, anders als seine Kollegen. Er weiß, dass die Veröffentlichung mit Sicherheit abgelehnt wird, genau wie frühere Male, bei anderen Büchern von ihm, wie ich in diesem Büro gehört habe. Er macht sich auch nicht die Mühe, das Manuskript abzuholen, wahrscheinlich hat er sich längst in ein anderes Werk vertieft, entwirft neue Personen, die so wie ich darum ringen, aus der Anonymität herauszutreten. Er hatte mich gewarnt. Er konnte nicht verstehen, warum ich mich so aufspielte, wenn das Ergebnis am Ende dasselbe war. Ich würde nur um Hilfe schreien, und er würde nicht kommen können. Er bot mir an, dass wir es unter uns klären, aber mir fehlte eindeutig der Mut, und jetzt dürfte es zu spät sein.

Ich warte nur darauf, dass sie mich rauszupfen. Schaue nach oben, komme fast um vor Angst, zittere und denke, mir wäre kalt. Die beiden Aufpasser sind wieder hereingekommen. Sie rauchen, wie immer. Und an die Arbeit, »Schere ans Werk«, werden sie sagen. Ich spüre, wie sie an mir ziehen, mich herausheben und auf den Schreibtisch werfen. Einer trennt achtlos meine Blätter, und ich fühle mich wie eine Hure, der man die Beine auseinanderreißt. Überrascht stelle ich fest, dass er bei der Lektüre eine gewisse Leidenschaft zeigt. Das ist schon mal was, aber bei jedem Kopfschütteln bekomme ich einen Schreck, die Angst hat mich wieder im Griff. Ich will zurück in den Computer des Autors, will ihn bitten, dass er nachbessert, ändert, will ihm sagen, dass ich seine Vorschläge annehme, vielleicht ist es ja möglich, einen Platz im Verlagsprogramm zu erhalten und aus dem Dunkel des Unveröffentlichten her-auszutreten. Aber egal, was ich sage oder tue, ich will nur, dass die Zeit vergeht, dass diese Männer mich irgendwo ablegen, Hauptsache, sie lassen mich in Ruhe. Manchmal gleiten ihnen meine Blätter aus den Fingern, weil ich so zittere, aber das kann ich weder verhindern noch verbergen.

Zum Glück hat mein Inquisitor die Schere weggelegt, er wird sie wohl nicht benutzen, das schenkt mir ein wenig Gelassenheit. Er hat auch nicht zwischen den Zeilen gelesen wie bei anderen Texten. Er hat nur auf jedes Wort geachtet. Schließlich schaut er vom Manuskript auf und zieht die Augenbrauen hoch.

»Verdammt guter Schriftsteller«, sagt er und zündet sich eine Zigarette an. »Nur im Dienst des Feindes. Wenn man die Richtung seiner Gedanken ändern könnte … Mit einem solchen Roman, der uns schmeichelt, wären wir wirklich glücklich. Aber nein, er will es uns bloß zeigen. Also zeigen wir's ihm.«

»Und nichts zu retten?«, sagt der andere.

»Gar nichts. Das ist typisch für ihn, so viel man auch kürzt, der Rest des Werks bleibt verseucht. Keine Chance.«

Und auf die erste Seite schreibt er:

NICHT ZUR VERÖFFENTLICHUNG GEEIGNET.
VERNICHTEN.

Seit die Männer gegangen sind, habe ich keinen vernünftigen Gedanken fassen können. Mit Schrecken stelle ich fest, dass mein Ende gekommen ist. Ich war nur eine vorübergehende

Figur in einem Werk ohne Zukunft. Ich wende meinen Blick nicht vom Fenster, jeden Moment wird sich der Morgen auf den Bodenfliesen spiegeln. Als ich die Vögel höre, weiß ich, das es unmöglich ist, meinem Ende auszuweichen. Das Licht dringt herein. Dann der Lärm der Autos. Stimmen.

Die Verlagsleute schließen die Tür auf. Sie wissen nicht, was sich in den Nachtstunden dort abspielt. Wollen es nicht wissen. Was könnten sie schon daran ändern? Sie lesen nur die erste Seite des Manuskripts, führen Anweisungen aus. Mich haben sie in die Kiste in der hintersten Ecke gelegt. Niemand spricht von dem Roman, in dem ich wohne. Niemand sagt ein Wort. Aber ab und zu schauen sie hin, und ich spüre ihre Solidarität, auch wenn sie sie nicht artikulieren können.

Ich stecke weiter in der unendlichen Warteschleife und frage mich, was aus mir wird. Es ist schon fast Abend, als ein Mann kommt und sich die Kiste unter den Arm klemmt, der Chef hat nur abfällig darauf gedeutet. Sie bringen mich in den Hof und werfen mich in eine Tonne mit alter Asche und Resten von verbrannten Büchern. Die Verzweiflung packt mich, und ich renne durch den Roman, von einer Seite zur anderen, schreie die anderen Personen an, sie sollen etwas tun, damit mir dieses unvermeidlich erscheinende Schicksal erspart bleibt, aber sie schauen mich nur ungerührt an, resigniert, wie um mich zu drängen, dass ich mich schuldig bekenne. Ich renne weiter, wild entschlossen, will nicht in den Flammen enden. Der Mann kommt mit einer Schachtel Streichhölzer. Mit einem Satz springe ich aus der Tonne und lande vor ihm, und er ist so überrascht, dass er zwei Schritte zurückweicht. Schnell greife ich in die Tonne und nehme das Manuskript an mich.

»Jetzt gehört es mir«, rufe ich.

»Das haben andere auch schon versucht, es hat nichts genutzt«, er hält das Streichholz hoch, »das Leid wird nur umso größer. Glaub mir, so ist es einfacher …«

Ich stoße ihn beiseite und renne durch den Hof, hin zum Ausgang. Mein einziger Wunsch ist, bei meinem Autor zu sein, soll er mich ruhig in einer Schublade verstecken, aber wenn ich weiß, dass ich existiere, dass es zumindest ein Fünkchen Hoffnung auf eine ungewisse Zukunft gibt, dann macht mir das Mut. Ich gehe durch die Straßen dieser Stadt, folge dem Weg, auf dem mein Schöpfer mich zum Verlag gebracht hat, erinnere mich an die wechselnden Gerüche in den Straßen, an den Ecken, erkenne alte Holzbalken wieder, schlecht gestrichene oder abgestützte Häuser, Ruinen ehemaliger Gebäude, Mietskasernen, Verkäufer von allem, was der Mensch zum Überleben erfunden hat.

Als ich vor meinem Haus stehe, dem Ort, wo ich geboren wurde, bin ich vor Freude gerührt. Ich steige die Treppe hinauf, will rufen, nehme mich aber zusammen, nicht dass ich meinen Schöpfer erschrecke. Ich klopfe sachte an.

»Bist du verrückt!«, sagt er, kaum dass er mir die Tür aufmacht. Ich möchte schwören, er hat auf mich gewartet. »Sie haben schon angerufen, sie kommen dich holen …«

»Ich weigere mich«, sage ich. »Ich werde mich nicht ergeben, werde niemals akzeptieren, dass man mich in die Flammen wirft. Zumindest gehe ich nicht freiwillig. Ich wehre mich.«

Er senkt den Kopf, als wollte er mich nicht mehr sehen.

»Hilf mir, bitte!«, sage ich.

»Genau das brauche ich selber: Hilfe«, sagt er. »Du verstehst gar nichts. Um die Wirklichkeit zu begreifen, muss man sie jeden Tag leben. Niemand, der mit dem Fallschirm abspringt, oder einer wie du, mit ein paar Buchstaben in die Tasten des Computers gehauen, könnte es verstehen … Das ist schwer zu erklären.«

Es ist mir egal, was mein Autor oder der Rest der Menschheit denkt. Ich weiß nur, dass ich mich nicht ergebe.

»Wehr dich nicht, das wird das Beste sein, für dich und für mich«, sagt er.

Ich höre Schritte auf der Treppe. Der Schriftsteller geht wieder zur Tür und will sie öffnen, damit ich mich ergebe. Ich laufe zum Balkon, das Manuskript an die Brust gedrückt, springe aufs angrenzende Dach und sehe zu, dass ich wegkomme. Vom Fenster aus rufen meine Verfolger mir nach. Fordern, dass ich mich ergebe. Und ich schaue mich um, sie halten meinen Schöpfer am Hemdkragen gepackt, mit dem Rücken an der Wand. Er schüttelt unablässig den Kopf, weist jede Schuld, für die er wird büßen müssen, von sich.

Alles ist verloren, denke ich, aber was soll's. Jetzt will ich nur existieren. Der Autor hatte mich schon verraten, als ich das Haus betrat. Ich bin ihm nicht mehr wichtig. Schreiben ist für ihn nur eine Übung, um frei zu sein. Sind seine Gedanken erst auf der Welt, interessieren sie ihn kaum noch. Er ist eine Rabenmutter. Ich gehe in verschiedene Gassen hinein. Manchmal ruft jemand, haltet den Dieb! Da läuft er, er ist gerade um die Ecke! Aber sie kriegen mich nicht, und ich will nur fort. Nichts ist wichtiger, als den Roman zu retten … Mich zu retten.

Am Ende der Straße warten mehrere Polizeiwagen auf

mich, ich klopfe an eine Tür, sie öffnet sich ein Stück, man schaut mich verwirrt an.

»Bitte, ich brauche Hilfe«, sage ich und versuche, die Tür aufzustoßen, aber die Leute wehren sich.

»Was für ein Zufall!«, antwortet der Mann, der mich am Hereinkommen hindert. »Eine solche Gefälligkeit benötige ich ebenfalls.«

»Ich werde gesucht.«

»In gewisser Weise werden wir alle gesucht«, antwortet er resigniert. »Wir alle sind illegal.«

»Ich meine … Sie müssen wissen«, sage ich beklommen, »ich versuche, einen bedeutenden Roman zu retten.«

»Und du glaubst, der Rest wäre egal? Auch wir sind etwas Unvollendetes. Jemand hat uns geschrieben, und am Ende werden wir von jemand anderem gelöscht. Vielleicht sogar von demselben, der uns erdacht hat.«

»Und du kannst nichts für mich tun?«

»Nicht mal für mich selber habe ich etwas tun können«, sagt er beschämt, fast kommen ihm die Tränen.

»Was soll ich also tun, weiterlaufen?«, frage ich, als wollte ich mich an eine letzte Hoffnung klammern.

»Ja«, sagt er. »Flieh, solange du kannst. Vielleicht begegnen wir uns an einem anderen Punkt der Lebenskurve, und mit ein wenig Glück laufe ich an deiner Seite.«

Ich sehe die Bitterkeit in seinem Gesicht, in jedem Wort, das er ausspricht oder nicht ausspricht. Immer wieder schaut er hinter sich und vergewissert sich, dass niemand ihn hört.

»Zum Fliehen bedarf es auch der Gnade«, sagt er und muss schlucken, als wäre ihm etwas im Hals stecken geblieben. »Nur den Auserwählten ist es gegeben, zu entkommen. Ein freundlicher Zug unserer Zeit, auch wenn es nur wenigen gelingt.«

»Beschämt es dich nicht, mich dem Unglück zu überlassen?«, frage ich und habe mehr Mitleid mit ihm als mit mir.

»Ich weiß selber, dass ich keine Werte mehr habe, keine Gefühle«, sagt er zynisch. »Nur so habe ich überlebt.«

Ich will nichts weiter hören. Ich kann meine Zeit nicht verschwenden in einer Straße, wo ich keine Zuflucht finde. Die Männer aus den Streifenwagen kommen auf mich zu. Ich schaffe es in eine Gasse hinein und dann in eine andere, ich muss gar nicht überlegen. Meine Beine werden schwer, jeder einzelne Muskel steif. Manchmal falle ich hin, aber ich halte nicht an, schleppe mich weiter. Bis alles um mich verschwimmt und ich nicht mehr weiß, wo ich bin.

Der Arm tut mir weh, so fest drücke ich das Manuskript an meine Brust. Ich finde eine angelehnte Tür. Gehe hinein. Alles ist dunkel. Über mir ein alter Glockenturm. Dann ein Kreuz, an der Wand ganz hinten. Durch die schmutzigen Scheiben in der Kuppel fällt etwas Licht. Ich höre meine Schritte. Auch das Geräusch der Tinte, die durch meinen Körper fließt. Wie sie durch die Adern rauscht. Mir wird schwindlig, und ich sinke zu Boden.

Noch einmal lese ich den Roman. Alles, was ich erlebt habe, steht auf diesen Seiten geschrieben, bis ins kleinste Detail. Meine Wirklichkeit hat sich der Autor wohl überlegt. Aber ich bin ruhig, denn in dem Roman entkommt die Person und lebt viele Jahre in einem alten Kloster. Das Ich überlebt dank der Brotkrumen und der Samenkörner, die die Tauben mit ihm teilen.

Draußen haben Autos angehalten. Die Tür wird aufgestoßen. Unter Tränen versichert eine Stimme, dass es hier ist, und es ist unverwechselbar die meines Schöpfers. Die dösenden Tauben flattern zu den Fenstern auf, es ist kein Buntglas mehr darin. Die Stimmen kommen näher, und ich schaue mich nach allen Seiten um und versuche, den Roman zu verstecken, ich muss ihn retten, alles andere ist egal, ich, der Autor, die Gesetze, meine Existenz, aber ich finde keinen rechten Ort und renne wie verrückt, stoße gegen kalte Wände, kehre zurück, suche nach einer Ecke, einem kleinen Raum, wo sie ihn nicht finden können. Es gibt keinen.

Ich habe keine andere Wahl, ich muss die Blätter zerreißen und verschlucken. Und während ich es in meiner Verzweiflung tue, verschwinde ich. Zuerst ein Bein. Dann ein Arm. Ein Auge tränt, aber es hält mich nicht auf, ich weiß, dass diese Männer, die die Bedeutung meines Romans nicht verstehen, jeden Moment bei mir sind.

Ich verschlucke die letzten Seiten. Bleiben nur noch die Lippen, und als sie das letzte Blatt aufnehmen, lächeln sie.

MARLBROUGH ZOG NICHT
IN DEN KRIEG

Für Gastón, dessen Abwesenheit
sich seine Schüler in der fünften Klasse
bis heute nicht erklären können.

Ständig sind wir hinter Latte her, denn der versteht am meisten von Frauen in unserem Viertel. Und das behauptet er nicht nur, wir sehen ihn zusammen mit Ärztinnen und Ingenieurinnen, die in ihren Autos zu ihm kommen und Geschenke dabeihaben und ihm Geld geben und sogar mit ihm spazieren fahren. Er lässt sie irgendwo parken, und dann dürfen wir uns hinter der nächsten Mauer verstecken und können sehen, wie sie über seine Witze lachen. Er erzählt sie ganz ernst, macht einen schiefen Mund und schelmische Augen und sagt irgendwas Verruchtes, das klappt immer, meint er. Den Frauen ist die Lust anzusehen, ihn zu vernaschen, sie streichen über die Beule zwischen seinen Beinen und wollen die Hose aufknöpfen, und genau in dem Moment fasst er ihnen unters Kleid und zeigt uns die Schenkel und die Titten, und dann befeuchtet er sich die Finger und streichelt ihre empfindlichsten Stellen. Er sagt, der Trick ist, sie mit ihrer Lust zurückzulassen, damit sie wiederkommen und ihm wie Vögelchen aus der Hand fressen, dabei wünschen wir uns bloß, dass er ihnen endlich gibt, weshalb sie zu ihm kommen, damit wir mal richtig sehen, wie die

Kinder gemacht werden. Tatsächlich wüssten wir nicht, was aus uns würde ohne seine Ratschläge.

Unsere Eltern erlauben uns nicht, dass wir mit ihm sprechen, was könnte er uns schon beibringen, wo er weder zur Schule geht noch arbeitet. Aber wir hören nicht auf sie, kommen aus der Schule gerannt und laufen zu der Gasse, wo er schon auf uns wartet, mit den Erfahrungen vom letzten Tag und diesem Duft von süßen Blumen an den Fingern, den die Frauen in ihren Slips haben. Er kassiert zwei Fünfer pro Folge, und für Einzelheiten und Beschreibungen, die uns besonders interessieren: einen Zwanziger. Wenn er es geschafft hat, dass wir uns die Geschichte bildlich vorstellen können, fragen wir, um welche der Frauen es geht, in den Filmen weiß man am Ende ja auch immer, wer der Mörder ist: Macht einen Fünfer zusätzlich. Aber wir beklagen uns nicht. Wir stehen mehr auf seine Geschichten als auf das Schulessen, auch wenn wir manchmal ein bisschen hungrig sind.

Auch heute sind wir hergekommen, so wie immer, nur er ist nicht da. Wir denken, vielleicht ist er krank, und gehen zu ihm nach Hause. Die Fenster sind geschlossen, in seinem Taubenschlag ist kein einziges Tier, die Schälchen für Wasser und Futter sind leer, wirklich eine ernste Sache, vielleicht sind die Tauben ja vor Hunger und Durst weggeflogen. In der Wohnung steht eine leere Rumflasche, ich rieche daran, ja, Rum. Auf der Straße hat niemand ihn gesehen. Mingui sagt, er geht erst nach Hause, wenn wir ihn gefunden haben, selbst wenn er eine ganze Woche bestraft wird. Da erinnern wir uns an den Militärdienst: Zuerst wollte er nach Angola gehen und hatte das Formular und alles unterschrieben. Die Abfahrt stand schon fest, und wie er sagte, wurden ihm die Tage lang. Aber vor einer Woche haben wir erfahren, dass man Gastón getötet hat, den unzertrennlichen Freund, der ihn drüben erwartete. Es heißt, man hätte nicht mehr feststellen können, wo genau am Körper ihn das Geschoss erwischt hat.

Und den Leuten tat Latte leid, sie stellten ihn sich schon voller Löcher vor oder mit fehlenden Körperteilen, abgetrennt von einem Splitter, und wenn er an der Schule vorbeikam, sangen die Mädchen: Der Latte zog in den Krie-hieg, wie weh das tut, ja so weh-he! Die alten Frauen im Viertel bekreuzigten sich, wenn sie ihn sahen, und seine Liebchen kamen ohne Geschenke, hingen heulend über dem Lenkrad und umarmten ihn, es sah aus, als wollten sie ihn zwischen ihren Brüsten verstecken. Bis er sagte, er geht nicht. Und der Mann vom Militärkomitee mit seiner feinen Art zu sprechen, immer alle Buchstaben schön ausgesprochen, teilte ihm mit, dass es keine Möglichkeit mehr gebe, daran etwas zu ändern. Latte schrie ihm ins Gesicht, das Einzige, woran man nichts mehr ändern kann, ist Gastón. Den Militärdienst wird er hier ableisten, und wenn schon sterben, dann hier. Niemand kriegt ihn aufs Schiff.

Latte hat uns beigebracht, dass wir uns, wenn wir mal eine Freundin haben, in die Partnerin hineinversetzen müssen und ihr mit der Zunge über die Stelle am Körper lecken, die am meisten kitzelt, ich glaube, er hat der Sache eine Zahl gegeben. Aber das würde ich nie tun, ich fand das widerlich, und er sagte lachend, wenn man die Spinne vor sich hat, gibt es nichts, was einen aufhalten kann, der Mund wird wässrig, und du denkst nur daran, einen guten Eindruck zu machen, damit es ein zweites Mal gibt, sonst erzählen sie überall, dass du ein Schlappschwanz bist, und du kriegst nie wieder eine Frau. Aber ich blieb dabei, dass ich das nur mit der mache, die ich auch heirate und bei der keiner es vorher schon mal gemacht hat. Er streckte die Hand aus und nahm mir den letzten Zwanziger ab, so als sollte ich nie wieder den Mund auftun, denn Latte ist keiner, der einem vertraut.

Rolo sagt, der Chef vom Militärkomitee hätte Latte gebeten, irgendeinen überzeugenden Nachweis vorzulegen, damit er sich vor der Kommission für ihn einsetzen kann und sein Rückzieher genehmigt wird. Und er antwortete ihm, er würde alles tun, wirklich alles, um zu bleiben, dort drüben habe ich nichts verloren, seit sie Gastón umgebracht haben, habe ich keine zwei Stunden am Stück geschlafen. Bevor er ging, sagte Latte dem Rolo noch, dass der Typ ihn wahnsinnig geheimnisvoll angeguckt hätte. Aber vielleicht übertreibt Latte ja auch und es ist alles gar nicht so wild, und wenn wir ihn das nächste Mal sehen, hat er schon die gute Nachricht, dass er bleibt.

Soweit wir uns erinnern, haben wir uns nur einmal bei Latte beschwert, wir hatten uns nämlich an den Pimmel gefasst, wie er gesagt hatte, und die Haut vor- und zurückgezogen und an die Slips der Mädchen in der Klasse gedacht und selbst an den Slip der Lehrerin, aber da war überhaupt nicht dieses Kitzeln, von dem er so viel erzählt hatte. Er meinte, dann würde er es uns vorführen, kassierte von jedem einen Peso, und wir konnten das Wochenendkino vergessen. Wir sollten nur leise sein, sagte er, schloss die Augen und machte es sich einfach vor uns, wir waren richtig neidisch, als wir sein seliges Gesicht sahen und wie er stöhnte und zwischendurch immer lachte, und danach schien es, als würde er weinen, als würde es ihm weh tun, aber gleich lachte er wieder, und was uns am meisten verwunderte, war dieses Feuerwerk, das aus der Spitze kam, es schoss richtig hoch, war ein Regenbogen in allen Farben, ehe es wieder runterkam und auf die Erde platschte. Wir verstanden diese Gefühlsmischung zwar nicht, wollten es aber unbedingt ausprobieren, und am nächsten Tag waren wir alle glücklich und hatten Ringe unter den Augen. Deshalb vertrauen wir ihm, durch ihn sehen wir die Dinge, wie sie sind, und nicht, wie unsere Eltern sie uns weismachen, die meinen, alles hätte seine Zeit, sie sagen uns schon, wann es so weit ist. Aber wir warten nicht länger, und jetzt erst recht nicht, wo wir dieses Kitzeln spüren, von dem Latte uns erzählt hat.

Mingui wollte es uns erst nicht sagen, aber gestern Abend war er bei ihm. Als er kam, weinte Latte und hielt seine Lieblingstaube in den Händen, sie hatte ihn nur leicht gepickt, und aus Versehen hatte er ihr einen Fußtritt gegeben, jetzt starb sie. Er hatte alle anderen freigelassen und wollte den Taubenschlag auseinandernehmen, es brachte nichts, sich zu opfern oder irgendwas zu wollen in dieser Welt, wenn jemand über das Leben anderer bestimmen und es zerstören kann, das Reine daran, eine Scheiße wäre das. Mingui sagt, er hätte eine schwere Zunge gehabt, hätte große Schlucke aus einer Rumflasche getrunken und immer wieder gesagt, dass er sich nicht mit Medaillen schmücken will, die hätten Gastón auch nicht wieder lebendig gemacht.

Wir beschließen, zum Militärkomitee zu gehen, und auf dem Weg fragt Rolo, ob Angola in Oriente liegt. Wir schweigen, und nur um etwas zu antworten, sage ich, ein bisschen weiter. Er meint, in den Ferien könnten wir doch abhauen und ihn besuchen. Wir versprechen es ihm und stellen uns vor, wie wir unerkannt auf einem Güterzug fahren, wie wir irgendwo abspringen und auf dem Stamm einer Palme Flüsse überqueren.

Aus der Ferne sehen wir Latte an der Ecke des Militärkomitees, wir gehen auf ihn zu, der Boden um ihn herum ist voller Kippen und Schleimklumpen. Als er uns sieht, wird er noch nervöser und will uns fortjagen. Ich sage ihm, dass wir uns Sorgen machen. Trotzdem sollt ihr gehen, sagt er. Er wartet auf die endgültige Entscheidung, der Chef hat ihn gebeten zu warten. Ich merke, dass er uns beim Sprechen nicht in die Augen schaut, dabei wollte er immer, dass wir das tun. Wir bieten ihm einen halben Peso pro Frage, mehr, um ihm zu helfen, als um etwas zu erfahren, aber er brüllt uns wieder an, wir sollen abhauen. Mingui versucht noch, ihm zu drohen, dann wären wir nicht mehr seine Kunden. Und wir wenden uns verwundert ab, sonst hat er uns den Gefallen ja immer getan. Als wir die Straße zurückgehen, sage ich, ihm hätten die Hände gezittert, als wäre ihm kalt. Wir verstecken uns hinter einer Mauer, und Rolo, der einen kleineren Kopf hat als wir anderen, beobachtet ihn und beschreibt, was passiert: Er geht weiter auf und ab, und als es zu dämmern beginnt, zeichnet seine Zigarette Figuren in den Abend. Irgendwann langweilen wir uns und wollen schon gehen, aber in dem Moment kommt ein Mann dort heraus, wo das Schild hängt: »Militärdienst für alle, eine Pflicht gegenüber dem Vaterland«. Latte geht auf ihn zu, spricht mit ihm, fuchtelt, lässt sich nicht die Hand auf die Schulter legen. Der Chef spricht weiter, jetzt ganz nah an seinem Gesicht. Wir haben Angst, dass er ihn überredet und Latte doch geht, er ist schon ruhiger geworden. Jetzt haben wir den Scheiß, Rolo tritt irgendwo gegen, zwei Jahre, bis wir ihn wiedersehen, wenn er denn Glück hat und nicht drüben stirbt. Latte und der Chef trennen sich und nehmen verschiedene Straßen. Wir folgen unserem Freund aus großer Entfernung, damit er nicht merkt, dass wir auf ihn aufpassen, er geht in Richtung Bahngleise. Es ist mittlerweile schon dunkel, aber wir haben nicht so viel Angst, weil wir seine Gestalt vor uns sehen. Mingui sagt, er sucht nach einem Ort, wo er sich verstecken kann, damit sie ihn nicht finden an dem Tag, wenn es nach Angola geht. Oder sie haben ihn auf einen gefährlichen Posten geschickt, sage ich, damit er beweisen kann, dass er hier auch zu etwas gut ist, wir könnten ihm was zu essen bringen und ihm abwechselnd Gesellschaft leisten. Rolo fällt auf, dass er nicht mehr so geht wie vorher, wie die Champions. Aber es wird ihm gefallen, dass wir uns um ihn sorgen, darin sind wir uns einig, und wer weiß, vielleicht kassiert er aus Dankbarkeit nichts mehr von unserem Geld fürs Schulessen und fürs Kino und erzählt uns gratis alle seine Abenteuer, auch die Geheimnisse, die die Männer, wie er sagt, von jeder Frau kennen und die uns fehlen, um so zu sein wie er. Bestimmt freut er sich, wenn wir ihm sagen, dass wir auch nicht in den Krieg ziehen werden, wenn wir dran sind mit dem Militärdienst. Wir hören, wie unsere Schuhe gegen die Steine stoßen, und vor Angst bleiben wir stehen, wir wollen sicher sein, dass das Geräusch von uns kommt, dann gehen wir weiter. Wir verstecken uns im hohen Gras, weil jemand beim Laternenmast mit einer

Papprolle unterm Arm auf ihn wartet. Vielleicht wollte der auch nicht gehen, und Latte löst ihn jetzt ab. Aber nein, als wir genauer hinschauen, sehen wir, dass es der Mann vom Militärkomitee ist. Sie laufen jetzt jeder auf einer Seite der Schienen, ohne sich einen Blick zuzuwerfen. Mingui sagt, der Latte hat es drauf, der wird ihnen schon zeigen, dass er ein echter Mann ist, und wenn er nicht rüberfährt, um zu sterben, dann wegen seiner Mutter, die hat nämlich im Geschäft mal gerufen, lieber hat sie einen feigen Sohn zu Hause als das Foto eines Helden im Wohnzimmer. Sie bleiben vor den leeren Waggons stehen, schauen sich um, wollen keine Zeugen haben. Das scheint eine ernste Sache zu sein, und wir haben Angst. Sie steigen hinein, ohne sich den Rücken zuzukehren. Das würden wir auch nicht zulassen, dass er ihn hinterrücks überfällt, wir würden uns auf den Soldaten stürzen, damit er mal sieht, was es heißt, wenn man Freunde hat. Mingui sagt, wir sollten besser gehen, das wird hier noch böse enden, und wenn wir Zeugen sind, werden sie uns ausfragen, und dann erfahren unsere Eltern, wie weit wir uns aus dem Viertel entfernt haben, und für mindestens ein Jahr werden wir bestraft. Und wenn es für Latte böse endet und er Hilfe braucht?, sage ich, vielleicht spielt der Typ ja ein schmutziges Spiel und hat eine Waffe in der Papprolle. Wir schweigen, nichts Schlimmeres könnte uns passieren, als Latte zu verlieren. Und wir beschließen, zu bleiben und ihn zu verteidigen, auch wenn wir für den Rest unseres Lebens bestraft werden.

Wir kriechen durchs Gras. Ich höre das leise Geräusch einer Gürtelschnalle, bestimmt ist das Latte, der ihn überrumpeln und fesseln will. Er ist ziemlich clever, das hat er auf der Straße gelernt, und wir werden ihn bitten, es uns auch beizubringen. Geldstücke fallen auf den Boden, ein Gerangel beginnt. Ich halte den Atem an und schließe den Mund, weil mir sonst das Herz rausspringt. Ich schaue durch den Türspalt, sie umarmen sich, einer auf dem anderen, besser gesagt, Latte auf dem Soldaten, und Mingui will unbedingt auch was sehen und zerrt an mir, aber ich will nicht, dass er sie so sieht, will nicht, dass sie Latte so sehen, und ich gebe ihm einen Stoß und renne weg, alle folgen mir erschrocken, verwirrt, bitten mich, stehen zu bleiben und es ihnen zu erklären, wir sind schon ganz außer Atem, sie rufen mir zu, wir sind viel zu weit weg, nicht weiterlaufen, bis sie es leid sind, hinter mir herzubrüllen, und Rolo, der immer schneller war als ich, stellt mir ein Bein, und ich fliege durch die Luft und knalle aufs Pflaster, ich spüre meinen Rücken und meinen Kopf. Etwas Warmes läuft mir über die Ellenbogen, aber es tut nicht weh, auch wenn ich erschöpft daliege und nur weinen möchte.

Sie fragen mich, warum zum Teufel ich weggerannt bin, was dort los war, was mich so erschreckt hat, dass ich Mingui geschubst habe, und der zeigt mir die Kratzer von seinem Sturz. Und wenn Latte dabei war, zu verlieren, sagt Rolo weiter, wozu hat man Freunde, und dann brüllt er, du Feigling.

Ich zucke mit den Schultern. Stehe auf und klopfe meine Sachen aus. Jetzt schubsen sie mich.

Echte Männer haben keine Angst, sagt Mingui mit Tränen in den Augen.

Ich gehe los.

Rolo fragt mich, ob wir uns morgen in der Gasse sehen.

Nein, sage ich.

Sie lassen nicht locker. Bist du verrückt geworden, morgen müssen wir uns von Latte verabschieden.

Nein, sage ich noch einmal, das ist nicht nötig. Latte zieht nicht mehr in den Krieg.

DIE KAMMER DER TRÄUME

Schon seit geraumer Zeit entsage ich der Welt. Ich lebe im Schatten der Gesellschaft. Was immer mich umgetrieben hat, habe ich hinter mir gelassen. Mein einziges Bestreben ist, die verbotenen und niemals offenbarten Träume zu sammeln. Denn ein Mensch ohne Visionen, davon bin ich überzeugt, ist ein Gespenst, die Spiegelung eines dahintreibenden Schiffs im Wellengang. Also flüchte ich mich ins Souterrain dieses alten Hauses und nehme mir vor, die Utopien meiner Zeitgenossen zu bewahren.

Die Statistik zu all dem Irrsinn, von dem man mir berichtet hat, habe ich verloren. Heute tippe ich in die Maschine, was die anderen mir anvertrauen: ihre Freuden, ihren Kummer, ihren Hass und ihre Rache, ihre Angst vor sich selbst, vor den Landsleuten, vor dem Staat, die unglaublichsten Sehnsüchte, die ich niemals preisgeben könnte.

Diejenigen, die gegen das Gesetz verstoßen, kommen meist erst zu mir, wenn sie ihr Misstrauen überwunden haben. Sie fürchten, es wäre ein Trick und sie würden verhaftet. Ist die Angst überwunden, öffnen sie sich langsam. Mittlerweile weiß ich, wie sich ihre Scheu vertreiben lässt: Man darf ihnen nicht in die Augen sehen, muss den Blick auf die Schreibmaschine heften, ihnen das Gefühl geben, dass sie allein sind. So tun, als wäre man jemand, der weder eine Meinung hat noch urteilt.

Entschlossen gehen sie das Risiko ein, und mit gedämpfter Stimme verraten sie ihre tiefsten Geheimnisse, ihre immer wiederkehrenden Träume und all die Bilder, die sie so quälen, weil sie jede Nacht erneut erscheinen und es gelernt haben, die gedanklichen Tricks zu vereiteln, die sie an einer Rückkehr hindern. So oft wiederholt sich der Zyklus der Schmerzen, dass die Leute das Schließen der Augen nicht mehr ertragen. Sie lehnen den Akt des Schlafens ab, um der Gefahr zu entgehen. Denn würde, was sie im Traum sehen, abgefangen, dürfte ein großer Teil der Bewohner dieser Stadt im Gefängnis vor sich hin dösen. Es ist untersagt, über Verbotenes zu grübeln.

Erlaubt ist nur, sich aus dem Großen Offiziellen Buch der Träume zu bedienen. Wer von den Dogmen abweicht, wird zu einem Subversiven, einem Unruhestifter, der das verordnete System in Verruf bringt. Doch sobald sich meine Besucher an das Zimmer und meine Reglosigkeit gewöhnt haben, fassen sie Vertrauen und versinken in delirierenden Monologen. Sie finden Gefallen an der Freiheit des Denkens, dann des Aussprechens, ein Vergnügen, das sie nicht kannten: die Erleichterung, die das Exorzieren vergönnt.

Meine Mission begann, als es eines Tages an der Tür klopfte. Ein Nachbar, der meine heimliche Schriftstellerei bemerkt hatte, sagte mir im Gestus des Komplizen, er wolle mir ein Geheimnis enthüllen, für das er riskiere, bestraft zu werden. Ich hatte Angst, gewiss, nie habe ich die offiziellen Listen anwachsen lassen, ich schrieb zu meinem persönlichen Vergnügen. Sein Vater, sagte er, liege im Sterben und wünsche, seinen beständigsten Traum festzuhalten. Zuerst verstand ich nicht, erschrak. Ich riet ihm, den Pfarrer zu holen oder den Notar, aber er weigerte sich, er benötige einen Schriftsteller, dem er seine Delirien überlassen könne. Ich lehnte weiterhin ab, doch er blieb hartnäckig, und ich spürte, wie sehr es ihn quälte. Also stimmte ich zu, ohne zu analysieren, was dagegen sprach, ein Dafür konnte ich nicht erkennen. Ich nahm Heft und Stift und folgte ihm.

Als ich ins Zimmer kam, atmete ich die Feuchtigkeit. Eine düstere Aureole kündete vom unausweichlichen Ende. Auf dem Bett lag ein alter, geschundener Körper. Kaum trat ich heran, fasste der Mann nach meinem Arm, und im Schein der Lampe auf dem Nachttisch sah ich, dass er lange gelbe Fingernägel hatte. Ich beugte mich über seine Lippen, um die stockenden Worte zu verstehen und meiner Funktion als Schreiber gerecht zu werden. Während er stammelte, begriff ich, wie wichtig es ihm war, seine Phantasien nicht aus dieser Welt mitzunehmen. Mir wurde der wahre Wert meines Berufs bewusst, sein Sinn, und ich ahnte, wenn ich diese Träume aufbewahrte, setzte ich dem gestrandeten Schiff seines Lebens die Segel. Doch selbst im Vorzimmer des Todes war dem Alten noch die Furcht anzusehen, er könnte beim Vortragen seiner Visionen ertappt werden. Die wachsamen Augen gingen ständig zur Tür, um sich zu vergewissern, dass niemand spionierte. Während ich seinen Monolog aufschrieb, konnte ich sehen, wie er die Schrecken, mit denen das Schweigen ihn erfüllt hatte, aus seinem Körper entließ. Und der Wind fuhr in die Segel seiner gestrandeten Galeone. Er ließ die Augen in die Ferne schweifen, ein Seemann, der zum letzten Mal die Landschaft der Stadt betrachtet, wo seine Lieben zurückbleiben. Ich weiß nicht, ob er bis zum Ende erzählte oder seine Enthüllung abbrach, doch ein Hauch von Wohlbehagen lag auf seinem Gesicht. Dass er nicht mehr keuchte, war kaum zu merken. Seine Muskeln entspannten sich. Er hatte seine Ruhe gefunden, und ich schloss ihm die schon matten Augen. Ich stellte mir vor, wie sein Schiff sich am Horizont verlor.

Stundenlang las ich ein ums andere Mal die Worte des alten Mannes. Was sollte ich damit tun? Zumindest zur Aufbewahrung hatte ich mich verpflichtet. Ein Ausnahmefall, dachte ich. Und ein seltsames Gefühl, zu etwas nützlich zu sein, erwachte in mir. Es schien mir die bedeutsamste Tat meines Lebens zu sein. Was mir bis dahin nur Ansporn gewesen war, nahm diskret einen Raum ein.

Wieder klopfte es abends an der Tür. Jemand verlange nach mir, hieß es. Er wolle nicht aus dem Leben scheiden, ohne einen Nachweis zu hinterlassen für seine Sehnsüchte. Ich verbarg meine Erregung, und als wäre ich ein Arzt, nahm ich meine Mappe und ging hinaus, um den Bedürftigen zu versorgen.

Am Anfang waren nur die Kranken im Endstadium in der Lage, ihre rauschhaften Träume zu offenbaren, sie fürchteten keine Repressalien mehr, für sie konnte es nicht schlimmer werden. Monate später kamen Leute, die mich kontaktiert hatten, damit ich ihren leidenden Angehörigen zuhörte, und klopften noch einmal an, da sie planten, auf Flößen und Autoschläuchen illegal das Land zu verlassen. Bei der Aussicht, womöglich ums Leben zu kommen, wünschten sie ebenfalls, ihre Begründung zu hinterlegen. Ich half ihnen. Einige erreichten die andere Küste. Andere blieben auf der Strecke. Wichtig ist allein, dass ihre Spuren an dem Ort und in dem Raum bleiben, wo sie ihren Ausgang nahmen.

Ich füllte viele Blätter mit den Träumen von Dieben und Verliebten, Regierungsbeamten und Prostituierten, abtrünnigen Politikern und Enttäuschten, von Intellektuellen, Neidern, Unterdrückten. Selbstmordkandidaten fanden sich ein, die, nachdem sie ihren Kümmernissen freien Lauf gelassen hatten, vom Tod Abstand nahmen, es war eine unendliche Freude. Vor allem wurde ich mir der Notwendigkeit bewusst, dass ihnen einer zuhörte. Blieben die Unbeirrbaren, die ich auf ihre tödliche Tat zugehen sah. Zuerst fand ich es traurig. Dann nicht mehr, ich begriff das Unvermeidliche. Verzagen lässt mich heute, wenn ich erfahre, dass jemand sich das Leben nimmt, ohne mich vorher zu besuchen. Das Gleiche passiert mir, wenn ein Unfalltod die Reihe der unangreifbaren Träume unterbricht.

Abends, nach getaner Arbeit, sortiere ich die in meiner Bank des nationalen Gedächtnisses hinterlegten Nachweise und archiviere sie in Umschlägen, Kisten und Regalen. Bevor ich schlafen gehe, erinnere ich mich noch an einzelne Details, die die jeweilige Persönlichkeit ausmachen. Das ist mein Beruf. Mit der Zeit habe ich gelernt, allein an ihrem Verhalten, ihrer Kleidung oder den Falten ihrer Hände zu erkennen, wie hilflos sie sind, wie verirrt ihre Illusionen, und ich ahne die verzweifelte Tiefe ihrer Worte.

Ich verlasse kaum noch das Souterrain. Nur das dringende Bedürfnis eines Sterbenden zwingt mich hinaus. Ich fürchte um mein Archiv. Mich bestürzt der Gedanke, ein Neugieriger könnte dort schnüffeln und die gesammelten Geständnisse entdecken. Auch misstraue ich denen, die reuig zurückkehren, um das Diktierte zu vernichten. Es sind wirklich nur wenige, und dann versuche ich sie zu überreden, garantiere ihnen die Anonymität hinter einer Zahl in meinem fortlaufenden Nummernsystem. Ich verdeutliche ihnen, dass nicht die Person wichtig ist, sondern die Strahlkraft ihrer Utopien, die sie dem Gedächtnis ihres Landes vermacht haben.

Wieder klopft es, energisch. Ich sitze gerade beim Mittagessen und öffne. Ein Herr grüßt mich mit einer leichten Kopfbewegung. Ich bitte ihn herein. Er nimmt auf dem einzigen verfügbaren Stuhl Platz. Ich greife zu meiner Brille, führe das Blatt in die Walze ein und bleibe stumm. Mehrere Minuten vergehen, ich schaue auf, der Mann beobachtet mich.

»Wann immer Sie wünschen«, sage ich.

»Sie sind also der Schriftsteller!«

»Nur ein Schreiber ohne eigenen Stil, seien Sie unbesorgt«, versichere ich.

Und um die Unterhaltung zu beenden, versuche ich ihn ins Fahrwasser zu dirigieren.

»Sprechen Sie.«

»Der Einzige, der hier gleich spricht, bist du.« Er lächelt zynisch, zeigt mir dabei einen kariösen Zahn und seinen Ausweis der Geheimpolizei. »Kein anderer erzählt hier jetzt Träume, nur du. Und glaub mir, wenn du nicht tust, was ich von dir erwarte, sorge ich dafür, dass der Rest deines Lebens zu einem Albtraum wird.«

Mir versagt die Stimme. Meine Gedanken sind wirr. Flucht

ist unmöglich. Um mich herum ist alles Wüste. Ich dachte, ich wäre vorbereitet auf diesen Moment. Oft habe ich mir vorgestellt, wie es sein würde, aber ich erinnere mich nicht, dass ich es je auf diese Weise vor mir gesehen hätte.

»Hier ruhen also die verräterischen Träume!«, sagt er, wirft eine Kiste an die Wand, tritt gegen andere. Er liest, sucht nach Namen, die ihn zum Geständigen führen.

»Ich bitte Sie, mein Herr«, sage ich, »es bringt nichts, Beweismaterial von Leuten zu beschädigen, die nicht mehr da sind.«

»Ich fürchte die Menschen nicht«, antwortet er, »sie sind nicht von Dauer, im Gegensatz zu den Träumen. Die sind ewig. Sie vermehren sich: ›Fische, die sich auf dem Grund des Meeres verbergen, und wenn wir am wenigsten damit rechnen, kommen sie an die Oberfläche. Dann zeigen sie ihre Schönheit, verändern sich, halten dem Sonnenlicht stand, und wird die Umgebung feindlich, tauchen sie ab in die Tiefe‹, das habe ich in einem Roman gelesen, und das Bild ist mir geblieben … Ein langer Zyklus, uns fremd, wir werden es nicht dulden. Wir müssen lernen, solche Reaktionen aufzuhalten, die Glieder dieser Entwicklung zu beeinflussen. Und sie am Ende vernichten.«

Er zündet ein Streichholz an, betrachtet die Flamme und mein Archiv.

»Ich bitte Sie, mein Herr, bevor Sie es werfen, bedenken Sie den Schaden, den Sie Ihrem Land zufügen.«

»Sind Sie nur dumm, oder wollen Sie mit mir spielen?«, sagt er wütend.

»Ich bin nicht naiv, mein Herr, ich habe immer gewusst,

dass man mich entdeckt«, sage ich. »Aber wenn es Ihnen hilft: Ich hätte es ohnehin nicht verhindern können. Tun Sie Ihre Pflicht und nehmen Sie mich fest. Ich bitte Sie nur, die zerbrochene Hoffnung zu respektieren, die dieser Papierberg versammelt.«

»Das hängt von dir ab«, antwortet er. »Wir geben uns eine Chance«, und er löscht das Streichholz.

Das Flehen in meinen Augen zeigt ihm, wie sehr mich der Gedanke entsetzt, die Arbeit all dieser Jahre würde zerstört.

»Wir werden schon miteinander auskommen«, und wieder lächelt er. »Die Geschichten führen uns nicht mehr zu ihren Urhebern, aber sie dienen als Studiengrundlage, um, sofern möglich, die zu verstehen, die sich demnächst einfinden. Um zu wissen, wie man sie bearbeitet.«

Mir fehlt die Kraft zum Widerspruch.

»Vielleicht können wir einander behilflich sein«, sagt er. »Du beschützt die Träume, das Ätherische gewissermaßen, und ich überwache das Materielle: die Personen. Ein Zusammenleben ohne Aggression. Ich helfe dir, und du revanchierst dich.«

»Und was wäre die Grundlage dieser Kooperation?«

Er macht eine Miene, als hielte er die Schlacht, noch nicht begonnen, schon für gewonnen.

»Du kannst die anonymen Schriften behalten«, sagt er, »dafür händigst du mir diejenigen aus, die von jetzt an zu dir kommen. Wie du siehst, behältst du das Wichtigste und Schädlichste: das versammelte Papierzeug und die künftigen Vertraulichkeiten.«

Er sieht mir meine Unruhe an.

»Hab keine Angst«, er tritt auf mich zu, drückt meine Schultern, »wir wollen nur ein Labor schaffen, ein menschliches Thermometer, wollen die Loyalität jener überprüfen, die uns ihrer Unterstützung versichern, wollen den Verrat vorhersehen.«

Ich habe Schweißausbrüche, vor Erschöpfung kann ich nicht mehr zuhören, seine Worte werden zu einem unbekannten Dialekt …

»Wir werden ihnen nichts antun, im Gegenteil, wir wollen sie retten, sie auf den vorgezeichneten Weg führen, zum Wohle des Vaterlands … Die Nazis haben eine Studie begonnen, die wir fortzuführen gedenken«, er lehnt sich auf seinem Stuhl zurück und schlägt die Beine übereinander, gibt sich allwissend. »Das Unterbewusstsein entscheidet über den Geschmack, die Wünsche, über das, was einen aus der Palette der Angebote am meisten interessiert. Der Lebensraum des Unbewussten ist der Traum. Wo der Mensch schöpferisch ist. Die Behandlung schlafender Patienten hat gezeigt, dass wir den Lauf ihres Lebens ändern können. Der Körper ruht, aber das Gehirn bleibt in höchstem Maße aktiv. Nach längeren Therapien gab es Juden, die Christus fanatisch verehrten. Homosexuelle, die heterosexuell wurden.«

Mein Körper verlässt mich. Erst als ich das Wasser trinke, das mir der Besucher reicht, komme ich wieder zur Besinnung.

»Ich werde es dir nicht schwermachen, versprochen«, sagt er zur Ermunterung. »Ich bleibe einfach in irgendeiner Ecke, bin dein Assistent oder so, das sagst du denen, die dich fragen. Ich bin für die Ausübung einer solchen Tätigkeit qualifiziert, du wirst keine Klagen hören«, und dann ändert sich sein Tonfall, seine Miene. »Wir können dich zwingen und nach Belieben vorgehen, aber das ist nicht unser Ziel, verstehst du?«

Ich habe keine Wahl.

»Ich bitte nur um Respekt für die Träume, die auf diesen Seiten aufbewahrt sind.«

»Wenn das alles ist, werden wir uns verstehen«, sagt er.

Seither kommt er jeden Tag in der Frühe. Erst nach einiger Zeit stört mich sein Hin und Her im Zimmer nicht mehr, sein ständiger Schatten. Er hält sich aufs Wort an die Vereinbarung. Nie fragt er etwas, noch verlangt er Respekt, wenn ich ihn vor den Besuchern demütige. Er hört nur aufmerksam zu, mein hitziger Charakter macht ihm nichts aus. Dabei habe ich ihn sogar mal angeschrien, er soll mir ein Blatt Papier geben oder die Person auf seinem Stuhl sitzen lassen. Es war kein Vorsatz meinerseits, nur eine spontane Art, meinem Ärger über den verletzten Raum Luft zu machen.

Vor ein paar Monaten hat er angefangen, mir das Frühstück und die Zeitung zu bringen. Und Tag für Tag wischt er mit einem feuchten Tuch die Bücher ab. Jeden Morgen wählt er ein anderes Regal und sortiert alles je nach Genre neu. Er kann auch liebenswürdig sein, wie ich feststellen durfte, auf die unglaublichsten Details reagiert er höflich. Mittlerweile kümmert er sich auch ums Mittagessen, und bevor er geht, sieht er zu, dass er mir etwas für den Abend dalässt.

Wenn wir zu Mittag gegessen haben, tauschen wir uns über die gelesenen Romane aus. Wir sprechen über das Dilemma der ein oder anderen Figur. Es ist schon mal vorgekommen, dass ich unbeabsichtigt das System kritisiert habe, und gleich bekam ich einen Schreck, aber er hat nie beleidigt reagiert. Vielleicht, weil ich nicht sein eigentliches Ziel war.

Eines Abends, ich bereitete mich gerade auf die Entgegennahme eines Bekenntnisses vor, kam jemand, dessen Angehöriger ebenfalls vor seinem Tod um meine Dienste bat. In den Augen meines Assistenten las ich die Bitte, mich vertreten zu dürfen, und ohne ein Wort des Abschieds gingen wir in verschiedene Richtungen davon. Nach unserer Rückkehr sah ich seine Aufzeichnung durch, das Wesentliche hatte er erfasst. Ich beglückwünschte ihn. Das Gleiche wiederholte sich. Einmal war ich für längere Zeit krank, und er sprang für mich ein. Wie ich sah, tat er es mit großer Leidenschaft. Er ahmte jeden meiner Schritte nach, und in all diesen Monaten war er über das kleinste Detail meiner Arbeit auf dem Laufenden.

Irgendwann fragte ich ihn nach dem Schicksal der Personen, sobald sie mich verließen. Was geschieht mit ihnen?

»Ich versichere dir, soweit ich weiß, nichts«, und seine Augen sahen mich fest an, wollten mich überzeugen.

Also denke ich lieber nichts, scheuche mein Gewissen nicht auf. Halte mich mit meinen Gefühlen fern, damit sie nicht behindern, was mich allein interessiert: die Dokumente zu schützen.

»Und was träumst du?«, fragt er.

Ich starre ihn an. Was könnte ich antworten, ohne mein Vorhaben zu gefährden?

»Bisher hat das niemanden interessiert«, sage ich überrascht. »Keiner hat mich je danach gefragt ...«

»Soll das heißen, du antwortest mir nicht?« So wie er es sagt, möchte er mich ungerecht erscheinen lassen.

»Doch, sicher«, ich schaue ihn gefasst an. »Ich gehe das Risiko ein, dass du in mein Inneres blickst, vielleicht brauche ich es ja«, sage ich resigniert. »Dann werde ich ein für alle Mal die ewige Angst los.«

Er beobachtet mich, verbirgt seine Professionalität nicht: Er ist es gewohnt, zu hören, was von einem erwartet wird.

»Ich wollte der Vater sein, den ich nie hatte. Nur dass es mir nicht gelang, Kinder zu haben. Erste gescheiterte Hoffnung. Auch wollte ich, dass meine Mutter immer da ist. Ich musste lernen, mir nicht das Unmögliche zu wünschen. Also habe ich mich in die Literatur gestürzt, wollte die Enttäuschungen vergessen. Ich hielt mich sogar für glücklich, bis es zum ersten Mal an meiner Tür klopfte und ich helfen sollte, einen Traum zu bewahren … Das reicht.«

Er schaut aufmerksam in eine Ecke des Zimmers, aber in Gedanken ist er weit fort. Seine Abwesenheit ist mir unheimlich.

Die Tage vergehen, ohne dass er mit mir spricht. Seine Arbeit verrichtet er in tiefstem Schweigen. Einmal habe ich versucht, ein Gespräch anzufangen, vergeblich. Bis er eines Morgens an mich herantritt:

»Nicht allen ist dasselbe Los beschieden. Manchmal sind wir nicht die, die wir gerne wären, sondern die, die das Leben uns aufzwingt … Wie eine Zwangsjacke, aus der wir nicht herauskommen.«

Mir wäre lieber, er schweigt. Ich möchte nichts hören. Ich gehe zum Bücherregal und tue so, als würde ich nach einem Titel suchen, beachte ihn nicht. Aber er spricht weiter.

»Wärst du einverstanden, meinen Traum zu hören?«

»Nein«, sage ich sofort. Eine klare Antwort, dieselbe wie immer.

»Glaubst du, wir wären nicht gleich? Und da willst du bestimmen, dass ich keine Träume habe!«

Ich nehme ein Buch, blättere darin, als wäre er nicht da.

»Mein größter Wunsch ist es, eine Vision zu haben, mich auf etwas zu freuen. Nichts ist für mich besonders, bedeutsam, entscheidend. Sosehr ich mich bemühe, ich stoße nur auf die Leere. Mein großes Dilemma ist, dass ich keine Träume habe und mir welche wünsche.«

Ich klappe das Buch zu.

»Die Leute erzählen, wonach sie sich sehnen, und ich verstehe sie nicht«, sagt er. »Je blühender ihre Phantasie, desto beklemmender für mich, vor allem bei den Kindern. Ich verstehe nicht, wie sie es schaffen! Welches Geheimnis steckt dahinter ... Mein traumleeres Dasein war der Grund, weshalb meine Vorgesetzten mich für diese Aufgabe ausgewählt haben.«

Ich stelle das Buch zurück an seinen Platz.

»Wenn du mir zu einem solchen Traum verhelfen könntest ... Nicht dass ich ihn brauchte, es ist nur Neugier, aber bei der Arbeit wäre er mir gewiss eine Hilfe. Glaubst du, du könntest das?«

»Ich erfülle nur die Funktion eines Schreibers«, antworte ich. »Darüber hinaus betreibe ich nichts ...«

»Du willst mich reinlegen«, unterbricht er mich verärgert. »Ich habe gesehen, wie sie manchmal schweigen, und du schreibst weiter, steuerst deinen kreativen Teil bei.«

»Du lügst!«

»Verstehst du nicht, dass auch ich existieren will?«, sagt er.

»Tut mir leid, damit kann ich nicht dienen.«

»Ein Egoist bist du«, er atmet tief ein. »Ich schwöre dir, wenn du mir nicht hilfst, mache ich meinen Einfluss geltend, du wirst es bereuen.«

»Bin ich Gott?«

»Allerdings, du erschaffst die Welt«, sagt er, hysterisch jetzt, »du verfügst über das Papier, entscheidest, wie und wann. Du setzt den Schlusspunkt. Himmel, wonach sehnt man sich mehr?«

»Ich könnte dich reinlegen, wenn es dein Wunsch ist«, sage ich. »Und um ehrlich zu sein, ich glaube auch nicht, dass du keine Sehnsüchte hast. Wenn es stimmt, was du sagst, sind sie ganz sicher im Unterbewusstsein, egal wie bestrebt du bist, deine Arbeit perfekt zu machen, Applaus zu bekommen, eine Beförderung«, er schaut mich hilflos an, und ich habe Mitleid. »Ich möchte dir helfen, sie zu finden. Sie an die Oberfläche zu holen. Mehr kann ich nicht für dich tun.«

»Das würde mir genügen«, sagt er.

Tagelang haben wir von seiner Kindheit gesprochen, seinem Leben. Ich wollte einen Sinn darin erkennen, ein Zeichen, das half, die Suche fortzusetzen. Er rief sich vergessene Episoden ins Gedächtnis, die ihn mit Wehmut erfüllten. Erzählte von seiner Jugend, seiner ersten Liebe, der schulischen Laufbahn, von seiner Beziehung zu den Eltern, den Geschwistern, den Freunden. Er gab zu, dass er sie vermisste. Wir fanden heraus, dass er Angst hatte, zu scheitern, diejenigen zu enttäuschen, die ihm vertrauten. Als praktischer, der Routine verhafteter Mensch zog er es vor, Wünsche nicht zu planen, er verkroch sich in einem Panzer, der jede persönliche, sich mit den Befehlen von oben nicht deckende Bestrebung fernhielt. Als es keine zu erforschenden Räume mehr gab, wiederholte er die Anekdoten.

Eine Woche später sagte er mir, er habe seine alten Freunde besucht. Er hatte Fotos gesehen von denen, die das Land verlassen hatten. Es überraschte ihn, dass ausgerechnet der, von dem er sich abgewandt hatte, als er von seiner geplanten Flucht erfuhr, in jedem Brief nach ihm fragte.

Eines Morgens umarmt er mich euphorisch. Er hat geträumt! Und atemlos beschreibt er mir die Szenen. Immer wieder. Und sowie er sich erinnert, fügt er Einzelheiten hinzu.

»Die Nazis haben sich geirrt, wir auch, als wir die These weiterverfolgten. Die Juden haben simuliert, um zu überleben. Die Schwulen haben es sich verkniffen. Die Träume sind unantastbar, dem freien Willen unterworfen. Sie sind nicht manipulierbar und nicht verhandelbar. Es ist der magische Ort in Vollendung, die Ankündigung des Paradieses, das Gott uns im Weiterleben schenkt.«

Und tagelang analysiert er das psychologische Phänomen des Aktes an sich.

»Jetzt weiß ich, was ich mir wünsche«, sagt er auf einmal. »Ich will mein Leben als Ermittler aufgeben und für immer hierbleiben. Deinen Beruf erlernen. Egal, welche Risiken ich damit eingehe.«

»Du weißt, das ist unmöglich«, sage ich, auch wenn ich gerührt bin.

»Ich habe es mir gründlich überlegt«, er strahlt, »es spricht nichts dagegen. Ich weiß, wie die da oben denken, wann und wie sie reagieren.«

»Das war nicht die Abmachung«, betone ich.

»Wir gehen fort von hier. Ein Verwandter von mir hat ein großes Haus. Er überlässt uns einen Teil für unsere Arbeit«, sagt er und wartet begierig auf meine Antwort.

»Wir könnten alles verlieren.«

Er hört mich schon nicht mehr. Auf einem Blatt Papier zeichnet er das Haus, plant die Aufstellung der Regale.

»Wir bringen die Kisten nach und nach rüber«, sagt er. »Bis meine Vorgesetzten etwas unternehmen, haben sie unsere Spur längst verloren. Der Transport ist auch geklärt.«

Ich weiß nicht, wie ich ihn von seinen Wolken herunterholen soll. Seine fiebrigen Augen verraten seine Freude. Träume sind wie eine Droge. Tut das Gift erst seine Wirkung, kommt man nicht mehr von ihnen los.

»Wenn wir keine Wahl haben«, sage ich, »nutz den Moment deiner Klarsicht und schreib es auf, bevor wir gehen.«

Eine Woche lang bereitet er alles für den Umzug vor. Manchmal geht er nicht mal nach Hause, legt eine alte Matte aus und bleibt über Nacht. Wie ein Besessener verdrängt er die Gefahr. Er kommt erst zur Ruhe, als er sich hinsetzt und fiebrig seine Utopie aufschreibt.

»Morgen beginnen wir mit dem Umzug«, sagt er.

»Ist das nicht etwas überstürzt?«, frage ich.

»Vielleicht, ja. Ich habe die Arbeit unterschätzt ... Die Konflikte der anderen haben unbemerkt einen Teil von mir hervorgeholt, von dem ich nichts wusste. Wenn sie gehen, lassen sie mir ihre Geheimnisse da, und wider Willen werde ich Teil ihrer Welt.«

»Du weißt, dass es kein Zurück gibt«, sage ich.

»Was soll's. Ich ertrage es nicht länger, ein Verräter zu sein.«

Ich nicke, lasse ihn an letzten Details feilen und gehe zu jemandem, der im Sterben liegt.

Als ich zurückkomme, gibt er mir ein paar Blätter.

»Aus unserer Reise wird nichts«, sage ich schroff. »Du hast nicht gemerkt, dass das einzig Wichtige die Schriften der anderen sind. Wir können nicht das Risiko eingehen, sie zu verlieren.«

Er schaut mich an und versteht nicht.

»Das war der Pakt«, erkläre ich. »Für uns ein Zwangsbündnis, das dürfen wir nicht vergessen.«

»Aber im Laufe der Zeit sind wir füreinander unentbehrlich geworden, eine Freundschaft ist entstanden«, sagt er.

»Sie können die Dokumentation beschlagnahmen, uns bleibt keine Wahl.«

Er schaut mich weiter an, begreift nicht, was ich ihm als mögliche Wirklichkeit beschreibe. Er versteht sie erst, als seine Kollegen im Souterrain erscheinen. Ich nehme die Blätter mit seinen Träumen und lese. Ich möchte nicht sehen müssen, wie er geht.

»Tut mir leid«, sagt er zu den Hereingekommenen. »Ich habe es nicht vermocht, die Stellung zu halten.«

Niemand antwortet. Sie drehen ihn um und legen ihm Handschellen an.

»Ich habe es immer gewusst«, sagt er zu mir. »Man muss sich schützen vor den Träumen … Manche von uns werden vielleicht nie die Gelegenheit zum Träumen haben.«

Ich höre, wie seine Schritte sich entfernen. Dann kehrt die

Stille wieder ein, die wahre Musik der Träume. Ich gehe zu den Regalen und archiviere das letzte Zeugnis. Als ich aufschaue, steht sein Vertreter vor mir.

»Du darfst nur zuhören«, sage ich. »Für uns ist Träumen verboten.«

DIE HÜNDIN

Am Anfang hat er immer gejammert, jetzt gibt er kaum einen Laut von sich, als schmerzten ihn die Tritte nicht mehr, auch die Hände hält er sich nicht mehr vors Gesicht. Über den Brauen und auf den Wangen sind Schnittwunden, aus der Nase rinnt Blut und tropft ihm auf die Hose, die Schuhspitzen. Von ihren Gemeinschaftszellen aus, durch die mächtigen, fünf Meter hohen Gittertüren, an denen sie hochgeklettert sind, beobachten die Häftlinge nervös, wie er verprügelt wird. Im Gefängnis herrscht eine seltsame Ruhe, eine Stille, die plötzlich durchbrochen wird von der Sirene eines Schiffs, das in die Bucht einläuft. Die Soldaten hören auf zu schlagen, weil Eleuterio kommt, ihr Chef, er geht zu ihnen, beugt sich mit seiner ganzen Körperfülle hinab, packt ihn angewidert an den Haaren und reißt seinen Kopf hoch: Ich hatte dich gewarnt, aber du bist ein Dickschädel, diesmal hast du's verschissen.

Sie schleifen ihn an den Füßen zu den Strafzellen. An manchen Tagen schlagen die Soldaten noch mal zu, wenn ihr Chef nicht hinsieht oder nicht hinsehen will. Über den Boden zieht sich eine Blutspur. Sie gehen in einen dunklen Gang, und einer sagt, sie sollen das Rattenloch aufmachen. Nachdem sie ihn in dieses winzige Kaschott gesperrt haben, zeigen sie sich an dem kleinen Fenster in der Tür und lachen: Jetzt hast du's mal bequem, du bist im Höllentrakt. Hier kommt keiner mehr raus, am besten stirbst du.

90

Noch ist er nicht wieder bei Bewusstsein. Er bewegt sich kaum, und wenn doch, ertönt ein dumpfes Jammern. Er spuckt blutigen Speichel. Die Hündin hat alles gesehen, und wenn sie in den Gang kommt, wirft sie jedes Mal einen Blick durch die Öffnung, sieht das aufgequollene Gesicht und erschrickt. Sie denkt, dass er stirbt, niemand kehrt ins Leben zurück, nachdem er so weit von ihm entfernt war. Am Morgen, wenn das Frühstück ausgeteilt ist, beginnt sie mit dem Aufwischen des Gangs und hört Stöhnen. Zuerst schaut sie zum Oberlicht hinauf, vergewissert sich, dass es nicht aus den Festungsgräben kommt. Dann tritt sie an die Zellentüren und passt auf, dass keiner der Soldaten sie sieht, vielleicht verschaffen sich ja zwei Gefangene sexuelle Erleichterung. Es erregt sie, und sie geht von Tür zu Tür und achtet darauf, dass von drinnen niemand ihre Absicht bemerkt und sie anschreit, dann wären die Soldaten alarmiert. Als sie zum Rattenloch kommt, erinnert sie sich an den Gefangenen, den man dort hineingeworfen hat. Er müsste längst tot sein. Sie hat Angst, dass er sie am Hals packt, wenn sie durchs Gitter des Fensterchens schaut. Aber wahrscheinlich hat er nicht mal die Kraft, sich auf den Beinen zu halten. Noch einmal vergewissert sie sich, dass der Araber, ein Häftling, der den Soldaten hilft, sie nicht erwischt und womöglich verrät. Ihr ist verboten, bei den Zellen herumzuschnüffeln, mit den Gefangenen zu sprechen oder ihnen einen Gefallen zu tun, und sie tritt langsam heran. Er liegt auf dem Rücken, das Gesicht noch aufgequollener, er kann kaum aus den Augen sehen. Mit den Spitzen seiner schmutzigen Finger streicht er sich über die Wangenknochen, befühlt die Wunden, und jedes Mal stöhnt er vor Schmerz auf. Sein Frühstück steht noch auf dem Boden, der Kräutertee ist kalt geworden, er wird ihn kaum trinken können. Dann schleppt er sich heran, kratzt an der Tür, sucht nach dem wenigen Licht, das dort oben hereinfällt. Die Hündin bekommt Angst und läuft davon.

Am Vormittag macht sie in den anderen zugeteilten Bereichen sauber. Sie kommt am Araber vorbei, und der schubst sie, da kein Soldat in der Nähe ist, und kippt den Eimer mit Schmutzwasser aus, dort, wo sie schon gewischt hat. Sie wehrt sich nicht, die Zeit im Gefängnis hat sie gefügig gemacht, hat sie gelehrt, Geduld zu haben und abzuwarten. Es ist Mittagessenszeit, und sie freut sich, weil sie fürchtet, der Araber könnte wieder etwas mit ihr anstellen.

Als sie am Nachmittag zurückkehrt, um den Gang noch mal aufzuwischen, hört sie sein Stöhnen, lauter jetzt. Sie kommt nicht an gegen ihre Neugier und schaut hinein, sieht sein kaputtes Gesicht, die Hände, vor Schmerzen verkrampft. Er will ihr etwas sagen, aber da sind die Wunden an seinen Lippen, die Hündin versteht ihn nicht und geht rasch wieder.

Den ganzen Tag muss sie an ihn denken. Zum ersten Mal im Leben verspürt sie einem Mann gegenüber etwas, was mit Sex nichts zu tun hat. Eher hat sie Mitleid, und das war ihr immer verboten, weil sie so ist, wie sie ist. Schon lange hat sie gelernt, mit niemandem Mitleid zu haben, keine edlen Gefühle zuzulassen. Aber dann erinnert sie sich an dieses düstere Bild in der Zelle, und noch einmal sagt sie sich, dass sie es ignorieren muss, sie bekommt sonst nur Probleme, es könnte ihr ähnlich oder schlimmer ergehen, doch selbst wenn sie die Augen schließt, um an Wichtigeres zu denken, sieht sie ihn vor sich, diese schmerzverzerrte Miene, es geht ihr nicht aus dem

Kopf, und sie fühlt sich mitschuldig an seinem unvermeidlichen Tod. Dann geht sie zum Roten, dem Krankenpfleger, der ihn andauernd verfolgt, damit er ihm als Frau gefällig ist, und bittet um Schmerztabletten. Tun dir die Eierstöcke weh? Hör auf mit dem Scheiß, ich hab's eilig. Also Gefälligkeiten mit der Pistole auf der Brust. Der Einzige, der hier was zum Schießen hat, bist du, Schätzchen, und der Rothaarige lächelt, zeigt die paar gelben Zähne, die er noch hat, holt die Tabletten und gibt sie ihr, bittet sie, ihn anzufassen, und sei es für ein paar Sekunden, nur mal kurz gedrückt, Mamasita, und die Hündin öffnet die Hand, greift nach dem Päckchen, streicht sanft darüber, der Rote schließt die Augen, will sie zwingen, sich zu bücken, aber die Hündin weist ihn zurück und entfernt sich vor den verzweifelten Augen des Krankenpflegers.

Nachdem sie sich vergewissert hat, dass kein Soldat in der Nähe ist, auch nicht der Araber, huscht sie durch den Gang und wirft die Tabletten hinein, in ein Papier gewickelt, auf dem sie erklärt, dass sie gegen Schmerzen sind. Er hebt sie auf, zögert, er kennt niemanden, der in diesem Zellentrakt arbeitet, und dort hineinzugelangen ist äußerst schwer und gefährlich. Aber er hat nichts zu verlieren und nimmt drei Tabletten, schließt die Augen, fragt sich, was es noch bringt, wozu überhaupt, keiner wird ihm das Leben retten. Schon bald spürt er die lindernde Wirkung nach all den Stunden des Schmerzes.

Die ganze Nacht fragt sich die Hündin, ob es richtig war, dem Unbekannten zu helfen. Sie weiß, das war einfach verrückt. Hätten die Soldaten sie erwischt, hätte man sie genauso behandelt, und niemand hätte Mitleid mit ihr gehabt, nicht mal der, dem sie geholfen hat. Sie drückt das Gesicht an die

Gitterstäbe eines Fensters, es ist ihr einziges Stück Freiheit, denkt sie. Und sie atmet die Meeresluft ein, hört, wie die Wellen gegen die Felsen schlagen, die Einsamkeit bedrückt sie, so wie immer. Sie ist verwirrt, das Leben hat ihr nichts anderes geschenkt als die allgemeine Ablehnung ihrer Natur, schon als kleiner Junge hat sie es am eigenen Leib erfahren, Tag für Tag, jede Minute, eine einzige Serie von Beleidigungen, die niemals aufhörten. Nie hat sich einer ihr gegenüber mal großmütig gezeigt, immer war sie nur dieser komische Typ. Als sie noch ein Junge war, schlugen die anderen Schüler ihn, zwangen ihn, Lázara zu küssen, die Hässlichste der ganzen Klasse, und jetzt ist es genauso oder schlimmer, so oft ist es ihr passiert, die Männer, die sie auf den Straßen von Havanna traf, taten so, als wären sie einverstanden mit einem Flirt, und an der nächsten dunklen Ecke schlugen sie sie und raubten sie aus, und in den Betrieben verweigerte man ihr die Stelle einer Frau, auch wenn alle wussten, dass sie keinen schweren Sack tragen konnte. Warum sollte sie also dieses Risiko für einen Unbekannten eingehen, mit dem sie keinerlei sexuelles Interesse verband, noch dazu, wo sie wusste, dass jeder körperliche Kontakt unmöglich wäre, allenfalls mal ein Kuss? Sie wird sich nicht weiter für ihn interessieren, wird ihre Arbeit tun und sich Kummer ersparen, sie kann es sich nicht leisten, sentimental zu werden. Sie zählt die Herzschläge in den Pausen zwischen dem Aufscheinen des Leuchtturms vom Morro, beneidet dieses Licht um das Privileg, bis zum Horizont zu gelangen. Und kann einfach nicht anders, sie denkt an ihn.

Am Morgen sagt sie sich wieder und wieder, dass sie ihn ignorieren muss, um nichts in der Welt darf sie ihre Arbeit verlieren, nur so ist sie befreit davon, eingeschlossen zu sein mit diesen Männern, die nur Sex und Missbrauch kennen. Sie fängt an zu kehren, ganz langsam, will keinen Lärm machen, hin zum Ende des Gangs, so weit wie möglich von der Zelle entfernt. Dann zieht sie den Besen rasch zurück über den Boden, nicht dass sie es sich anders überlegt, die Neugier, einen Blick hineinzuwerfen, wird unerträglich. Sie hört eine Stimme, sie kommt aus dem Rattenloch: Wer hat dich geschickt? Die Hündin erschrickt, antwortet nichts und huscht zum Ausgang. Der Araber fragt, vor wem sie flieht, hast du eine Frau gesehen?, und die Soldaten lachen. Eine Ratte, sagt sie und legt sich die Hand auf die Brust, und der Araber fällt vom Gelächter ins Husten und spuckt auf ihren Besen, da haben wir uns ja eine schöne Schwuchtel angelacht!, sagt er, und die Hündin stiehlt sich davon.

Am Nachmittag macht sie lieber nicht den hinteren Teil sauber, um jeden Umgang mit ihm zu vermeiden. Es ist das erste Mal, dass sie vor einem Mann flieht, immer war es umgekehrt, deshalb fühlt sie sich so seltsam, fremd. Nachts, in der Gemeinschaftszelle, ignoriert sie alle, die kommen, um sich mit ihr zu unterhalten: Ein richtig feines Mädel ist aus der geworden, sicher hat sie einen eifersüchtigen Freund. Aber sie spielt das Spiel nicht mit. Der Zellenchef schickt den Coco, um sie zu holen, aber sie weigert sich, sagt, heute nicht, ich fühle mich unwohl. Der mokiert sich, fragt, ob sie die Regel hat, und lächelt spöttisch. Die Hündin hört nicht mehr zu, sie denkt weiter an ihn, ich muss bekloppt sein, meine Güte, warum zieht mich das Verbotene an?

Als sie am nächsten Morgen saubermacht, hört sie wieder die Stimme aus dem Rattenloch, haben Sie keine Angst vor mir, sagt er. Die Hündin lässt den Besen fallen und tritt an das kleine Fenster, sie sieht ihn auf dem Boden sitzen, die Hände vorm Gesicht. Mir ist schwindlig. Kein Wunder bei dem Essen, sagt sie, nicht mal von einer ganzen Portion käme dein kaputter Körper zu Kräften. Letzte Nacht haben die Schmerzen wieder angefangen. Und die Tabletten? Schon alle genommen. Ich versuche, noch welche zu besorgen. Ich bitte dich um nichts, ich wollte mich nur erkenntlich zeigen für diese Geste der Menschlichkeit, wenn du es warst, weiter nichts. Sie sehen einander fest an. Dann nimmt die Hündin den Besen und kehrt zu Ende. Die Männer, denkt sie, wollten immer etwas von ihr, haben immer etwas verlangt. Sie kennt die machistischen Vorurteile und hat es immer verstanden, damit umzugehen. Aber bei dem hier ist es anders, und sie spürt, dass sie wehrlos ist, ohne Antwort, heute schwuchtelt sie nicht herum, sie handelt nach einem Code, den sie nicht kennt. Warum sollte es ausgerechnet jetzt die Ausnahme von der Regel sein?

Sie geht zur Krankenstation, zwischen den Mauern der Festung fühlt sie sich wie ein Insekt in der Falle. Sie sieht die Soldaten mit ihren langen Waffen über die Dächer streichen, und sie bekreuzigt sich und bittet ihre Jungfrau Ochún, sie vor allem Bösen zu beschützen.

Von der Tür aus sieht sie den Rothaarigen, der lächelt gleich und bittet sie herein. Hallo!, was sagt mein roter Schnuckel. Dass ich dich vermisse, nicht mal die kleine Schwarze zu Hause begehre ich so sehr. Du lügst, jede Titte holt die Männer in die Hütte. Du weißt nicht, wie dankbar ich dir bin, dass du vorbeikommst, was willst du. Ich brauche noch Schmerztabletten, und Vitamine. Der Rote schaut sie ernst an, nicht dass du dich vergiftest, wenn da jemand ist, der dich nicht liebt, ich schwöre dir, ich will dein Mann sein, ich heirate dich und mache dich zur Königin. Ich denke darüber nach, sagt sie, die Tabletten schon in der Hand, und geht.

An der Tür stehen die Wachen und unterhalten sich, sie geht langsamer, tut so, als hätte sie keine Eile, und als sie an ihnen vorbeikommt, zieht der Araber sie am Hemd, wo willst du hin?, ich muss noch mal den Zellengang wischen, mit dem Essraum und den Büros bin ich fertig. Der Araber schaut sie argwöhnisch an, die Hündin fürchtet, er könnte sie durchsuchen und die Tabletten den Soldaten zeigen, um sich einzuschleimen. Selbst wenn sie sagt, dass es ihre Tabletten sind, dass sie Zahnschmerzen hat, wird niemand ihr glauben, sie war immer schon eine miserable Lügnerin. Ein Soldat winkt sie mit einer knappen Kopfbewegung durch. Der Araber tritt zur Seite und wirft ihr einen grimmigen Blick zu. Sie steckt die Hände in die Taschen, um ihre Nervosität in den Griff zu kriegen. Ihre Kehle ist trocken, die Ohren sind heiß. Sowie sie an den Zellen vorbeikommt, rufen die anderen Häftlinge nach ihr, Zuckermaus, meine Königin, warum gibst du mir nicht ein Küsschen?, na los, Prinzessin, Püppchen. Die Hündin ignoriert sie, hastet zum Rattenloch und wirft die Tabletten hinein. Er steht mühsam auf, ich habe doch gesagt, ich bitte dich um nichts, und die Hündin antwortet, dass sie das weiß. Warum bringst du mir dann die Tabletten? Weil ich sonst ein schlechtes Gewisse habe, nur deshalb. Nachts muss ich immer daran denken, dass du stirbst, und nicht einen Finger habe ich gerührt. Sie betrachtet sein schmutziges Gesicht, diesen misstrauischen Ausdruck, und sucht nach weiteren Argumenten. Außerdem kann ich so den Soldaten eins auswischen und mich an dem Araber rächen für seine Unverschämtheiten, was glaubst du, wie die schäumen, wenn sie sehen, dass du es mit ihnen aufnimmst, und wie ich mich dann amüsiere, wirklich, glaub mir, das hat nichts mit dir persönlich zu tun. Er nickt und wendet den Blick ab. Ich bringe dir Seife, dann kannst du dir das Blut abwaschen, du siehst entsetzlich aus. Was für Tabletten sind das? Sie fährt sich mit der Zunge über die Lippen, ehe sie antwortet, die weißen sind für die Schmerzen, die rosa sind Vitamine. Woher hast du sie? Freunde von mir, auf der Krankenstation. Und womit bezahlst du sie? Die Hündin schweigt. Er schüttelt verärgert den Kopf, das ist mein Problem hier, nicht deins, bring mir keine Tabletten mehr, auch wenn du siehst, dass ich sterbe, sonst habe am Ende ich das schlechte Gewissen. Die Hündin schaut zu ihm hinunter, nickt und geht.

Am nächsten Morgen bringt sie ihm unterm Hemd versteckt ein Frühstück. Er lehnt ab, das kann ich nicht annehmen. Die Hündin sagt, sie hätte es für zwei Zigaretten gekauft, wenn er möchte, kann er es bezahlen, sobald er rauskommt. Er fragt: Womit? Und die Hündin wird nervös, mit irgendwas, such dir was aus. Er nickt, verstehe. Kaum hat er nach dem Brot gegriffen, beißt er verzweifelt hinein, er verletzt sich an den Lippen und stöhnt auf, kaut weiter. Aus den Wunden fließt Blut, und seine Zähne werden rot, aber er hält nicht inne. Die Hündin spürt ihren leeren Magen und schaut nicht länger auf das Brot. Sie gibt ihm das Stück Seife, du bist nicht gerade ein schöner Anblick. Ich bin hier auch nicht im Urlaub, und Frauen gibt es auch keine, für die ich mich schön machen könnte. Ja, sagt die Hündin, das stimmt, aber wasch dich wenigstens, um die Wunden zu desinfizieren, du kriegst sonst noch Fieber. Und pass auf die Ratten auf, ich garantiere dir, die holen dich, wenn sie merken, dass es für dich keine Rettung mehr gibt. Sie hört Schritte, senkt den Kopf und tut so, als würde sie fegen. Der Araber schaut argwöhnisch zu ihr hin. Er kommt durch den Gang und inspiziert die Zellen. In der Hand hält er einen schwarzen Gummiknüppel von den Wachen. In den Zellen wird es still, als sein mürrisches Gesicht in der Türöffnung erscheint. Er ist zwar ein Gefangener, aber er hat Macht, die Soldaten benutzen ihn, dafür bekommt er Vergünstigungen. Als die Hündin an ihm vorbeigeht, fährt er herum, packt sie und wirft sie gegen die Wand. Die Hündin kann sich nicht wehren, seine kräftigen Arme klemmen ihr mit dem Knüppel die Brust ein und nehmen ihr den Atem. Sein Kinn bohrt sich ihr in den Rücken, und so schiebt er sie in eine leere Zelle. Im Dunkeln hört sie sein Keuchen, spürt, wie in der Poritze sein Schwanz wächst. Der Araber dreht sie um und zwingt sie in die Hocke, nimmt ihren Kopf und drückt ihn sich an die Hose, bis die Hündin ihm den Reißverschluss aufmacht, der steife Schwanz springt heraus, er fährt ihr damit übers Gesicht und schiebt ihn ihr in den Mund. Dann reißt er sie brutal hoch, beugt sie vornüber und zwingt sie, den Kopf an die Wand zu lehnen, und wütend zieht er ihr die Hose runter, fährt ihr mit den Händen über den Po und den Rücken und dringt gewaltsam in sie ein. Der Araber bewegt sich immer schneller, es scheint kein Ende zu nehmen, und die

Hündin beißt sich in die Hand, nicht dass ihr vor Schmerz ein Laut entfährt, den er hören könnte. Kaum ist der Araber fertig, zieht er den Reißverschluss hoch, und voller Grimm, mit angewiderter Miene lässt er den Knüppel auf sie niedersausen, die Hündin fällt hin, mit einem Schrei, der wie ein Schuss von der Decke und in den Ohren der Häftlinge widerhallt. Sie liegt auf dem Boden, windet sich, aber sie spürt die Erleichterung, als sie sieht, wie der Araber davoneilt. Als sie wieder auf die Beine kommt und in den Gang tritt, wirft sie einen Blick zu dem kleinen Fenster, wo er sich mühsam an die Gitterstäbe klammert. Trotzdem lächelt sie, sagt, diese Grausamkeiten kennt sie schon, fasst sich an die Seite und verzieht vor Schmerz das Gesicht, diesmal hatte ich Glück, und geht an die Wand gestützt fort.

Die ganze Nacht kann sie vor Schmerzen kaum schlafen. Coco kommt zu ihr, der Chef will sie sehen. Sie weigert sich, sagt, sie ist müde. Coco gibt ihr einen Stoß, sie fällt fast aus dem Bett, für wen hältst du dich, blöde Schwuchtel, wenn der Chef dich braucht, musst du hin. Die Hündin bekommt Angst, sag ihm, ich komme. Coco lächelt und bittet sie, sich zu beeilen, sonst muss er noch mal kommen, und dann wird nicht gefackelt. Er geht, und die Hündin streicht sich übers Gesicht, schaut ans Ende der Zelle, tröstet sich damit, dass sie es hinnehmen muss wie eine berufliche Pflicht, kramt in ihrem Sack nach Puder und Parfüm, denkt, dass sie all ihr Können wird aufbieten müssen, um ihn mit dem Mund zu befriedigen, sonst dringt er in sie ein.

Als sie am nächsten Morgen in den Gang der Strafzellen tritt, geht sie gleich durch bis zum Rattenloch, um ihm guten Tag zu sagen. Sie bringt ihm etwas von dem Essen, das sie hat abzweigen können. Er verweigert es, aber sie besteht darauf, er muss etwas zu sich nehmen. Das lohnt nicht, ich werde hier verrotten. Die Hündin wird traurig, macht einen Schritt zurück, und mit kriegerischer Miene, rauer Stimme und erhobenem Zeigefinger sagt sie, an die Wand mit dir, und Kopf hoch, für irgendwas sind wir schließlich Nachfahren der Mariana Grajales, und er lächelt breit, die Hündin schaut ihn zärtlich an, denn wenn das passiert, wird sie ihn vermissen, sagt sie, und sie blicken einander ernst an, dann wendet sie sich ab, ich muss saubermachen.

Nachts geht sie unruhig auf und ab, wünscht sich, dass es Tag wird, damit sie zu ihm kann, es ist ein beklemmendes Gefühl, ein sehnendes Verlangen, wie sie es noch nie erlebt hat. Durchs Oberlicht schaut sie in die unendliche Dunkelheit, zeichnet seinen Umriss nach, die Lippen. Sie schließt die Augen und streckt den Arm aus, als könnte sie ihn berühren, seine glatte Haut spüren, sein Lachen hören, das plötzlich gelöscht wird von einem Befehl, alle zurück in die Betten. Sobald man sie einschließt, zusammen mit den anderen Häftlingen, die im Gefängnis arbeiten, zählt sie die Stunden, die Minuten bis zum Morgen.

Wenn die Wachen und der Araber sich unterhalten oder nachmittags vor sich hin dösen, erzählt die Hündin ihm Anekdoten aus ihrem Leben, erfindet weitere. Er fragt sie nach ihrem richtigen Namen, sie schaut ihn überrascht an: Meine Mutter hat mich Manuel genannt. Dann nenne ich dich auch so. Du kannst mich auch Manuela nennen oder Hündin, ich bin es gewohnt, das stört mich nicht. Er sagt, nein, die Menschen haben jeder ihren Namen, damit man sie so nennt, ich sage Manuel zu dir, und sie unterbricht ihn, meine Mutter ist die Einzige, die mich so genannt hat, schon als Kind hatte ich diesen Spitznamen, weil ich von Geburt an verrückt war, bisher war mir nicht klar, dass ich einen schönen Namen hatte, oder es ist die Art, wie du ihn aussprichst, und er möchte ihm am liebsten sagen, du kannst mich mal, er soll sich bloß nicht vertun, möchte ihn am liebsten davonjagen, aber er schweigt, wartet ab und denkt, dass das Leben eine Riesenscheiße ist, dieser Typ ist all das, was er immer abgelehnt hat.

Nach dem Mittagessen erzählt sie ihm, dass man sie hergebracht hat, weil sie Transvestit ist, wenn ich mich zurechtmache, kommt der Verkehr zum Erliegen, Gott war ungerecht zu mir, sie schaut angewidert an sich hinab, aber ich habe Perücken, Kleider, Stöckelschuhe, Kosmetika, einen wiegenden Gang, dass die Männer sabbern und die Frauen neidisch werden, und dann verzieht sie das Gesicht, als sie das Wort ausspricht, den Schwanz klemme ich nach hinten, verstecke ihn zwischen den Beinen, erneut eine angewiderte Miene, manchmal drücke ich die Eier so fest weg, dass ich vor Schmerz auf den Zehenspitzen laufe, da übersieht mich keiner, ich werde zu einem Original, reiße so viele Männer auf, wie ich will, zu Dutzenden, aber nie lasse ich mich vorne anfassen, ich sage, ich habe meine Tage, und immer wähle ich unbequeme Orte, damit keiner mich auszieht und es herauskommt, beginne ein Spiel mit der Hand und hole ihnen einen runter. Der Letzte war ein Taxifahrer, ich hatte ihn schon in der Ecke, fast ganz nackt, sein Ding, und das war nicht mal was Besonderes, in den Händen, mit den Augen hing ich an seinen Klunkern, tanzte auf seiner rosa Kugel, einfach göttlich, ich war so geil, dass ich gar nicht merkte, wie seine Hand in meinem Slip herumfummelte, aber dann spürte ich sein überraschtes Zucken, den Faustschlag, die Fußtritte, als ich auf der Straße lag, die Perücke weit weg von mir, die Handtasche, die Pumps, ich war niemand mehr, war zu einer Hexe geworden, die man in den Streifenwagen setzte, die Schaulustigen hatten ihren Spaß, ein echter Skandal, noch heute graust mir, wenn ich daran denke.

Er fragt, welcher Tag heute ist, will das Gespräch unterbrechen, es hat ihn erregt. Ist dir das unangenehm, wenn ich solche Sachen erzähle? Er antwortet nicht, schaut ihn an, sucht nach Worten, die nicht verletzend klingen: Ich bin nun mal als Macho erzogen worden. Wie jeder Mann in diesem Land, der nicht homosexuell ist! Nicht dass ich etwas gegen sie hätte, mein Vater ist schuld, der hat nicht mal seinen eigenen Söhnen einen Kuss gegeben, war nur lieb zu den Frauen, und ich habe das Thema von mir ferngehalten. Die Hündin macht einen Schritt zurück, lächelt. Mit dir ist es anders. Und die Hand in die Hüfte gestemmt: Hältst du mich auch für so einen? Unsere Beziehung ist eine andere, eine menschliche. Beziehung? Manuel, du willst wohl mit mir spielen. Genau, du glaubst gar nicht, was für ein verspieltes Mädchen ich sein kann. Jetzt möchte er lieber nicht antworten und winkt ungeduldig ab. Die Hündin wird ernst und bittet ihn um Entschuldigung, dich zu ärgern wäre das Letzte, was ich tun würde, denk nicht, ich wäre zynisch, nicht alle Tunten sind gleich, sie mögen auch nicht alle dasselbe, außerdem fühle ich manchmal genau wie die Männer, ob ihr es glaubt oder nicht. Und geht, unwillkürlich mit den Hüften wackelnd, was der junge Mann ungewollt beobachtet. Im Schwanz fängt es an zu pochen, und auf den Schreck folgt der Ärger über sich selbst, der Körper geht in die Hocke, die Stirn schlägt auf die Knie. Dann also wichsen, der Kopf sucht nach fernen, längst verbrauchten Erinnerungen, aber kein Bild vermag ihn zu befriedigen, die Triebe sind nicht zu beherrschen. Manchmal erscheint das Bild von Manuel, und es zu verscheuchen ist ein verzweifelter Kampf. Wie nur verhindern, dass es noch mal passiert.

Als die Hündin ihn am nächsten Tag grüßt und ein Stück Brot hervorholt, weigert er sich, ich kann nichts mehr von dir annehmen, Manuel. Zuerst denkt sie, es wäre ein Spiel, oder es tut ihm leid, weil er weiß, dass es ihr Brot ist, und sie will ihm erklären, dass sie schon gefrühstückt hat, das hier hat sie gekauft, aber er bedeutet, nicht weiterzusprechen, es geht um etwas anderes: Mir sind Bemerkungen zu Ohren gekommen, von Häftlingen, die in anderen Zellen waren, Spötteleien, Verleumdungen, die mein Bild von Männlichkeit im Gefängnis trüben, tut mir leid, komm nicht wieder. Die Hündin will nicht verstehen, schüttelt nur den Kopf, der Typ ist bestimmt so ein verkappter Schwuler, der in jemanden verliebt ist, in den Araber vielleicht, er hasst mich und erträgt es zugleich nicht, dass ein Mann sich mir nähert. Er lässt nicht locker: Am meisten schadet es mir selber, bitte versteh mich, Manuel. Aber wie soll ich dich verstehen, wo du mein einziges Glück bist, nie hatte ich einen echten Freund, durch dich fühle ich mich anders, nützlich, seit ich dich kenne, bin ich eine andere, komm schon, gib nichts auf diese Neider, wenn du wüsstest, wie gern die mich anfassen würden! Aber er weigert sich stur. Ich kann nichts dafür, ich muss einfach zu dir kommen, das musst du verstehen, die Haft ist für mich weniger schlimm geworden seit unserer Freundschaft. Eine unmögliche Freundschaft, vergiss mich. Sag nicht, ich soll nicht mehr kommen, vergiss lieber du die Bemerkungen. Ich habe dir doch gesagt, das geht nicht, und dabei bleibe ich. Mit den Leuten kommt man sowieso nicht klar. Sprich nicht weiter, geh. Das tue ich nicht, ich erzähle dir von meiner untreuen Mutter, und die liebe ich wie keine, aber du wirst sehen, gleich vergisst du alles. Ich will nichts davon wissen. Dieses Luder, beginnt die Hündin, ganz unbekümmert jetzt, mit einem gespielten Lächeln, hat sich die Liebhaber bei sich zu Hause ins Bett geholt. Er registriert die Zerbrechlichkeit, die sanfte Stimme, die sauberen Fingernägel, die feuchten Lippen, feucht von einem glasigen Speichel, den die Zunge lässig hervorbringt, und er geht weg von der Tür, setzt sich erregt ans Ende der Zelle, hält sich die Ohren zu, will es nicht hören, nicht länger diese schmutzigen Bilder aufrufen, die ihn zwingen, nicht so zu sein, wie er sein will. Während mein Vater arbeitete, ich war da noch ein kleiner Junge, schickte sie mich zum Mittagsschlaf ins Bett, was ich noch heute hasse, auch wenn es die Stunden sind, in denen ich den Sex am meisten genieße, und in der Stille schaute ich durch die Vorhänge, ihr Gesicht verriet die Lust, wenn der Mann in sie eindrang, und so entdeckte ich, dass ich mich zu den Männern hingezogen fühle, durch diesen Zauberstab, der uns in Stuten verwandelt, in Schmetterlinge, in Schmutz und Wind. Von der Rückwand des Rattenlochs aus ruft er, sei still, ich höre dir nicht mehr zu. Meine Mutter sah schöner aus, sinnlicher, und diese sanfte, elegante Frau wurde zum gierigsten Flittchen, sie wechselte die Stellungen, ließ das Stück Fleisch bis zum letzten Millimeter im Mund verschwinden, wie eine Schwertschluckerin, sie machte alles, war genial, sicher entschädigte sie sich für all das, was ihr bei meinem Vater fehlte, und wenn sie am Ende vor Wollust schrie, sprang ich zurück in mein Bett, bis ich die Schritte des Mannes hörte und wie die Tür aufging und wieder zu. Den ganzen Tag war meiner Mutter die Freude anzusehen, an ihren Augen, ihren Bewegungen, und sie war liebevoller, hatte Appetit und scherzte. Die meisten ihrer Liebhaber waren Freunde meines Vaters, die abends zu Besuch kamen, und weil sie es so wollte, nannte ich sie Onkel, ich setzte mich ihnen auf den Schoß und rieb mit meinem Hintern ihre Schwänze, manchmal spürte ich, wie sie wuchsen. Sie schaut in die Zelle, kann ihn nicht erkennen. Komm her, sagt sie, vergessen wir, was du eben gesagt hast, ich will dir erzählen. Wenn meine Mutter tagsüber keinen Besuch empfing, verfluchte sie meinen Vater, schimpfte wegen der kleinsten Kleinigkeit mit mir: Ich ertrage dich nicht. Und kein Wort mehr, verstehst du jetzt, warum ich das nicht aushalte, gibst du mir jetzt recht? Komm schon, sprich mit mir, lass dich sehen. Und auf einmal hört sie Schritte und wuselt gleich los, tut, als würde sie putzen, und der Soldat schaut zu ihr, sieht, wie ihr die Tränen übers Gesicht laufen, scheiß Schwuchteln, sagt er, nehmen alles tragisch, und schleicht herum, um sie bei irgendwas mit den Gefangenen zu ertappen und zu bestrafen.

Seither zeigt er sich nicht mehr an dem Fensterchen, nur noch, um das Essen entgegenzunehmen und beim Abzählen. Manchmal hört er, wie der Wischmopp gegen die Wand und gegen die Eisentüren schlägt. Die Hündin möchte ihn dazu bewegen, dass er ihre Freundschaft wieder annimmt, dass er es bereut und zu ihr sagt: Ich habe mich geirrt, Manuel. Er würde es wunderschön sagen, verzeih mir, dass ich dir das Wort verboten habe, komm, sprich mit mir, ich bin dein Freund, ich vermisse dich, wenn du nicht kommst.

Mehrere Tage sind vergangen. Zuerst war es nur die Langeweile, weil niemand da war, der sich mit ihm unterhielt. Dann war es noch etwas anderes, vielleicht ein Gefühl von Ungerechtigkeit, das immer größer wurde, Bedauern, eine seltsame Traurigkeit, die nur das Bild von Manuel milderte. Die Augen werden feucht, und er ist wütend auf sich selbst, möchte mit sich selber schimpfen, wie hat er nur das einzige menschliche Wesen vertreiben können, das es an diesem Ort gab, die einzige Person, die ihm geholfen hat, auch wenn sie sich damit in Gefahr begab. Und alles wegen dieser lächerlichen Angst, die Hündin als Frau anzusehen, was im Grunde normal gewesen wäre, wo er schon so lange eingesperrt ist. Sobald er zum Putzen kommt, wird er ihm sagen, dass er recht hat, dass er nicht mehr an die Leute denkt und dass es ihm egal ist, was sie reden, zum Teufel mit ihnen, was zählt, ist die Freundschaft, nicht wahr, Manuel? Er muss wieder an diese gezierten Bewegungen denken, die liebliche Stimme, die Art, sich die Lippen zu befeuchten, diesen sanften Blick. Und er verspürt einen heftigen Wunsch, ihn zu sehen. Er hört Schritte, tritt unruhig ans Fensterchen und sucht nach dem bekannten Gesicht von Manuel, aber er begegnet nur dem Blick vom Araber, der spöttisch lächelt:

»Was ist, dachtest du, ich bin die Hündin?«

Er weicht stumm von der Tür zurück.

»Die Hündin kommt nicht mehr, ich habe sie erwischt, wie sie Essen in die Zellen geschmuggelt hat, zur Strafe darf sie ihre Zelle nicht mehr verlassen«, sagt der Araber und drückt sein begehrliches Gesicht ans Gitter, um sich seinen Körper anzusehen. »Jetzt ist Schluss mit der Romanze und dem Liebestheater«, er beißt sich auf die Lippe, leckt darüber und zeigt ihm den Zellenschlüssel.

Er bleibt weiter stumm, drückt sich an die Wand.

»Von jetzt an komme ich.«

DIE VERGESSENEN

Für Jorge,
der auf seinen Schultern
die Last des Krieges trägt.

Als wir in den Hubschrauber steigen, habe ich gleich ein komisches Gefühl, ich ahne, dass wir nicht lebend zurückkehren, meine Haut ist auf einmal wie Sandpapier, die Augen werden feucht, am liebsten wäre ich ein Feigling, ist doch egal, wenn die anderen mich Deserteur schimpfen und das Gesicht verziehen, sobald ich in ihre Nähe komme.

Beim Abheben schaue ich hinunter auf das Lager, meine Baracke, den Stein, wo ich immer gesessen habe, um die Briefe meiner Familie zu lesen. Ich weiß, dass ich am falschen Ort bin, aber wie kann ich dieses Gefühl loswerden, dass wir in Gefahr sind, mit welchen Argumenten die dunkle Ahnung rechtfertigen, wo ich ein überzeugter Atheist bin? Stimmt schon, der Einsatz hat uns von Anfang an nicht geschmeckt. In der ganzen Einheit war es zu spüren, als der Kompaniechef den Ort auf der Karte markierte und meinte, der Feind sickere in unser Gebiet ein und schlage von hinten zu.

Mein Blick wandert über die Kameraden, sie haben auch Angst, ganz sicher, bloß käme niemand auf die Idee, es zu zeigen oder auch nur die Frage zu stellen, warum wir immer das gegenteilige Bild malen wollen, als wäre die Angst nicht immer dabei, als würde dieser Hund uns nicht beißen. Wir prahlen gerne mit unserer Grausamkeit, tun so, als wären wir grimmiger als er und würden ihn, wenn er die Zähne zeigt, mit Steinen verjagen.

Der Lärm stört mich, und immer wieder macht der Hubschrauber ruckartige Bewegungen, was uns alle beunruhigt, denn wir wissen, diese Schwenks sollen verhindern, dass wir ein leichtes Ziel abgeben und vom Boden aus getroffen werden. Wir fliegen dicht über den Wipfeln der Bäume, noch so eine Sicherheitsmaßnahme. Der Copilot schaut auf die Karte und zeigt mit dem Finger darauf, aber der Pilot schüttelt den Kopf. Wir erschrecken jedes Mal, wenn die Raketen durch den Wind schießen und in die Bäume krachen oder in einen Hügel, der nach Hinterhalt riecht. Ich schließe die Augen, versuche diese Wirklichkeit zu vergessen, die uns zum Schwitzen bringt, auch wenn es nur zehn Grad sind. Jetzt knattern die Maschinengewehre und lassen die Erde spritzen, sie vermischt sich mit den Zweigen und dem Laub, und kaum hören die Vögel die Rotorblätter, flattern sie in wildem Durcheinander auf. Die Herden der Zebras, Elefanten und Giraffen stürmen zu ihren Verstecken. Die Affen springen panisch durch die Bäume. Die Piloten haben ihren Spaß und wundern sich, dass wir so ernst gucken.

Wir lassen den Dschungel hinter uns und überfliegen ein großes Tal, bis wir über sandiges Gebiet kommen. Ich verliere jedes Zeitgefühl, denke an die Freunde von der Schule, die Freundinnen, das Hanteltraining, um den Mädchen zu imponieren. Denke an den unsäglichen Mathelehrer, der dafür gesorgt hat, dass ich nicht auf die Uni gehen konnte, mein

Leben wäre sonst anders verlaufen, dann an die Einberufung zum Militärdienst und diesen Morgen, als wir nicht länger hilflose Kinder waren, die lange Reihe der Teenager, denen das Leben noch vorkam wie irgendein Spiel, denn für uns war die Jugend unendlich, niemand konnte ihr etwas anhaben: lange Haare, Tanzen, wilde Straßenpartys mit Kanne und Löffel, und schon sehe ich den Friseur mit seiner Chirurgenmiene vor mir und wie das Haar, das wir unter so vielen Opfern gepflegt hatten, auf die Schultern fiel, ein letztes Zeichen von Aufsässigkeit, wie der Wind es fortwehte, bis es verschwunden war, dann die Uniform, die Überfahrt auf dem Schiff, ein fernes Land, diese Kerle, die schweigend neben mir sitzen und jeden Wunsch zu protestieren unterdrücken.

Unter uns ist jetzt alles morastig, ein einziger Sumpf. Über unseren Köpfen blinkt immer wieder eine grüne Lampe. Der Pilot findet keine Stelle zum Aufsetzen, und ich schaue zum Hauptmann und versuche ihm zu bedeuten, dass das ein guter Vorwand wäre, uns wieder zurückzufliegen. Aber er ignoriert mich und ruft dem Piloten zu, er soll uns zu einer Lichtung bringen, alles Weitere machen wir selbst. Ich wende mich lieber ab von seinem schwarzen Gesicht, nicht dass er denkt, ich würde nicht springen. Ohne einen Blick zu den anderen befiehlt er, die Säcke bereitzustellen, setzt seinen Rucksack auf und postiert sich mit dem Gewehr in der Hand an der Kabinentür. Der Pilot macht ein Manöver und schafft es bis auf zwei Meter an den Boden heran. Der Hauptmann gibt uns einen Schubs, wir sind schließlich keine Fallschirmjäger, der Rückzieher ist ein natürlicher Impuls. Aber ich überwinde mich, und wir elf Soldaten, dazu der Unteroffizier, lassen uns hinausstoßen und fallen in den Matsch. Die Stiefel sinken ein, der ganze Körper, ich habe einen Riesenschiss, und als ich mich hilfesuchend zu den anderen umdrehe, sehe ich die Angst auch in ihren Augen. Ich schaue zum Hubschrauber und wünschte mir, ich könnte mich ans Gestänge der Räder klammern, als wären es die Beine einer Frau, vielleicht die meiner Mutter. Gleich bereue ich es, in der Tür sehe ich das Gesicht des Hauptmanns, der die Säcke mit der Verpflegung hinauswirft, und als sie auf dem Boden landen, spritzt der Matsch. Er selber springt als Letzter, aber keiner guckt hin, ich behelfe mir mit einem losen Ast, krieche voran und schaffe es auf festen Boden, und ohne mir den Schlamm aus dem Gesicht zu wischen, helfe ich den anderen, die Säcke zu bergen. Der Hauptmann holt eine Karte hervor, schaut auf den Kompass. Unsere Blicke folgen dem Hubschrauber, der wieder an Höhe gewinnt und davonfliegt, in seinem Bauch unsere Vergangenheit.

Die Idee, auf einen Funker zu verzichten, hatte mir am wenigsten gefallen. Als ich nach dem Grund fragte, hieß es, die Funksprüche würden abgefangen, so könne man uns aufspüren. Der Hauptmann hätte protestieren sollen, aber ihm fehlte der Mut. Der Typ ist ein knurriger Bauer, und das Einzige, was er gut kann, ist Krieg. Dauernd sagt er, überleben würden im Krieg nur die, die den angeborenen Instinkt eines Kriegers hätten, schon als Kind hätte seine Großmutter es ihm vorhergesagt, denn er sei der rechtmäßige Sohn von Changó.

Der Hauptmann ist sich sicher, dass wir bald auf den Feind stoßen. Er fordert uns auf, die ideologischen Prinzipien hochzuhalten, sie würden uns Kraft geben und die Moral stärken, und noch einmal sagt er, dass wir mit unserem Einsatz verhindern, dass die Kwachas sich mit Nachschub versorgen können. Dann erzählt er uns gruselige Sachen, damit wir die Augen schön offen halten, spricht davon, wie gut der Feind trainiert ist, die sind imstande, ein ganzes Lager abzustechen, während alle schlafen, und keiner hat Alarm geschlagen, sie tarnen sich mit Gras oder reiben sich die Haut mit Schlamm ein, und selbst wenn sie vor einem stehen, sieht man sie nicht. Er lässt uns die Gegend Stück für Stück durchkämmen, aber nirgendwo ein Lebenszeichen, nicht mal ein Hinweis darauf, dass sie hier vorbeigekommen sind. Ständig bauen wir die Zelte auf und wieder ab, immer auf der Suche nach einer geeigneten Stelle für ein Lager. Uns ist schon ein Bart gewachsen, wir haben Blasen an den Füßen. Die Feuchtigkeit ist unmöglich aus den Stiefeln rauszukriegen, meine Füße sind rissig und tun beim Laufen weh. Ich öffne eine Sardinenbüchse und esse direkt mit dem Bajonett. Die ganze Zeit umschwirrt uns eine Wolke von Mücken, wir dachten erst, das halten wir nicht aus, aber mittlerweile bemerken wir sie gar nicht mehr, sie sind Teil unseres Körpers. Der Hauptmann sagt, am nächsten Morgen brechen wir nach Süden auf. Niemand sagt etwas, manchmal scheint es, als würde er mit sich selbst sprechen. Seit zwei Tagen warten wir schon auf den Hubschrauber. Abgemacht war in der Einheit, dass er jede Woche kommt. Vielleicht ist er auf dem Rückflug abgeschossen worden, und sie können sich nicht vorstellen, dass wir noch leben, oder sie suchen woanders nach uns. Bestimmt kommt bald eins unserer Flugzeuge vorbei, dann geben wir ihm ein Zeichen, und sie holen uns ab.

Mich nerven die Ameisen, ich habe Angst vor ihnen, weil

sie stechen wie die Wespen, unbemerkt krabbeln sie an einem hoch, und wenn dann alle da sind, fangen sie an zu stechen und hinterlassen rote Quaddeln, aus denen Wundwasser fließt, deshalb muss man dauernd nachsehen. Die Nächte sind kalt, selbst in Uniform und unter der Decke zittere ich. In den zwei Wochen, die ich hier bin, habe ich mehr geschuftet und auch mehr gelernt als in der ganzen Zeit vor dem Einsatz und in meinem ganzen Leben.

Ich liege wach und sehe die schwarze Gestalt des Hauptmanns durch den dunklen Nebel gehen, er schaut auf die Uhr und setzt sich. Ich schließe die Augen, will nicht aufstehen, ich möchte hier liegen bleiben, bis der Hubschrauber uns abholt, auch wenn er schon dreimal ausgeblieben ist. Gut möglich, sage ich mir, dass die anderen Offiziere in der Einheit den Hauptmann loswerden wollten, wegen seines Charakters und weil er alles kritisiert, als wäre er ein Inspektor, denn es stimmt ja, er hat viel Erfahrung, hat schon etliche Einsätze gehabt und alles Mögliche erlebt. Vielleicht haben sie beschlossen, ihn weit fortzuschicken, damit er nicht weiter rumstänkert, und uns haben sie geopfert, auch wenn wir nichts dafür können. Aber egal, für eine Bestrafung reicht es, diesen Schwarzen kriegt sowieso niemand klein. Er brüllt, aufgestanden!, aber keiner rührt sich, und dann sagt er, Scheiße!, wir sollen unsere Mutter ficken, für wen haltet ihr euch, das ist ein Krieg, verdammt nochmal! Die Leute rühren sich träge, bestimmt antworten sie ihm im Stillen genau wie ich: Fick doch deine eigene, du Nigger, von welchem Phantomkrieg sprichst du überhaupt. Nicht mal ein Scharmützel kann man so was nennen.

Wie Schatten laufen wir von hier nach da, einen Monat geht das schon so. Der Erste, der antritt, ist der Unteroffizier. Der Hauptmann sagt noch einmal, dass wir aufholen müssen, uns beeilen, der Weg ist weit. Als ob wir das nicht wüssten. Es ist so kalt, dass es aus unseren Mündern dampft. Du, er deutet auf einen Soldaten, der vorangehen soll, und drückt ihm einen Stock in die Hand, um den Boden zu sondieren und Sumpflöcher aufzuspüren. Gestern war ich dran, der Stock hat eine Markierung, die anzeigt, bis wohin man ihn in den Boden stecken soll, manchmal geht einem nämlich die Hand durch, auch wenn der Stock im Grunde von allein versinkt, als wäre da ein Magnet, der an ihm zieht, oder als wäre die Erde ein lebendiges Ungeheuer mit Hunger auf Menschenfleisch, und wenn man den Stock dann rausziehen will, ist es, als würde jemand ihn festhalten und einen runterziehen. Ich musste mehrmals einen anderen Weg nehmen, und der Hauptmann kritzelte irgendwas auf eine Karte, was nur er verstand. Jetzt passt er auf uns auf, und wir folgen ihm ein paar Stunden, ohne den Marsch zu unterbrechen. Ich spüre meine Beine nicht mehr und habe unerträgliche Schmerzen in der Schulter, so schwer ist der Rucksack.

Zuerst war es der Tau, der sich auf uns legte, in den Knochen diese ewige Kälte, die sich durch nichts vertreiben ließ. Dann kam die Sonne hervor und trocknete uns, so heftig, dass es juckte, die ersten Schweißtropfen bildeten sich, und ich spürte, wie es mir vom Hals über die Brust rann und ein seltsames Kribbeln hervorrief, ich stellte mir eine warme Zunge vor und wie sie mich streichelte, der Tropfen rann den Bauch hinunter, blieb am Nabel hängen, bildete eine kleine

Pfütze und lief dann weiter in die Hose hinein, schenkte mir eine Erektion, aber ich unterdrückte sie, genauso wie früher in der Schule, wo wir uns beim Sportunterricht die Lunge aufpumpten und die Armmuskeln springen ließen, damit die Mädchen in der Gruppe zu uns hinschauten. Ich sehe sie beim Weitsprung vor mir, ihre Körper schwebend in der Luft, die Brüste gespannt wie Federn, sehe ihre Shorts, aus denen ein Streifen ihrer Pobacken rutscht, etwas von ihrem Schamhaar, ihrer … Jemand schreit, und ich sehe, wie der Soldat an der Spitze auf einmal im Schlamm versinkt, ohne dass wir hätten reagieren können. Der Hauptmann fackelt nicht lange, zieht sein Koppel aus und tritt an ihn heran, und in seiner Verzweiflung zieht der so fest an ihm, dass der Hauptmann auf ihn fällt und ihn bedeckt, von dem Mann ist nichts mehr zu sehen. Sofort streckt der Hauptmann den Arm aus, damit jemand ihm hilft, und so wie er ihn schwenkt, ist klar, dass er nur wieder auf festen Boden kommen will, er bereut, was er getan hat und dass er womöglich auf eine so dumme und lächerliche Art stirbt, nach so vielen Kriegen und erfolgreichen Einsätzen. Der Unteroffizier zögert erst, dann versucht er, nach ihm zu greifen, und bei dem Gerangel verliert er fast das Gleichgewicht, eine solche Angst hat der Hauptmann, zu ersticken, und als er einen weiteren Schritt auf ihn zugeht, versinkt ein Bein, sofort lässt er den Hauptmann los und krallt sich mit den Fingern in den Schlamm, und der Hauptmann schreit, er soll ihm helfen, Idiot, nicht abhauen. Wir kriegen den Unteroffizier gerade noch bei der Hand zu fassen und ziehen ihn zu uns, der Hauptmann klammert sich jetzt noch fester an dessen Stiefel, und als er ihn loslassen muss, kippt er nach hinten. Ich merke, wie weich der Boden unter mir ist, meine Stiefel sinken ebenfalls ein, und wir rennen mühsam, voller Panik auf den festen Grund zu und sammeln ein paar trockene Äste, ich werfe sie dem Hauptmann zu, aber sie versinken vor seinen Augen. Der Unteroffizier liegt noch am Boden, hat sich von dem Schreck noch nicht erholt, und vom Boden aus befiehlt er, ein paar Hemden zusammenzuknoten, damit sollen wir versuchen, den Hauptmann herauszuziehen. Der ruft weiter um Hilfe, aber die kommt nicht, ich gehe unentschlossen hin und her, ohne Hemd jetzt, und der Unteroffizier treibt uns an, rührt sich selber aber nicht, dann geben wir ihm die zusammengeknoteten Hemden, und er weist sie zurück, hat Angst, will sich nicht noch mal in diese Gefahr begeben, er war schon mal dran, sagt er, soll ein anderer es machen, aber niemand will die Hemden halten, und der Hauptmann wird immer verzweifelter. Dann macht der Unteroffizier doch ein paar Schritte und wirft die Hemden in Richtung des Hauptmanns, aber der kommt nicht dran, er schreit weiter, der Unteroffizier geht noch einen Schritt und wirft sie ein zweites Mal, und der Hauptmann ruft, lasst mich nicht allein, wir sollen schnell etwas tun, das ist ein Befehl. Der Unteroffizier antwortet, was heißt schnell, wir würden nur selber versinken, und er erinnert ihn daran, wie wichtig es ist, dass wir den Einsatz fortsetzen. Wir bleiben auf Abstand, wollen dem Hauptmann erklären, wie absurd der Versuch wäre, aber er geht nicht darauf ein und zappelt weiter, als hätte er noch etwas zu gewinnen, vielleicht will er sich auch nur von den Händen des Soldaten befreien, der sich in der Tiefe vergeblich an seine Beine klammert. Ich rate ihm, ruhig zu bleiben, aber er will nichts mehr hören, verliert die Geduld und zieht das Gewehr aus dem Schlamm, das ihm am Riemen um den Hals hängt, und feuert Salven auf uns ab, ich werfe mich auf den Boden, höre Schreie, vor mir lassen die Kugeln den Matsch aufspritzen wie einen Vorhang, ich höre das Pfeifen über meinem Kopf und wie es in die Büsche kracht, Sekunden, die eine Ewigkeit dauern. Sein Magazin ist leer, aber er brüllt weiter Beleidigungen, ich atme auf, wische mir den Dreck aus den Augen, hebe den Kopf und suche nach den anderen, der Hauptmann ist jetzt noch tiefer eingesunken, ich stehe auf und ziele mit dem Gewehr auf ihn, die anderen rühren sich nicht vor Angst, dann versammeln wir uns, um uns zu beratschlagen, nur der Unteroffizier liegt weiter am Boden, als wenn nichts passiert wäre, wir gehen zu ihm, und René dreht ihn auf den Rücken, nur mit dem Fuß, er ist völlig durchsiebt. Arturo entsichert seine Kalaschnikow und will auf den Hauptmann schießen, aber ich packe den Lauf und reiße ihn hoch. Er sagt, er will ihn töten, aber ich lasse nicht los, und während wir noch miteinander ringen, hören wir Emilio jammern. Er ist an der Schulter getroffen, sein Arm hängt herab. Der Sanitäter säubert die Wunde und verbindet sie. Dem Hauptmann dringt der Schlamm durch alle Öffnungen des Gesichts, vom Schreien ist es wie aufgebläht. Dann bekommt er keine Luft mehr, erstarrt, seine Stimme verstummt, er ruft nicht mehr, verflucht uns nicht mehr, sein Mund hat sich unter Kotzen und Würgen gefüllt, aus der Nase kommt kein Schlamm mehr, er bewegt sich nur noch mit winzigen Zuckungen, kaum zu erkennen, die Augen öffnen sich, starr, violett, fast schwarz.

Die Nacht über bleiben wir vor Ort, niemand sagt etwas,

ich komme mir feige vor, die anderen wohl auch. Ich schaue mich um und versuche die Gefahr einzuschätzen, kriege kein Auge zu. Manchmal höre ich ein Geräusch und halte mir die Kalaschnikow an die Haut, sie zu spüren beruhigt mich. Ich weiß wirklich nicht, ob ich eingeschlafen bin oder nicht, vielleicht war es auch eine neue Art, den Schlaf zu begreifen. Die Sache ist, dass ich den Leichnam des Unteroffizieres vor Augen hatte, und mir war, als würde er sich bewegen, mehrmals bin ich aufgestanden, um ihn weiter von der Gruppe wegzuschaffen, aber das reichte nicht, ich hörte seinen Atem, ein ersticktes Keuchen, wie von einem, der nicht sterben will und um Hilfe bittet, ich hätte mir gewünscht, er wäre zusammen mit dem Hauptmann versunken, dann hätte ich diese nächtliche Angst nicht erleben müssen.

Als es Tag wird, schlafen wir weiter, weil niemand uns weckt. Wir haben keinen Chef mehr. Die Augen schlagen wir nur wegen der Sonne auf, wegen der Mücken, weil wir Hunger haben, und jeder weiß gleich, was zu tun ist. Wir buddeln so schnell wie möglich ein Loch und begraben den Unteroffizier. Ich will weg hier, will vergessen, dass drei Männer im Schlamm dieses verfluchten Ortes zurückbleiben. Aber nicht das erschreckt uns. Wir fragen uns, wie viele von uns noch in dieser fremden Erde begraben sein werden.

Emilio hat Schmerzen im Arm und jammert. Er blickt in die Runde und sieht, dass alle zu ihm schauen. Sofort steht er auf und sagt, wir sollen nicht glauben, er wäre eine Belastung, er tut seine Pflicht wie alle anderen, das ist nur eine Wunde, die kann ihm nichts anhaben. Seine Stimme ist brüchig, er fuchtelt nervös.

Nach einer Diskussion über die Richtung, in die wir gehen sollen, beschließen wir, uns als Aufklärer abzuwechseln. Das ist die gefährlichste Aufgabe, denn wenn man sich vertut, ist man genauso aus dem Spiel wie die Toten von gestern. Keiner muss es laut sagen, wir alle wissen, dass niemand mehr sein Leben für einen anderen riskiert. Wir teilen die Habe des Unteroffiziers unter uns auf, bis auf die Briefe und die Fotos der Familie, die er in einer Plastiktüte bei sich hatte, weil wir nur so wenig Gewicht wie möglich mitnehmen dürfen. Wir stellen uns in einer Reihe auf, und der Fußmarsch beginnt. Die Stimmung ist am Boden, in solchen Fällen sprach der Hauptmann immer von den mutigen Taten unserer Nationalhelden, vom Vaterland, vom sprichwörtlichen Mut des Kubaners, und manchmal half es ja auch. Aber jetzt kann nichts mehr uns zu einer romantischen Sicht bewegen, unser Leben gehört niemandem, nicht mal uns selbst.

Tagsüber laufen wir, wir machen kaum eine Pause, der Hauptmann wäre stolz auf uns. Aber jetzt geht es ums Überleben, um ein Wiedersehen mit den Freunden und die Rückkehr ins heimische Nest. Wir sprechen nicht, wahrscheinlich um Kräfte zu sparen, blicken nicht mal zum Himmel hoch auf der Suche nach Rettung, wir haben keine Ahnung, wie weit sich diese Sümpfe noch erstrecken, tagelang laufen wir in dieselbe Richtung und versuchen, endlich aus dem Matsch rauszukommen, aber jedes Mal scheinen wir nur weiter einzudringen, denn wohin auch immer wir uns wenden, gibt es weitere Sumpflöcher, weniger festen Boden und noch mehr Wasser. In unserer Verzweiflung sehen wir manchmal eine Savanne und rennen freudig auf sie zu, aber unsere Füße versinken bis zu den Knöcheln, und ohnmächtig, die Angst im Nacken, kehren wir zurück. Unter einem Gewand aus Staub und Stroh, das aussieht wie fester Boden, versteckt sich der Sumpf, es ist sein Spinnennetz, um uns zu täuschen.

Die Zeit vergeht, niemand spricht mehr vom Hubschrauber oder davon, wann wir zurückkehren. Ich fürchte, sie haben uns vergessen, oder die Geheimdokumente mit den Koordinaten des Einsatzes sind bei einem Rückzug verlorengegangen, und sie konnten nicht mehr kommen, um uns zu retten. Unsere Uniformen sind zerschlissen, die Stiefel kaputt, alle Kampfmoral ist dahin. Den Feind würden wir nicht mehr erkennen, und selbst wenn uns Savimbi persönlich entgegenkäme, wir würden ihn küssen und umarmen. Ich weiß nicht, was das überhaupt noch für Männer sind, deren Leben fern vom Rest der Welt verlöscht wie eine brennende Kerze. Nach zwei Monaten sind die Augen eingefallen, die Körper ausgemergelt, die Haut hängt in Fetzen und ist bedeckt von einer schlammigen Kruste, die uns vor der Sonne schützt, der Feuchtigkeit, den Mücken. Heute sind wir den ganzen Vormittag gelaufen, keiner weiß, wohin, meine Füße schleifen über den Boden, ich stolpere über Wurzeln und Steine. Als ich sehe, dass Ramón sich hinhockt, warten wir, genau wie bei den anderen. Ich drohe ihm, ihn allein zurückzulassen, aber er steht nicht auf, ihm ist alles egal. Irgendwas muss mit ihm sein, und ich teile es der Gruppe mit, aber sie stellen sich taub, wollen weitergehen. Also gehe ich wieder zu Ramón, dabei lasse ich die anderen nicht aus den Augen, denn wenn sie auch nur einen Schritt weitergehen, vergesse ich den Mann am Boden und schließe mich dem Trupp wieder an. Ramón hockt dort ganz steif, zittert, seine Haut ist von der Malaria verfärbt. Die Gruppe kehrt um, und als sie sehen, wie ernst die Sache ist, setzen sie sich erst mal hin. Der Sanitäter sagt, dass die Y-3 im Rucksack des Hauptmanns waren, wir können also nur zusehen, wie das Fieber ihn auffrisst. Mario fragt, warum er den anderen nicht Bescheid gesagt hat, sind wir vielleicht Hunde? Der Sanitäter sagt, das ist nicht seine Schuld, da müssen wird durch, und Héctor, er hätte es sehr wohl sagen müssen, das wäre sehr wohl seine Schuld, schließlich wäre er verantwortlich für unser Leben. Der Sanitäter sagt, unter solchen Umständen ist er für nichts und niemanden verantwortlich, und wir würden alle sterben, damit du es weißt, und dann brüllt Héctor ihn an, er soll die Klappe halten, packt ihn am Hals und drückt zu. Die Gruppe steht daneben und sieht, wie sie sich im Matsch wälzen, aber sie tun sich nicht weh, denn sie haben kaum noch Kraft, und dann sind sie es leid und lösen sich voneinander, husten, schnappen nach Luft. Ich sage, wenn sie fertig sind mit ihrer Show, sollen sie sich klarmachen, dass Ramón stirbt. Der Sanitäter zieht eine Spritze auf, um ihm Erleichterung zu verschaffen, aber als er sie ihm geben will, lehnt Ramón ab, er will den Schmerz spüren, nur so weiß er, dass er noch lebendig ist, denn wovor er am meisten Angst hat, ist zu sterben und den Augenblick nicht mitzubekommen, nicht zu wissen, ob er noch lebt oder schon tot ist.

Stundenlang fragen wir uns, was wir tun sollen. Ihn auf einer Trage mitzunehmen hieße, das bisschen Kraft zu verschwenden, das uns noch bleibt. Und sinnlos wäre es auch, der kommt sowieso nicht mehr auf die Beine, meint der Sanitäter. Wir verlieren die Geduld, keiner hört mehr auf den anderen, die Anspannung war zu viel. Irgendwer ruft, das ist Folter, er kann nicht mehr, wenn er noch länger warten muss, wird er noch verrückt, wir sollen weitergehen, ehe keiner mehr die Kraft dazu hat, man kann doch nicht die anderen für ihn opfern. Allen geht es genauso. Niemand will die Verantwortung übernehmen für die einzig mögliche Entscheidung: ihn zurückzulassen. Wir schweigen. Arturo entfernt sich und sagt, wir sollen ihm Bescheid geben, dann begräbt er ihn. Ich frage, wozu die Eile? Wenn wir das mit Ramón hinter uns haben, ist der Nächste an der Reihe. Wieder sind alle still. Nach einer Weile beschließen wir, die ganze Nacht zu wachen und am Morgen weiterzumarschieren.

Es wird Tag, keiner hat geschlafen. Wir sitzen rings um den Beinahetoten, der schon das Bewusstsein verloren hat. Immer wieder hält ihm jemand den Finger unter die Nase. Arturo packt ihn verzweifelt am Kragen und schüttelt ihn, bittet ihn, endlich zu sterben, wozu braucht er noch ein paar Stunden, alle wissen doch, dass er tapfer ist, was bringt es, uns bis zur letzten Sekunde zu quälen. Der Sanitäter ist empört, reißt ihn Arturo aus den Händen und legt ihn wieder hin, er wird nicht zulassen, dass er etwas tut, damit der Ärmste schneller stirbt. Und sie streiten weiter, Arturo sagt, er hat die Nase voll von diesem Ort, vom Hunger, von der gefährlichen Jagd, den Sumpflöchern, den Krokodilen und der Schwarzen Mamba, die Nase voll von allem, von diesen Klamotten und wofür sie stehen, vom Einsatz, von euch und von mir, habt ihr gehört?, und schreiend verschwindet er durch die Büsche.

Wir schauen einander an, natürlich geht es uns genauso, auch wenn niemand es sagt, wozu auch, sich zu beklagen löst das Problem nicht. Der Sanitäter macht ein Zeichen, und wir verstehen, dass Ramón tot ist. Wir graben ihm ein Loch in dieser Erde, die so anders ist als die unsere, der Spaten sinkt in den kalten, wenig einladenden Schlamm. Niemand will den Leichnam tragen, und wir rollen ihn mit den Stiefeln in die Grube. Ich schaue zu den anderen, am liebsten würde ich ein paar Abschiedsworte sprechen, Lorcas Ode an Walt Whitman mit dem weinenden Krieg und den Millionen Ratten unterm Uhrwerk der Städte, aber das würden sie auch nicht ertragen, viel zu weibisch, also erklären wir die Feier nach einer Schweigeminute für beendet und bedecken den Leichnam mit dieser Matschpampe.

Nach der Beerdigung kommt Arturo zurück. Er sagt, auf geht's, man muss ja nicht übertreiben. Niemand antwortet, wir sammeln alles ein und verlassen den Ort. Tagelang laufen wir, manchmal aus reiner Trägheit. Die Munition ist beim Jagen draufgegangen. Vom Hubschrauber spricht schon lange keiner mehr, der kommt garantiert nicht. Unseren Einsatz haben wir sowieso aufgegeben, auch den Gedanken daran, mit eigenen Mitteln zurückzukehren. Wir laufen ohne festes Ziel, das Einzige, was wir wollen, ist irgendwo ankommen, und sei es in Südafrika. Aber unsere Kräfte sind erschöpft, wir können uns gar nicht mehr vorstellen, dass wir hier anders rauskommen als auf dem Weg, auf dem man uns hergebracht hat: durch die Luft.

Wir gehen weiter voran, oder zurück, denn wir haben keine Ahnung, wo wir langlaufen. Es interessiert uns auch nicht. Ich bleibe stehen. Die anderen gehen weiter, bis sie merken, dass ich mich nicht rühre, meine Augen sind feucht. Ich sage, dass wir hier schon mal waren. Alle schauen sich erschrocken um, und allmählich erkennen sie die Stelle, geben mir recht. Wieder schimpfen wir auf den Hauptmann, weil er uns mit diesem Scheiß alleingelassen hat, und alle neun, die wir noch sind, beschließen wir, dass wir in verschiedene Richtungen gehen, um ein für alle Mal einen Weg zu finden, der uns an einen zivilisierten Ort führt.

Ich laufe schon eine Weile, markiere die Sträucher für den Rückweg. Bei jedem Schritt passe ich auf und stoße erst einen Stock in die Erde, die Landschaft ist überall gleich, kein Unterschied nirgends, der Boden bedeckt von trockenem Gras, worunter sich Wasserpfützen verbergen, dürre schwarze Büsche ohne Blüten, Blätter oder Samen, nur dieses mickrige, undurchdringliche Gezweig. Ich komme an einen kleinen See, Weitergehen unmöglich, also setze mich hin und erinnere mich an den Strand, den Malecón, lasse Steine übers Wasser springen wie eine Schlange, werfe sie in einer Kurve, einen *slider*, und frage mich, ob Industriales die Baseballmeisterschaft gewonnen hat, ob Mireya Luis immer noch so klein ist, viel zu klein für eine Volleyballerin, und ob sie mit ihrem wunderbaren Arsch noch immer so gut ist und beim Angriffsschlag diese gigantischen Sprünge macht. Ich lege mich auf den Rücken und will mir einen runterholen, wo ich schon allein bin, ich bin auch gleich erregt, und vor meinen Augen spule ich das Fernsehprogramm ab, lasse Farah María im Badeanzug am Malecón singen, *denn im Wasser ist ein Hai*, trete an sie heran, um im Geiste jedes Teilchen ihres Körpers zu lecken, bringe Rafaela Carrá, wie sie ihre Beine für diese Typen öffnet, die ungerührt dasitzen, während sie ihnen ihr Geschlecht vor die

Nase hält, füsiliere mit meinem Schwanz Olivia Newton John in *Xanadu*, Madonna, wie sie sich halb nackt in einem Bett wälzt, und ich kann gar nicht anders, als zur Verstärkung für die schon verbrauchten Bilder auch die dicke Elena Burke zu bringen, mit *gestern Nacht* und all den Nächten, in denen mir kalt war, weil sie nicht bei mir waren. In solchen Momenten tanzt die ganze Welt, all diese Frauen sind gut, auf ihre Art leisten auch sie dem Vaterland einen wunderbaren Dienst, und ich stelle mir die Rose vor, die Rosita Fornés zwischen ihren steinalten Beinen bewahrt, Omara Portuondo, wie sie singt, *Freundin, wie die Zeit vergangen ist, wie schlecht es mir geht ohne dich*, und Moraima Secada, die ihr in meinem Namen antwortet, ich lasse sogar die glatzköpfige Juana la Cubana tanzen, und alle kommen sie herbei, um sich in die Schwäne dieses Sees zu verwandeln, meine Wilis, außer Rosario Suárez, in meiner Vorstellung kann ich sie berühren, hochheben, um die Taille fassen, während sie sich dreht, und ich spüre, wie etwas in mir explodiert, wie ein Teil von mir entweicht und sich über sie alle ergießt, ihre Gesichter und ihre Zungen. Für einen Moment kann ich weder atmen noch blinzeln, die Zeit ist stehengeblieben, bis mir allmählich bewusst wird, wo ich bin. Ich wische mir das Sperma von den Armen und der Uniform und mache mich auf den Rückweg. Ich gehe jetzt schneller, denn ich vertraue darauf, warum auch immer, dass ich keine leichte Beute bin für dieses männerverschlingende Land.

Fast alle stehen bei Arturo und wollen etwas von ihm. Ich komme dazu und sage, dass ich kein Glück hatte. Die anderen sagen dasselbe, halten die Hände weiter ausgestreckt. Ich frage, was ist, und sie erzählen, Arturo hätte Samen und Blüten gefunden. Sie geben mir ein paar zum Probieren, der Geschmack ist recht annehmbar, er hat sie wer weiß wo gefunden, und wir erwarten, dass er sie mit uns teilt, aber er sagt, nein, lieber tauschen. Ich protestiere, das ist nicht gerecht. Er sagt, doch, genau das, und er besteht darauf, zu tauschen. Oder habt ihr nicht gemerkt, dass wir längst keine Kampfeinheit mehr sind? Er denkt nicht daran, noch weiter sein Leben zu riskieren, irgendwelchen Vögeln hinterherzujagen oder sich den Frust anzutun und mit einem Stock als Lanze zu fischen. Nur er weiß, wo man diese Samen und Blüten findet, wir sollen bloß nicht versuchen, die Stelle herauszukriegen, das ist fast ein Labyrinth, außerdem hätte er Fallen ausgelegt, die würden wir nicht überleben.

So geht es eine Weile hin und her, bis wir zugeben müssen, dass wir, auch wenn wir zusammenleben, nicht mehr zusammen sind, die Gruppe hat sich aufgelöst. Wir wissen, dass es für niemanden leicht ist, sagt der Sanitäter, aber wir haben keine andere Wahl. Also nimmt jeder einen anderen Weg und baut sich irgendeinen Unterschlupf, wir sprechen kaum noch miteinander. Ich habe mir ein schlichtes Damebrett gebastelt, um nicht denken zu müssen. Die Tage vergehen, ohne dass ich einem von ihnen begegne. Irgendwann beschließe ich, zu Horacio zu gehen, vielleicht kann ich etwas mit ihm tauschen. Seine improvisierte Hütte scheint leer zu sein. Ich rufe, aber niemand antwortet. Ich gehe hinein und warte, bis meine Augen sich an die Dunkelheit gewöhnt haben, und stolpere über etwas, bücke mich, fasse es an, es ist Horacio. Ich schleife ihn an den Füßen nach draußen, er deliriert. Bei ihm ist es jetzt anders, denn er hat sehr wohl Angst zu sterben. Ich gehe zum Sanitäter, und der sagt, wir würden ihn nur rufen, um zu nerven, niemand würde daran denken, dass er am Ende in seinen Händen sterben muss, ab jetzt kassiert er für seine Dienste. Wir kommen zu Horacios Hütte. Er untersucht ihn, weiß aber nicht, was es ist, die Haut fällt ab, und er hat tiefe Wunden, die eitern und fürchterlich stinken. Horacio fragt, ob ich mich vor ihm ekle. Ich weiß gar nicht, wie ich lügen könnte vor diesen noch klaren Augen, und ich sage, was sonst, er verfault ja schon, aber er soll sich keine Sorgen machen, vor mir selber ekle ich mich auch. Er fragt, ob ihn noch etwas retten kann. Ich schaue zum Sanitäter, und der schüttelt den Kopf. Nein, retten nichts, sage ich. Er meint, dann sollen wir die Rucksäcke durchsuchen, vielleicht findet sich noch eine Spritze. Aber wir haben schon überall gesucht, da brauchen wir ihm nichts vorzuspielen. Er fragt, ob nicht der Hubschrauber kommen kann. Nein, sage ich, der bestimmt nicht, nichts wird dich retten, gar nichts. Und wenn es Gott gibt? Ich sage ihm, er soll sich nichts vormachen. Gott gibt es nicht. Zumindest nicht für uns. Und ich rate ihm, so schnell wie möglich zu sterben, zu seinem eigenen Wohl. Dann musst du nicht leiden, und die anderen auch nicht. Das sage ich dir so deutlich, weil du bei Ramón mit seiner Malaria auch dafür warst, du warst genauso der Meinung, das Beste wäre, schnell zu gehen und niemandem zur Last zu fallen. Er denkt nach, seine Augen trüben sich. Er fragt, ob er wirklich so ungerecht zu Ramón war. Ich nicke, doch, ja. Oder wollt ihr bloß, dass ich nichts mehr von euch verlange? Diesmal schüttle ich den Kopf. Aber er glaubt nicht, dass er dasselbe Schicksal wie Ramón verdient hat. Wir sind alle gleich, erinnere ich ihn. Er macht eine Handbewegung, vor Müdigkeit oder Resignation, und nuschelt irgendwas, vielleicht bedankt er sich, oder er schickt uns zum Teufel.

Horacio hat noch fünf Tage durchgehalten. Außer Adrián, der seit ein paar Tagen nur noch seltsam ist, versammeln wir uns, um ihn zu begraben und seine Sachen aufzuteilen. Der Sanitäter möchte, dass wir ihm alles lassen, weil er so viel Zeit damit verloren hat, sich um ihn zu kümmern. Ich denke, er hat recht, wir waren ja kaum bei ihm. Die anderen akzeptieren zähneknirschend.

Als ich sehe, wie Adrián mit sich selber spricht, denke ich mir nichts dabei, bestimmt gibt sich das in ein paar Tagen. Er flieht vor uns. Fürchtet uns. Will allein sein. Bis mir auffällt, dass ich ihn seit Tagen nicht gesehen habe. Jemand sagt, in seiner Hütte ist er nicht, hat sich wohl verlaufen. Die Tage vergehen, und er ist nur noch ein Name, eine Erinnerung, irgendwann nicht mal das. Wir suchen nicht nach ihm, wozu auch. Wir wollen nicht noch mehr Tote haben, wollen nur vor uns hin leben, dem Ende in Ruhe entgegengehen.

Seit ein paar Tagen kommen wir abends zum Lager des Sanitäters, um zu hören, wie es Humberto geht, dem jüngsten Soldaten bei unserem Einsatz. Er ist zu ihm gezogen, weil er nervenkrank geworden ist, schon zweimal hat er versucht, sich umzubringen. Dann lasst ihn doch, wenn es sein Wunsch ist, sage ich, niemand kann ihn zwingen, in dieser Hölle zu bleiben. Arturo lacht, seiner Meinung nach wäre das Verschwendung, außerdem vermisst uns niemand. Die anderen glauben, sie hätten ihn verstanden. Eine Gruppe Verschwendeter sind wir sowieso. Arturo lacht wieder, sagt, was uns umbringt, ist unsere Naivität. Die Umstände lehren uns, aus den Dingen einen Nutzen zu ziehen, angefangen bei den eigenen Leuten. Ich bin jetzt ganz ernst, verstehe nicht, was er damit sagen will: dass wir kaum heil aus dieser Falle rauskommen, von der wir nicht wissen oder nicht wissen wollen, wer sie uns gestellt hat. Wichtig ist nur noch, sagt er und lacht nicht mehr, dass wir jede Sekunde leben, als wäre es die letzte, und uns nehmen, was sich uns bietet.

Ich stehe auf, will nichts davon wissen. Wenn Arturo so drauf ist, hat er etwas vor, will er jemanden fertigmachen. Ich gehe ein paar Schritte und höre, wie er sagt, wir sollen uns die Gelegenheit nicht entgehen lassen, der Mann ist doch reif zum Pflücken, die Frucht verfault sonst vor unseren Augen, und wer könnte sie sich besser schmecken lassen als wir, Früchte desselben Baums. Ich bleibe stehen, wünschte, ich hätte nichts gehört oder er würde es zurücknehmen.

Ich drehe mich um, renne los und schubse ihn, will zuschlagen, aber die anderen halten mich fest. Ich brülle sie an, ob sie nicht gehört hätten, was er andeuten will, sonst würden sie ihn auch verprügeln. Zu meiner Verwunderung schweigen sie. Arturo lacht wieder, vom Boden aus, und ich löse mich von den anderen und schaue sie an, sie halten die Köpfe gesenkt. Arturo spricht wieder, er sagt, wir sind sowieso am Ende, mit der Zeit wird es nur noch schlimmer.

Ich versuche sie zu überreden, sage, auch wenn ich selber nicht daran glaube, aber ich will ihnen Angst einjagen, sobald der Hubschrauber kommt, werdet ihr euch zu verantworten haben für eure Feigheit. Keiner scheint zuzuhören, sie blicken stur auf die Hütte des Sanitäters. Ich verspreche ihnen, dass sie es bereuen werden, sie sollen handeln wie Menschen und nicht wie Tiere. Aber mit jedem Wort, das aus Arturos Mund kommt, zieht er sie auf seine Seite, jetzt sagt er, sie hätten keine andere Wahl, und allein die Aussicht, in der Zukunft verurteilt zu werden, stimmt sie optimistisch. Tatsächlich wäre diese ferne Anklagebank ja der Beweis dafür, dass sie überlebt haben, und was sie zunächst besorgt, wird zu ihrer größten Hoffnung.

Mario, der Älteste der Gruppe, unterstützt mich, er sagt, das ist doch Wahnsinn, lieber bringt er ihn um. Und Arturo sagt, nur in einem Punkt lägen sie auseinander, denn so oder so liefe es auf ein Verbrechen hinaus. Außerdem wundert es ihn nicht, dass er so denkt: Ich verstehe dich, sagt er weiter zu Mario, du bist dreimal so alt wie wir, hast viele Jahre Liebe gemacht in deinen vier Ehen, wie du uns erzählt hast. So hält das jeder aus, du blöder Reservistenarsch! Nur den da verstehe ich nicht, und er zeigt auf mich. Ich schaue ihn an und verziehe angewidert das Gesicht. Mario sagt, er wird auf keinen Fall essen: Fleisch vom Hahn, das ist nicht gut, und er schüttelt den Kopf. Als hätten wir das von der Henne je probiert, du Wichser, brüllt Arturo ihn an, und jetzt weiß ich, dass die anderen einverstanden sind, auch wenn ich es nicht akzeptieren will, auch wenn ich vergessen will, dass für uns mit unseren achtzehn Jahren das Summen einer Fliege, das Streicheln des Windes, das Scheuern der Beine beim Marschieren, das Schlafen auf dem Bauch oder auf dem Rücken, die Träume, die Gedanken, egal in welcher Situation, dass alles für uns Anlass ist, uns bis zum Irrsinn zu erregen, und dann gehören wir uns nicht mehr, das Leben selbst tritt zurück, und sich Erleichterung zu verschaffen wird zum einzigen Ziel, wir glauben nicht an Krankheiten, Gefahren oder den Verfall der Sitten, du nimmst das Ding in die Hand und spürst, wie es losstürmt, und du drückst wie wild zu, versuchst es zu beherrschen, denn es offenbart sich dir mit all seiner Macht, völlig außer Kontrolle.

Mario weicht seinem Blick aus und geht, grummelt, dann ist es eben so, er wird später sehen, wie er sie überzeugen kann. Sturer alter Bock, ruft Arturo ihm nach, und er schaut zu den anderen, die ernst dastehen, verwirrt. Sie entfernen sich von mir. Ich kann es immer noch nicht glauben. Bestimmt weigern sie sich am Ende, und allein wird Arturo sich nicht trauen.

Ich halte mich ein wenig abseits, um sie zu beobachten. Fonseca geht zu der Gruppe und zeigt ihnen etwas, in der Dunkelheit kann ich es nicht erkennen. Danach kommt er zu mir und zeigt mir die Pickel, die er vom vielen Wichsen auf dem Schwanz hat. Ich habe Angst, sagt er, der Sanitäter hat ihm Salben aus Kräutern gegeben, aber die haben nicht geholfen. Die anderen haben ihm vorausgesagt, dass er ihn verliert, und er fragt mich, ob ich das auch denke. Ja, sage ich, das ist eine starke Infektion, und wir haben keine Antibiotika. Denen ist das egal, sagt er und deutet auf die anderen, ihnen ist es nur recht, je weniger bleiben, desto besser, so kommen sie vielleicht ein zweites Mal dran. Es soll nur fünfzehn Minuten pro Mann geben, aber das ist egal, denn wenn man erst die Hitze spürt, dieses Gefühl wie bei einem Kuss, und unterm Speichel hineingleitet, als wär's ein Brot mit Butter, wie ein großes Messer, das eine saftige Mango in feine Scheiben schneidet, dann das Keuchen, Husten, Stöhnen, nein, da können sie nicht widerstehen, sie werden sich nicht zurückhalten, und dann wird es sein, als ob das Leben aus ihnen rausprudelt.

Ich gehe zu meiner Hütte, auf dem Weg suche ich mir ein paar gute Stöcke, um Lanzen daraus zu machen und mich verteidigen zu können, auf keinen Fall werde ich zulassen, dass Arturo sich mir nähert. Ich schärfe die Spitzen und schleudere sie zur Übung. Irgendwann fühle ich mich so einsam und traurig, dass ich die Dinger fallen lasse und in die Hütte gehe. Ich lege mich in die Hängematte und weine wie ein Kind, schreie meine ganze Wut hinaus, wie konnte ich im Leben nur so ein Pech haben, ich rufe alle Schutzheiligen und Schutzgeister an, frage, warum sie mich verlassen haben, meine Stimme erstirbt, ich bin nur noch müde und lasse los, lasse mich treiben, schlafe ein.

Ja, die Entscheidung ist getroffen. Heute Abend soll es sein. Sie haben sich und ihre Sachen gewaschen. Dort sind sie, warten. Und pfeifen, wie sie schon lange nicht mehr gepfiffen haben. So lange, wie wir hier sind. Arturo sagt, sie feiern jetzt die Kriegsbeute, und die Beute ist Humberto, der Neuling von der letzten Einberufung, der nervenkrank geworden ist, und dann lacht er. Ich stelle mich taub, er will mich sowieso nur provozieren. Mario gibt sich nicht geschlagen und sagt immer wieder, dass Fleisch vom Hahn nicht gut ist, aber sie brüllen ihn an, er soll die Klappe halten, niemand hat dich gefragt.

Schon ewig habe ich sie nicht so sauber gesehen. Arturo hat dem Sanitäter klargemacht, dass er sich nicht einmischen soll, Humbertos Ohnmachtsanfälle und Nervenzusammenbrüche machen ihnen nichts aus. Er geht zu der Gruppe und sagt, er hat den Verdacht, dass der Sanitäter nicht mit ihnen teilen will. Egoist, ruft er in seine Richtung, am Abend wird ausgehändigt, oder sie nehmen ihm Humberto weg, er wartet nicht, bis der hinüber ist, ohne Wärme im Körper, und er ihn vorgeworfen bekommt wie einen Knochen für die Hunde. Die anderen sagen, dass der Gedanke ihnen Angst macht, er könnte sterben. Arturo winkt ab, alles Schicksal. Vielleicht ist es überhaupt die einzige Gelegenheit, eine solche Erfahrung zu machen, und er betet zu Gott, dass es nicht die letzte ist. Er erklärt, dass das erste Mal wohl das schwierigste ist. Den Spruch haben nicht sie erfunden: Die Schwächlinge gehen immer zuerst drauf. Und damit ihr es wisst, wenn jemand von uns an Humbertos Stelle wäre, würde er die Einladung garantiert annehmen, der hatte es genauso nötig wie wir. Die anderen nicken, ja, stimmt. Und ich schreie, das ist eine Lüge. Alle schauen in die Dunkelheit, wo ich hocke, ihre Blicke machen mir Angst, und ich halte lieber den Mund, ich habe kapiert, dass niemand sie mehr von ihrem Vorhaben abbringen kann.

Es ist so weit, die Ungeduld ist ihnen anzusehen. Sie treten in das Quimbo des Sanitäters und wissen nicht, wohin sie Humberto bringen sollen, also soll es dort passieren. Er liegt auf dem Bauch, und sie schauen sich erschrocken an, erregt. Sie kommen wieder raus und besprechen die Reihenfolge. Als Erster geht Arturo hinein, er glaubt, er hätte es verdient, schließlich war es seine Idee. Die anderen warten und wandern nervös herum, schauen begierig durch die Ritzen, merken an, dass er gar nicht jammert. Arturo öffnet die Tür, lächelt, reibt sich die Hände und ruft nach dem Nächsten, der hebt den Arm und geht hinein. Aber dann geht die Tür wieder auf, und der Mann kommt entsetzt zurück und sagt, der Junge würde sich überhaupt nicht wehren, besser aufhören. Aber Fonseca bleibt stur, vor dem Gesetz sind alle gleich, wenn er es nicht aushält, hat er eben Pech gehabt. Arturo legt den Arm um ihn, unterstützt ihn, weist aber darauf hin, dass er als Letzter drankommt, denn mit dieser Infektion könnte er die anderen anstecken, oder ihm könnte was abbrechen, wenn er drin ist, dann wäre das Fest wegen Verstopfung vermasselt, und er lacht, als er Fonsecas erschrockenes Gesicht sieht.

Wer fertig ist, setzt sich ans Feuer. Einer meint, dieses Schlitzohr macht es offenbar nicht zum ersten Mal, er hat fast überhaupt nicht gejammert. Aber keiner antwortet, sie haben es lieber nicht gehört. Dann trennen sie sich, jeder geht in seine Richtung. Es ist eine Vollmondnacht, kein Lüftchen weht, und es ist merkwürdig still.

Von da an schwirren mir Gedanken durch den Kopf, ob ich will oder nicht. Manchmal wehre ich mich dagegen, aber vergeblich, jemand pflanzt sie mir ohne mein Zutun ein und nimmt sie wieder raus. Oder ich schlage mir an die Schläfen, um die Gedanken zurechtzurücken und sie wieder in meine Gewalt zu bekommen. Mir ist bewusst, dass ich mich verändere, dass ich das Vertrauen in die anderen und in mich selbst verloren habe. Ich spüre eine Leere in mir, wo vorher etwas war, und ich kann es nicht ersetzen. Spüre eine ewige Kälte und dass alles zu Ende ist, ein Neubeginn unmöglich. Nicht mal die Sehnsucht nach einer Rückkehr lasse ich zu, es tut zu weh. Seit Tagen esse ich nichts mehr, und ich begreife, dass die Gefahr nicht von den lauernden Kobras ausgeht, auch nicht von den Krankheiten. Es gibt etwas Schlimmeres. Sie, die anderen. Wir selbst. Deshalb will ich nur weg von allem. Immer wieder ertappe ich mich dabei, wie ich renne, ohne auf die Richtung zu achten, ohne erst im Boden zu stochern, denn mir ist es lieber, dass ich versinke, soll ein für alle Mal Schluss sein mit dieser Agonie. Danach bin ich erschöpft. Manchmal höre ich den Hubschrauber und laufe los, gebe Zeichen, wedele mit den Händen, schreie, bis ich nicht mehr kann. Und schleppe mich weinend zurück zu meiner Hütte, komme nicht mehr raus, weil ich Angst habe, Arturo könnte mich überfallen und vergewaltigen.

Am Morgen frage ich mich, ob das Geräusch des Hubschraubers der Tod war. Ich zähle alles Materielle zusammen, was ich besitze, ich habe nichts, an geistigen Dingen auch nichts, und das beunruhigt mich. Ich nehme an, dass es etwas Höheres gibt als uns und dieses ganze Elend und dass es uns zur Reue ruft. Ich beschließe, aus meiner Einsamkeit eine Zelle zu machen, ein Gelübde des Gehorsams. Lange Stunden bitte ich darum, dass man mir den Weg der Rettung zeigt. Ich akzeptiere, dass ein Glaube mich überkommt. Von da an habe ich das Gefühl, dass ich gerettet werde. Das sollte genügen.

Und jetzt ist Frieden. Ich hoffe, ich habe ein Anrecht auf eine besondere Fürsorge des Herrn. Alle meine Schritte zeigen, dass ich es verdient habe, und ich bitte ihn, meinen Nächsten ihre Sünden zu vergeben. Deshalb verstehe ich nicht, dass sie jetzt krank werden, gelb, vom Durchfall ganz dünn und mit tiefen Ringen unter den Augen, dann das Fieber, beim Sanitäter ist es am schlimmsten, er kann kaum noch sprechen. Aber ich warte ab, irgendwann werde ich bestimmt von etwas erleuchtet, einem Licht, einer Stimme, einem Zeichen, und sei es noch so klein, dass ich nicht allein bin, dass jemand mich sieht und bei mir ist. Das Wichtigste aber ist, den Glauben zu bewahren, das ist die Prüfung. Und so behaupte ich mich, bete, was ich an Gebeten in Erinnerung habe, und sehe, wie die anderen über Durst klagen und um Wasser bitten, delirieren, nach ihren Familien rufen, langsam sterben. Und ich, ich bin gerettet. Ich gehe durch den Morast, das verseuchte Wasser, die Mücken stechen mich nicht, die Schlangen kriechen neben mir her, ohne mich zu beachten, ich atme diese stinkenden Gerüche ein und spüre, dass mein Körper in sich ruht, dass er über dem Schmerz schweben kann, über dem Jammer und dem Elend dieser Männer.

Es war eine Offenbarung, als mir klarwurde, dass ich allein bleiben würde, dass ich wegen meines Egoismus bestraft werden könnte, denn das Geheimnis der Rettung habe ich ihnen vorenthalten. Ja, ich habe mich geweigert, ihnen zu helfen. Brauchen sie mich etwa nicht? Die Kraft meiner Stimme, meiner neuen Macht?

Und ich trete vor sie wie ein Lichtstrahl unter den Schatten, ein neuer Prophet, der kommt, ihnen die Rettung ihrer Seelen zu verkünden. Zuerst schauen sie mich ängstlich an, wie eine Erscheinung. Dann kommen sie näher. Sie setzen sich schweigend um mich, hören mir zu. Ich erzähle ihnen, dass Gott die Gläubigen manchmal prüft und ihnen Krankheiten schickt, ihre Familien und Reichtümer zerstört. Keiner sagt etwas. Sie starren mich nur an aus den Tiefen ihrer ausgehungerten Gesichter, ihrer Augen, in denen kein Gefühl mehr ist. So wird es dunkel, und meine Stimme verklingt, gestreichelt vom Säuseln der Bäume. Ich stehe auf, und sie treten auf mich zu, Arturo lächelt und küsst mir die Hände. Dann schlagen sie mir mit etwas Hartem auf den Kopf.

Als ich die Augen öffne, ist alles ruhig. Stille. Niemand spricht mehr. Sie stehen reglos da, mit weißer Haut, fast durchsichtig. Zum ersten Mal fühle ich mich allein. Ich will weinen und kann nicht, mir fehlt die Kraft. Dann kommt die Erleichterung, ich spüre kaum die Temperatur meines Körpers, der Kopf tut nicht mehr weh, ein tiefes Gefühl von Frieden erfasst mich, und ich weiß, der Moment ist gekommen, dass ich nicht mehr leiden muss. Etwas geht fort von mir, mein Atem oder mein Schatten. Sie schließen mir die Augen.

Und ich denke, wie nutzlos Gott ist.

Der Mond spiegelt sich nur schwach auf dem schmutzigen Wasser. Bis zum Hals im Fluss, kauern Manolo und seine Brüder hinterm Ufergras und warten ab, damit die Polizisten sie nicht entdecken, die würden sofort schießen. Manolo hat Angst um sein Leben, aber vor allem um das seiner Begleiter. Sie sind zwar volljährig, aber er fühlt sich für sie verantwortlich.

Er taucht die Hände unter Wasser und drückt sie auf den Verband über dem Knie. Ein paar Nächte vorher hat er sich an einem scharfen Eisen geritzt, das im Flussbett steckte. Zuerst hat es gar nicht weh getan, vielleicht wegen der Kälte, der Anspannung oder der Angst, aber als er rauskam, hat er drangefasst und das Blut bemerkt.

Bevor er sich den Ninjas anschloss, wie die Polizei ihre Gruppe nannte, hatte er monatelang hin und her überlegt. Er hatte schon alles Mögliche ausprobiert, um die Familie zu ernähren, aber keine der Varianten hatte etwas gebracht. Blieb die schlechteste von allen, die einzige auch, bei der er sein Leben riskierte. Aber schon in den beiden Jahren drüben in Angola hatte er es durchgespielt, irgendwann hatte er so viel Tod um sich herum gesehen, dass es ihm unglaublich vorkam, dass er noch am Leben war. Bis heute kann er sich nicht erklären, wie er lebendig hat zurückkehren können.

Bei der Ankunft auf der Insel steckten sie ihm die Heldenmedaillen an. Mit der Zeit vergaß er, sie zu polieren und den Besuchern zu zeigen. Schließlich schob er sie in einem Schuhkarton unters Bett der Kinder.

Es ist eine Woche her, dass er sich verletzt hat. Die Infektion breitet sich aus, das Bein hat schon seine natürliche Farbe verloren. Alles nur, weil er es nicht lassen konnte, jeden Abend in den Fluss zu steigen, aber er fühlt sich seinen Brüdern gegenüber in der Pflicht, erst recht gegenüber seiner Frau und den Töchtern, die oben auf der Brücke warten und aufpassen. Sie tun so, als würden sie sich unterhalten, verbergen ihre Nervosität. Manchmal kommt die Polizei vorbei und wirft ihnen einen abfälligen Blick zu.

Nach der Rückkehr aus Angola versuchte er es mit Reifenflicken, ohne Erfolg, die Konkurrenz war zu groß. Dann begann er, Gemüse vom Land herzuschaffen, um es in der Stadt zu verkaufen, aber die Polizisten durchsuchten die Fuhren und beschlagnahmten sie.

Seine Brüder kamen mit gestohlenem Tabak. Am Anfang war es noch recht einfach: Versteckt am Straßenrand, in der Nähe eines Schlaglochs oder eines Bahnübergangs, warteten sie auf die mit Tabakballen beladenen Lastwagen, und wenn der Fahrer dann abbremste, sprangen sie auf und warfen die Packen runter, während die anderen sie aufsammelten.

Manolo boten sie an, ihm etwas von dem Tabak abzugeben, zum Weiterverkauf. Er zögerte erst, aber dann ließ er sich darauf ein. Und ihm blieb nichts anderes übrig, als mit dem Fahrrad auf die Suche nach Käufern zu gehen.

Von der Stelle aus, wo Manolo und seine Brüder sich im Fluss verstecken, können sie nur die Umrisse der Frauen auf der Brücke sehen und die roten Spitzen ihrer Zigaretten, die, so wie sie Kreise beschreiben, auf eine lebhafte Unterhaltung deuten, Zeichen dafür, dass die Luft rein ist. Manolo spürt das Pochen der Wunde, in seinem Kopf ist es jedes Mal ein dumpfer Schlag. Aber weder der Schmerz noch die Infektion treiben ihn jetzt um, wichtig ist allein, dass sie an den Tabak kommen und ihn dann der Gruppe der Weiterverkäufer geben, die die Touristen abfangen und ihnen die Cohibas zu einem geringeren Preis verkaufen als der Staat.

Um die Raubüberfälle zu stoppen, postierte die Polizei als erste Maßnahme mehrere ihrer Leute an der Strecke der Lastwagen, wodurch sich die Chancen auf einen Überfall verringerten. Manchmal hatten seine Brüder so wenig erbeutet, dass sie Manolo nicht mal Grobschnitt geben konnten. Aber die eingesetzten Polizisten reichten nicht aus, und die Ninjas plünderten weiter. Also beschloss die Polizei, die Lkw jeweils mit zwei Streifenwagen zu eskortieren, einer voranweg und der andere hinterher. Von da an war es unmöglich, ihre Raubzüge fortzusetzen.

Wenn ihre Füße in den Löchern versinken, die sich auf dem Grund des Flusses plötzlich auftun, reicht ihnen das Wasser bis zu den Lippen. Sie schmecken den Schlamm und den Sand auf ihren Zungen, aber sie sind so aufgeregt, dass sie sich diesem Gefühl nicht hingeben können. Nur am Anfang schmeckt es komisch, bald gewöhnen sie sich daran, tauchen unter und denken nicht mehr an die stinkende Wolke, die sie umhüllt und zu einem Teil von ihnen wird. Wenn sie zurückkommen, tun ihre Frauen so, als würden sie es nicht merken, halten aber Abstand, sie bringen sie ins Bad, und selbst nach mehrmaligem Schrubben dringt ihnen der Gestank noch aus allen Poren.

Als sie keine Lastwagen mehr überfallen konnten, sagte jemand: »Wenn der Berg nicht zum Propheten kommt …« Und sie beschlossen, sich zum Berg durchzuschlagen, Wege zu suchen, um zur Fabrik zu gelangen und den Tabak dort zu stehlen. Sie kamen bis zum Zaun, beobachteten den Wächter, und kaum schaute der woandershin, holten sie die Tabakballen heraus.

Manolo muss immer an die Nacht denken, als er sie zum ersten Mal begleitete, er sollte Wache stehen. Aber nur dieses eine Mal, machte er ihnen klar. Doch als er dann die Berge von Tabak sah, bekam er große Augen und verließ seinen Posten, stopfte sich ebenfalls einen Sack voll. Der Rückweg war gefährlich. Das Gewicht der Säcke erlaubte ihnen nicht zu rennen, und die Polizisten schossen aus nächster Nähe.

Beim Transport der Beute verloren sie mehrere Freunde. So auch Mario. Sie hörten, wie er vor Schreck aufschrie, als die Kugel ihm durchs Hemd und die Haut fuhr, aber er rannte weiter, der Schmerz hatte ihn noch nicht erreicht. Die anderen, auf ihrer verzweifelten Flucht versprengt, achteten kaum auf die Zurückgebliebenen, die Angst vor den Schüssen verjagte jeden Gedanken, sie nahmen nur das Pfeifen der Kugeln wahr, und Manolo, der das Geräusch der vorbeifliegenden Geschosse kennt, weiß, wie gefährlich es ist, blindlings draufloszulaufen. Schon vor langem hat er gelernt, dass man sich rasch eine Ersatztaktik überlegen muss, so wie er auch gelernt hat, dass man die Kameraden nicht am Boden liegen lässt. Und er schaut sich um, ruft Mario zu, er soll hinter ihm herlaufen, nicht langsamer werden, aber der Verwundete kann nicht, fällt in einen Trab, der ihn von hier nach da taumeln lässt, die Luftnot wird immer größer, und trotzdem, trotz des Bluts, das ihm aus der Brust rinnt, klammert er sich weiter an seinen Sack.

Genauso ist Manolo sich bewusst, dass er weiterlaufen muss, im Krieg können nicht alle gerettet werden, es zählt nur das Material, er muss zurück und ihm das Gewehr abnehmen, und wenn er noch lebt, muss er ihm die Pistole in die Hand drücken, mit einer Kugel im Lauf, ihm die Marke vom Hals reißen. Und den Sack tragen, um ihn seiner Familie zu geben. Aber jetzt kann er ihn nicht dort zurücklassen, das ist mein Nachbar, verdammte Scheiße, sagt er sich, fast wie mein Bruder, wir haben wie alle anderen Murmeln gespielt, sind zusammen losgezogen mit der ersten Jugendfreundin, wie kann ich ihn im Stich lassen. Er zögert noch, bis er sieht, dass Mario den Sack loslässt, dann hinfällt. Er bleibt stehen, denkt, vielleicht könnte er zu ihm zurückrobben, aber er hat keine Kraft mehr, und er wirft seinen Sack ebenfalls ab, die anderen haben sich schon im Gestrüpp verloren. Er kehrt um, schreit ihm verzweifelt zu, er soll sich noch mal aufraffen, es ist nicht mehr weit, glaub mir. Mario keucht, weint ohnmächtig, schaut nur auf den Sack ein paar Meter hinter ihm, beißt die Zähne zusammen. Manolo sieht, wie die Taschenlampen der Polizisten näher kommen, sie schreien sich etwas zu, warnen einander, so als wären sie auf Tigerjagd. Die Polizisten finden Mario allein vor, leblos, den Blick starr auf den blöden Sack gerichtet.

Als sie bei Tagesanbruch vom Fluss zurückkehren, versorgen sie Manolos Bein, seine Frau drückt die Wunde aus, zuerst quillt das schlammige Wasser hervor, dann der Eiter, bis sich das trübe Blut zeigt, Schweißtropfen rinnen ihm übers Gesicht, und seine Hände zittern, seine Stimme wird brüchig, er droht ihr, nie mehr in den Fluss zu gehen, aber seine Frau hört lieber nicht hin. Nachdem sie mehrmals gedrückt hat, fließt das Blut sauber heraus, seine Wut verraucht, wird immer schwächer, bis es nur noch das Flehen eines hilflosen Kindes ist.

Nach Marios Tod konnte Manolo nächtelang nicht schlafen vor Angst, in die Fabrik zurückzukehren, er kennt sich aus mit den Streichen, die das Schicksal einem spielt. Er fürchtet, dass ihm jetzt, nachdem er in so vielen Schlachten davongekommen ist, irgendwelche Deppen, die einen echten Kampf noch nie erlebt haben, ein paar Kugeln in den Balg jagen und seine Töchter zu Waisenkindern machen. Seine Brüder haben ihn gedrängt, wieder mitzukommen, dir wird schon nichts passieren, meinten sie, du hast das Zeug zum Chef, in deiner Gegenwart fühlen wir uns weniger unsicher und schutzlos. Das stimmte, er konnte gar nicht anders, er war derjenige, der die Befehle gab, der auf mögliche Gefahren hinwies und sie hin- und zurückführte wie der Hüter einer Herde.

Aber jetzt wusste er, dass weitere Opfer unvermeidlich waren, die Wege waren umstellt von der Polizei, nur selten verging ein Tag ohne einen Verletzten oder einen Toten. In der vergangenen Nacht wollte ein flüchtender Ninja, den Sack über der Schulter, so schnell über einen Zaun klettern, dass sein Hals vom obersten Stacheldraht aufgerissen wurde, die Wunde war so groß, dass man mühelos eine Faust hätte hineinstecken können.

Die goldenen Zeiten lagen hinter ihnen, seine Brüder taten nichts, spielten Domino und tranken billigen Rum, um die Not ihrer Familien zu vergessen.

Weil es seine Idee gewesen war, ist ihm nichts anderes übriggeblieben, als jeden Abend in den Fluss zu gehen, trotz der Wunde am Bein. Der Mond kann der Dunkelheit nichts anhaben. Seine drei Brüder und sein Neffe warten weiter in ihrem Versteck am Ufer auf den günstigsten Moment zum Weitergehen. Noch bewegen sich die roten Spitzen der Zigaretten auf der Brücke.

Geduldig wartet Manolo, bis die Polizisten die Büsche abgeleuchtet haben und sich entfernen. Als er dann sagt, gehen wir, setzt sich die Gruppe der Männer in Bewegung. Ihre Stiefel versinken im Schlamm, sie gehen langsam, jede plötzliche Bewegung könnte die Polizisten anlocken. Sowie die Kälte durch die Hosen dringt, atmen sie tief ein, bis sie sich daran gewöhnt haben. Wie Flussdelphine gleiten sie dahin, zumindest stellt Manolo es sich gerne so vor, auch wenn die anderen sagen, wie Frettchen. Ihre Arme, ihre Körper kommen mit menschlichen Exkrementen in Berührung, aber sie versuchen, nicht daran zu denken, sie schieben sie einfach beiseite und gehen voran. Manchmal versinkt ein Bein so tief, dass sie alle Mühe haben, den Stiefel nicht zu verlieren. Manolo spürt deutlich das Pochen der Wunde. Er schaut zur Brücke, die Schemen werden immer ferner, und er fragt sich, ob er wohl lebend nach Hause kommt. Am meisten fürchtet er die Flussbiegung und dass er die Brücke nicht mehr sieht, seine Familie. Solange er seine Frau sieht, hat er das Gefühl, dass nichts passieren kann, denn auch wenn er sie nicht hört, weiß er, dass sie betet, den Heiligen Versprechungen macht, und das gibt ihm Zuversicht.

Die Angst vor den ständigen Verfolgungen und den Hetzjagden der Polizei im Viertel hatte ihm den Schlaf geraubt, aber er wusste, wenn das tägliche Geld vom Verkauf des Tabaks ausblieb, war das Elend zurück, der Hunger.

Einmal träumte er, ein Schuss hätte ihn in den Fluss geworfen, und sein Körper wäre im dunklen Wasser versunken, er fuhr im Bett hoch und weinte laut, seine Frau strich ihm über den Rücken und hielt ihm mit der anderen Hand den Mund zu, nicht dass die Mädchen aufwachten. Er wurde still, und auf einmal lachte er, Ochún hatte ihm die Lösung geschenkt: der Fluss. Er ging zur Statue der Heiligen, die im Zimmer der Mädchen stand, kniete nieder und küsste sie zum Zeichen der Dankbarkeit.

Schon fast eine Stunde waten sie durch den Fluss, die Beine und die Arme schmerzen, ihre Köpfe scheinen zu bersten, so angestrengt halten sie in der Dunkelheit Ausschau nach den Polizisten, ihren Fallen. Vor Kälte klappern sie mit den Zähnen, vor Angst oder weil es so ruhig ist, wegen allem zusammen. Manolo hält seinem Neffen den Mund zu, packt seinen Kiefer, bedeutet ihm, die Luft langsam ein- und auszuatmen, und das Klappern hört auf. Sie sondieren die großen Lager, sind so vorsichtig wie möglich, bewegen sich jetzt noch langsamer, die Anspannung nimmt weiter zu, und die Angst scheint ihnen die Brust zu zerreißen. Sie drücken sich an die Mauer, warten, bis das Licht des Scheinwerfers zur anderen Seite schwenkt. In ihrer nassen Kleidung fühlen sie sich doppelt so schwer. Nachdem sie hinübergeklettert sind, kriechen sie über den Hof bis zu den Hallen. Die Wächter unterhalten sich in ihrer Bude. Der Neffe passt auf, während sie die Plastiksäcke füllen. Dann bringen sie sie zur Mauer und lassen sie in den Fluss fallen. Mit einem langen Seil binden sie sie aneinander. Und machen sich auf den Rückweg zur Brücke. Manchmal wollen sie schneller vorankommen, rudern durchs Wasser. Manolo will sie stoppen, wedelt mit den Händen wie ein Dirigent, aber seine Begleiter sehen ihn erst, als sie über ihn stolpern. An den Lichtern der Taschenlampen in der Ferne sind die Bewegungen der Polizisten zu erkennen, die immer noch in den Marabu-Büschen suchen.

Der Rückweg zieht und zieht sich. Endlich kommen sie an die Brücke. Die Frauen hören den Pfiff, der sie ankündigt, und schauen sich nach allen Seiten um. Wieder zünden sie Zigaretten an und schwenken sie im Kreis, Zeichen dafür, dass keine Gefahr besteht und sie rauskommen können.

Nachdem die Frauen sie aus dem Wasser gezogen haben, verstecken sie die Ware in einem sicheren Haus.

Am Tag nach dem Albtraum ging Manolo im Schlafzimmer auf und ab, er wollte niemandem sonst erzählen, was ihm eingefallen war, wollte nicht verantwortlich sein für den Tod von irgendwem. Trotzdem war er sich sicher, dass sein Plan funktionieren würde, schon in Angola hatte er es gemacht. Seine Frau bat ihn mehrmals, es mit seinen Brüdern zu besprechen, aber er weigerte sich.

Sie ging zu den Dominospielern und sagte, ihr Mann habe eine neue Strategie, um an den Tabak zu kommen. Minuten später standen sie an der Tür zum Schlafzimmer.

»Jeder Mann muss wissen, was er für sich zu tun hat«, sagte Manolo, »fürs Vaterland und vor allem für seine Familie …«

Sie bedeuteten ihm, er solle sich kurzfassen, Theorien interessierten sie nicht.

»Das hier ist ein anderer Krieg als der, den du von drüben kennst«, sagte einer der Brüder.

Sie warteten. Wieder verstummte er, ging auf den Hof hinaus, dann auf die Straße. Sie folgten ihm. Sein Blick starrte ins Leere. Nach hundert Metern blieb er stehen, auf der Brücke, seine Begleiter schauten ihn verwirrt an, dort unten war nur das schmutzige Wasser, nicht ein einziger Fisch. Manolo deutete den Fluss entlang.

»Das ist der Weg«, sagte er, und sein Finger hob sich und zeigte auf die großen Tanks, die über den Dächern der Fabrik aufragten.

In ihren Gesichtern erschien ein Lächeln, und sie fragten sich, wieso sie nicht längst auf die Idee gekommen waren: Die Tabakballen schwimmen, die Polizei würde nie vermuten, dass sie durch diese Jauche treiben, erst sie selber, um sie zu stehlen, und dann die Ballen mit ihnen.

Die Schmerzen im Bein wecken Manolo, sein Körper ist bedeckt von Fieberschweiß. An diesem Morgen schlafen seine Brüder nicht bis spät in den Tag, und auch ihre Frauen sind nicht mit den Einkaufstaschen losgezogen, um den Tabak zu verkaufen. Alle stehen um sein Bett herum, die Augen seines Neffen sind tränenfeucht. Er erkennt den Arzt, den sie geholt haben, er ist ein Freund der Familie.

»Mir bleibt nichts anderes übrig«, er schaut ihn betrübt an, »der Wundbrand breitet sich aus. Wenn ich nicht sofort etwas unternehme, bringt er dich in wenigen Stunden um.«

148

Manolo kann die Tränen nicht zurückhalten. Er fragt sich, warum ausgerechnet er so viel Pech haben muss. Er schaut zu den Mädchen, sie spielen mit ihren Puppen. Und als ahnten sie es, reißen sie ihnen die Arme und die Beine aus, bis nur noch der Rumpf und der Kopf bleiben. Er weiß, dass ihm das auch blüht. Aber das ist jetzt nicht wichtig.

Er fragt sich nur, wie er es anstellen soll, mit einem Bein durch den Fluss zu waten.

ÖLBILD MIT FRAU UND BLUMEN
AN EINER ECKE IN LUANDA ODER
GUANABO BEACH

Mir macht der Gedanke Angst, dass ich nicht mehr leben will. Aber manchmal will ich nicht mehr leben. Immer wieder bin ich mir selber der gefährlichste Feind. Nie kann ich wissen, wann oder warum es zu dieser Störung kommt. Mir vergeht jede Lust, auch nur die alltäglichsten Dinge zu tun, als würden sie mir die Energie entziehen, die meinen Körper versorgt. Es ist ein Sturz in den Abgrund, und jedes Mal habe ich Angst, unten aufzuschlagen. Wenn es mir so geht, stehe ich nicht auf, frühstücke nicht und lasse kein Licht durchs Fenster, ich klemme das Telefon ab und bleibe im Dunkeln liegen, wie ein Tier auf der Lauer, nur dass ich auf die Gelegenheit warte, über mich selbst herzufallen. Ich bekomme einen Schreck, wenn ich an die wirksamste Methode denke, meinem Leben ein Ende zu setzen, deshalb möchte ich heute auch nicht nach Hause zurück, ich will die ganze Nacht draußen bleiben, soll mich der Morgen auf der Straße überraschen. Ein schöner Morgen könnte mich vielleicht aus diesem Zustand reißen, in dem ich manchmal tagelang versinke. Ich möchte nicht anhalten, möchte weiter so schnell fahren und spüren, wie mir die Luft ins Gesicht schlägt. Die Ampel schaltet um, und jetzt will ich an nichts anderes denken als ans Bremsen. Die Luft, die durchs Fenster weht, lässt nach, und das Haar fällt mir in die Stirn, es ist das Herumtollen leid.

An der Ecke steht eine Frau, mit ihrer schwarzen Haut schafft sie es beinahe, sich in der Nacht zu verstecken, vor der Kälte geschützt von mehreren Blumensträußen, denen der Wind die Blütenblätter abgerissen hat. Das Bild dieser Frau verfolgt mich seit Afrika. Bei meiner Rückkehr habe ich es mit auf die Insel gebracht. Ein Geist, der beschlossen hat, mich zu begleiten, immer in meiner Nähe zu sein.

Als ich sie das erste Mal sah, habe ich nicht begriffen, warum sie dort stand, das war vor dem Hinterhalt. Sie erschien, bevor jemand auf eine Mine trat. Danach bin ich ihr am Tor des Lagers begegnet. Dort, von wo aus wir in den Kampf zogen und wo viele dann von Kugeln durchlöchert in Empfang genommen wurden, oder Stücke von ihnen, abgetrennt von den Granaten und den Minen. Seither habe ich mich an ihre Gegenwart gewöhnt, immer steht sie da wie ein böses Omen.

Ich sehe, wie sie sich bewegt und alles tut, damit man sie wahrnimmt, sie will nicht länger unbemerkt bleiben, wünscht sich, dass jemand sich rührt und auf sie zeigt. Während sie ihre Blumen zum Verkauf anbietet, skizziert sie etwas mit der brennenden Zigarre in der anderen Hand, ich verfolge ihre Bewegung, ein Kind, das mit dem Buntstift spielt, oder die Linien eines postmodernen Malers. Die Frau hält mir beharrlich ihre schwarzen Rosen hin, ich ignoriere sie, und betrübt nimmt sie sie zurück. Sie steckt sich die Zigarre in den Mund, stößt den Rauch aus und hüllt sich in eine Wolke, die die Feuchtigkeit und die Mücken aufnimmt und verscheucht.

Hinter mir hupt es wie wild, ich schaue in den Rückspiegel

und sehe nur ein paar aufrechte Köpfe in einem weißen Auto, es hupt weiter, ich trete die Kupplung und lege den Gang ein, werfe noch einen Blick in Richtung der Frau, die ihre Sträuße jetzt den ungeduldigen Leuten hinter mir hinhält, aber die ignorieren sie ebenfalls. Sie macht wieder ihre Bewegung mit der Zigarre und spuckt auf einen Reifen.

Ich fahre los und bemerke, mit welcher Geschwindigkeit das weiße Auto herankommt, es überholt mich, ohne dass ich die Gesichter erkennen kann, und saust davon, bis es zu einem Punkt in der Ferne wird.

Im Radio sagen sie, man hoffe, das Projekt zur dezentralen Wasserversorgung im Innern des Landes bis zum Jahr 2000 abschließen zu können, eine Kooperation mit ausländischem Kapital und heimischen Arbeitskräften.

Die Stadt ist leer, nur hier und da ein Auto.

Ich drehe am Knopf und bleibe bei den letzten Nachrichten hängen, kubanisches Flugzeug beim Start in Quito abgestürzt.

Aber ich mag heute keine Nachrichten hören, sie verstärken nur meine Depression. Ich stelle den Zeiger auf CMBF, lausche Bach und versuche das Flugzeugunglück zu vergessen.

Wieder sage ich mir, dass ich Angst habe. Aber seit meiner Rückkehr aus dem Krieg habe ich immer Angst. In mir wohnen zwei Personen. Beide möchten mir helfen, nur von unterschiedlichen Standpunkten aus. Eine will, dass ich am Leben bleibe, das muss eine Christin sein, denn sie ist gegen den Selbstmord und bietet mir Gelegenheiten, die ich unbedingt nutzen sollte, die ich aber, sosehr ich mich bemühe, nicht attraktiv finde. Die andere will mich umbringen, stachelt mich an, meinem Leben ein Ende zu setzen, gibt mir zahllose Argumente an die Hand, sie hat mich schon fast überredet, wenn mir nichts dafür oder dagegen zu sprechen scheint, wenn nichts da ist, worauf sich das Leben oder der Tod stützen könnte.

Meine zweite Person entdeckte ich im Kampf, als die eine mich ermunterte, zu schießen, und die andere, es nicht zu tun. Ich hatte ein Gewehr mit Zielfernrohr und vertrieb mir die Zeit mit der Beobachtung eines feindlichen Soldaten, seiner Bewegungen, und ich stellte mir vor, wie wehrlos er wäre, würde meine Kugel ihm den letzten Atemzug rauben.

Das Schlimmste ist, dass mir mein Leben seit meiner Rückkehr gleichgültig ist, nichts hat mehr einen Sinn, nicht mal das, was ich einmal zustande gebracht habe. Alles begann bei meiner Ankunft. Ich werde verfolgt von all den Toten, die rings um mich ihr Leben verloren haben. Vielleicht sind sie ja gestorben, weil sie tapfer waren, und ich war ein Feigling. Oder sie waren doch nicht so mutig und ich nicht so feige. Ihr Blut aber hat mein Leben gefärbt. Seither lasse ich keine Farbe gelten, die nicht rot ist.

Ich will etwas tun gegen dieses Bedürfnis, allein zu sein. Ich wünschte, ich hätte eine Pistole und könnte sie streicheln, ihr Gewicht spüren, das kalte Metall. Ich nehme den Gang heraus und lasse den Wagen nach Mar Azul hinunterrollen. Das Hotel ist, ungewöhnlich bei all den Stromausfällen, so hell erleuchtet, dass es aussieht wie ein Schiff auf hoher See.

Auf einmal sehe ich den weißen Wagen, der mich an der Ampel überholt hat, umgekippt neben der Straße, ich fahre langsamer, um die Insassen zu erkennen.

Scharen von Menschen gehen wie kleine Stammesgruppen am Straßenrand entlang, ohne dass der Unfall sie kümmerte. Manchmal hebt jemand den Arm und will ein Stück mitgenommen werden, aber ich ignoriere ihn, fürchte, überfallen zu werden.

Ich wäre gerne erregt und streichle mich, aber es gelingt mir nicht.

In Guanabo komme ich zum Kreisel, fahre herum, nehme den Fuß vom Gas, um nicht die Neugier der Polizisten zu wecken, die mich von ihrem Streifenwagen aus beobachten. Als ich an ihnen vorbei bin, schaue ich im Rückspiegel, ob sie irgendwie reagieren, aber sie bleiben stehen, und ich atme erleichtert aus.

Ich bin es leid, von hier nach da zu fahren. Nur herumzukutschieren wird mein Problem nicht lösen.

Eine Gruppe Mädchen geht zur Diskothek, sie sind hübsch und haben perfekte Körper. Mir würde es reichen, sie anzuschauen, nur das, sie von oben bis unten zu betrachten. Auf dem Parkplatz der Diskothek weist der Wächter mich ein und kommt zu mir. Fast automatisch verstecke ich das Radio unterm Sitz. Er gibt mir die nummerierte Marke und sagt, ich soll mir keine Sorgen machen, alles unter Kontrolle. Ich schaue ihn misstrauisch an und gehe los, ich habe sowieso keine Wahl. Auch wenn mir jetzt gewiss nichts liegt an dem Radio oder dem Wagen oder an mir selbst.

Am Eingang der Diskothek stehen mehrere Mädchen und machen mir Zeichen, bestimmt suchen sie nach jemandem, der ihnen den Eintritt bezahlt, es ist immer dasselbe, und wenn sie erst drin sind, suchen sie sich Ausländer oder schließen sich ihren Freunden an und würdigen dich keines Blicks mehr. Ich zahle meinen Eintritt, und kurz vor der Tür werde ich aufgefordert, die Arme zu heben, jemand fährt mit einem Metalldetektor über meinen Körper, dann tasten sie mich ab, um sicher zu sein, dass ich keine Rumflaschen dabeihabe. Mit einem Wink erlauben sie mir hineinzugehen. Kaum öffne ich die Tür, schlägt mir die Musik wie eine Ohrfeige ins Gesicht. Ich spüre Dutzende von Blicken auf mir, ein paar Leute tanzen, andere unterhalten sich an den Tischen oder an der Bar. Ich schaue zu den Mädchen, die beim Eingang die ganze Wand entlang eine Reihe bilden und sich anbieten wie in einem Schaufenster. Ich gehe zögernd ein paar Schritte weiter, bleibe stehen, damit meine Augen sich an die Dunkelheit und die blitzenden Lichter gewöhnen.

Der Ansager spricht von seiner Kabine aus, fordert uns auf, die Hüften zu schwingen, sanft, ganz sanft, Mädchen, sagt er und lacht, ein miserabler Schauspieler. Ein paar junge Frauen sprechen mich an, versuchen mich anzumachen, der Preis ist akzeptabel, aber ich weise sie zurück, nie würde ich für Geld mit einer Frau schlafen, auch wenn ich zugeben muss, dass sie sehr schön sind. Aber vielleicht mache ich heute eine Ausnahme und entscheide mich am Ende für eine. Für eine, die mich anschaut wie ein herrenloses, frierendes Hündchen. Es wäre eine Frau als Erweiterung meiner selbst, ich würde so tun, als schliefe ich mit mir selbst und könnte mich im Spiegel sehen.

Ein Ausländer kommt herein, und die Mädchen gehen an mir vorbei, als wäre ich gar nicht da, umringen den Mann, tätscheln ihn, tanzen mit sinnlichen Bewegungen vor ihm, um ihn aufzugeilen. Der Mann legt ihnen die Hand auf die Brüste und befummelt sie, kneift ihnen in den Po, mustert sie, als wären sie Rennpferde. Dann zeigt er auf drei von ihnen, und glücklich folgen sie ihm.

Ich suche mir eine Ecke, wo ich nicht auffalle und trotzdem sehen kann, was um mich herum geschieht. Ich bitte eine Barkeeperin, mir ein Bier zu bringen. Sie schaut mich prüfend an, schätzt die Trinkgeldfrage ein, ich setze ein freundliches Gesicht auf, sie versteht den Wink, lächelt und eilt davon. Ein Duft sagt mir, dass jemand Marihuana raucht, und ich schaue mich um, bis ich einen Typen sehe, der sich die geschlossene Faust an den Mund hält und zieht, unendlich lang, wie mir scheint. Er schüttelt den Kopf, um diesen Rauch wieder herauszubekommen, der sich tief in ihn gebohrt hat, dann gibt er den Joint einem anderen, und der macht das Gleiche. Ein Mädchen versucht ungeduldig, ihm die Faust vom Mund zu nehmen, doch von hinten kommt ihr jemand zuvor, und verzückt schafft er es, sich diesen Bohrer zu schnappen, und er hält ihn sich gleich an den Mund, spürt die Hitze auf den Lippen, verbrennt sich die Finger und spuckt ihn auf den Boden, tritt ihn aus, kickt ihn woandershin, um bei einer Razzia keinen Ärger zu kriegen.

Die Kellnerin kommt mit meinem Bier. Ich zahle zwei Dollar, sage, der Rest ist für sie, und diesmal lächle ich. Sie lächelt zurück, verzieht aber das Gesicht, bestimmt habe ich ihr nur die exakte Summe gegeben. Ich öffne die Büchse, als wäre sie eine Granate, und schütte das Bier in einen Plastikbecher. Sie kommt zurück und fragt, ob ich von der Polizei bin, ich schüttle den Kopf, aber sie schaut weiter misstrauisch. Es ärgert mich, dass sie mir mit ihrem Blick ans Geld will, an meine Geheimnisse. Dann beugt sie sich an mein Ohr, fragt, ob ich etwas Spezielleres wünsche, sie besorgt mir alles, sie braucht nur mit den Fingern zu schnippen. Und was hast du im Angebot? Sie schaut sich um, hebt den Arm und deutet auf den ganzen Laden, als wäre er ein Baum voller Früchte: Alles, habe ich gesagt, und wenn du mir nicht glaubst, versuch es einfach. Gute Qualität? Die junge Frau macht wieder eine ungeduldige Handbewegung, schaut auf einen Punkt in der Ferne, als fände sie dort eine Rechtfertigung, bei mir zu bleiben. Alles, was ich anbiete, ist hervorragend, sagt sie, das Gras kommt aus Las Tunas, beste Ernte, dein Geist fängt gleich an zu fliegen, probier einfach, und wenn es nicht so ist, wie ich sage, kriegst du dein Geld zurück. Ich frage mich, was ich hier verloren habe, warum ich nicht weitergefahren bin, nach Hause, vielleicht würde ich jetzt lesen oder fernsehen oder weinen, weil meine Frau weg ist, die Kinder, oder ich würde meine Erinnerungen vertreiben, ganz sicher.

Die Kellnerin kommt mit einem neuen Angebot: Mädchen in Landeswährung, frisch auf dem Markt, das ist die Sensation im Haus. Wenn du es lange nicht gemacht hast und nicht warten kannst, besorge ich dir eine Ecke irgendwo hier, in der Kabine nehmen sie fünf Dollar für zehn Minuten, aber wenn dir das zu teuer ist, geht es auch in der Toilette für die Angestellten, oder im Lager, für nur ein oder zwei Dollar. Ich sage, dass ich darüber nachdenke, bei einem der nächsten Biere entscheide ich mich. Sie lächelt und empfiehlt mir, mich zu beeilen, der Abend wird ganz schön heiß, und wie es aussieht, ist es mit den Angeboten bald vorbei. Alles klar, gebe ich ihr zu verstehen. Als sie dann geht, schaue ich ihr auf den Po und bekomme Lust, sie zu fragen, ob sie auch im Angebot ist.

Die Musik wird lauter, die Lichter wirbeln, die Paare verschwinden und erscheinen, mit immer anderen Posen, wie eine Diashow. Ich bestelle noch ein Bier und trinke es in großen Schlucken. Ein paar Touristen tanzen unrhythmisch. Die Jugendlichen, die eben geraucht haben, hüpfen jetzt, schreien, drehen sich auf einem Bein, dann auf dem anderen, und ich frage mich, ob sie irgendein Stammesritual nachahmen, den Göttern zum Dank für die gute Jagd. Sie bilden einen Kreis, halten ihre Gesichter aneinander, ihre Zungen, schlecken sie ab, ohne dass es sie schert, wem sie gehören.

Ich streiche bei der Tanzfläche herum. Bestelle noch ein Bier. Beobachte die Schlange der Paare, die verzweifelt vor der Kabine warten. Sie küssen sich, und ich bin neidisch auf diese Küsse. Ich schaue ihnen weiter zu, wünschte, ich wäre einer der Männer dort, dann würde ich mir die Gelegenheit nicht entgehen lassen und auch den Hintern und die Brüste drücken. Seit meine Frau gegangen ist, habe ich nicht wieder mit einer anderen geschlafen. Ständig wichse ich und denke dabei an sie. Immer an sie. Ich werde erregt. Suche nach der Barkeeperin, kann sie nicht finden. Ich gehe an die Theke, frage die anderen Bedienungen, aber sie können mir nicht weiterhelfen, sie kann überall sein, sagen sie. Ich beschreibe sie mehreren Männern, die sich beim Eingang zur Toilette unterhalten, aber sie können nichts damit anfangen, haben sie nie gesehen. Ich muss pinkeln und bleibe in der Schlange stehen, schaue weiter angestrengt in alle Ecken. Die hineingehen, bleiben länger drin, als man normalerweise braucht. Ich gehe vor und bitte, mich durchzulassen, ich muss dringend, ich halte es nicht mehr aus, aber der lange Lulatsch an der Tür lässt mich gar nicht erst heran, er schubst mich mit der Brust und sagt, ich soll warten, bis ich an der Reihe bin. Ich gehe zurück, will keine Probleme, außerdem hat er recht, wenn er nicht für Ordnung sorgt, pinkeln die Leute noch vor dem Klo.

Jemand erzählt, gestern Abend wäre er in einem Haus gewesen, da kannst du für zehn Dollar Paare sehen, wie sie miteinander schlafen, sagt er zu seinem Nebenmann, alle möglichen Varianten: Lesben, Schwule, wie's dir gefällt, aber das Beste überhaupt, absolut sensationell, ist dieses Mädchen, das einen Schäferhund aufgeilt und sich dann von ihm penetrieren lässt, wirklich unglaublich, wie der Hund sich auf ihr bewegt, als wäre er ein Mann. Er verspricht, ihn mal mitzunehmen, damit er seinen Spaß hat.

Es geht immer noch kaum voran. Ich beobachte die Gruppe Jugendlicher, sie lachen über die Lichter, wenn sie aufblitzen, schauen auf ihre Hände und lachen, fassen sich an die Nase und lachen, schauen zu mir und lachen. Der Ansager kommt aus seiner Kabine gesprungen und versucht sich auf Englisch an einem Duo mit der Musik. Endlich bin ich dran. Ich ahne, dass mir nicht mal Zeit bleibt, ins Becken zu pinkeln. Der Mann an der Tür beäugt mich misstrauisch, ich will lächeln, aber es wird zu einer Grimasse, und ich ignoriere ihn lieber, sage mir, dass er gar nicht dort steht und mich anstarrt, nicht meine Hose am Bund und unten abtastet. Ich warte, verstehe nicht, wozu solche Vorsichtsmaßnahmen beim Pinkeln, und dann bedeutet er mir, dass ich reinkann. Als ich die Tür öffne, sitzt die Barkeeperin auf der Kloschüssel und zeigt ihre

Brüste, sie sind knallrot, mit Abdrücken von Fingern überall. Du hast dich also entschlossen, sagt sie und zieht an meinem Hosenbund, bis direkt vors Gesicht, ich will sie wegstoßen, ihr sagen, dass ich das nicht möchte, aber sie beißt mir so fest in die Finger, dass ich es aufgebe. Sei nicht so schüchtern, sagt sie und macht den Reißverschluss auf, wühlt geschickt darin, und ihr Mund bekommt ein Stück von mir zu fassen, das ich nicht sehen kann, obwohl ich weiß, das es dort drin ist, sie streichelt es mit ihrer gewandten, sanften Zunge, ihre Augen sind fest auf mein Gesicht gerichtet, um meine Erregung im Blick zu behalten und den Moment kurz vor dem Orgasmus abzupassen, mit der einen Hand streicht sie sich über den Nippel einer ihrer Brüste, mit der anderen über meine Eier. Ich kann den Pinkeldrang nicht länger unterdrücken und lasse einen Strahl los, den sie verwechselt, sie bewegt sich immer heftiger, um meinen Erguss aufzunehmen, schluckt ihn, fast gierig, und ich wende das Gesicht ab, vor Scham oder vor Mitleid mit diesen Augen, aus denen sie weiter wie ein Profi jede meiner Regungen überwacht, ich habe Angst, dass sie es merkt und sich beim Türsteher beschwert und man mich zusammenscheißt.

Jetzt säubert sie meinen Schwanz mit den Lippen, drückt fest zu und saugt ihn bis zum letzten Tropfen aus, lächelt, trocknet ihn mit einem Papiertuch ab, küsst ihn zum Abschied und steckt ihn mit viel Feingefühlt zurück an seinen Platz, zieht den Reißverschluss zu, und dann befühlt sie meine Taschen, sucht darin und zieht Dollars heraus, zählt zehn ab und wirft sie in den Korb zu anderen zerknüllten Scheinen, den Rest steckt sie mir wieder in die Tasche, dreht mich um und schickt mich mit einem Klaps auf den Hintern fort, komm gerne wieder, sagt sie, für mich ist jeder Augenblick ein besonderer. Ich sage nichts, schaue mich nicht mal um, flüchte verwirrt, ich kann immer noch nicht begreifen, wie es passiert ist, am Ausgang stolpere ich über den langen Lulatsch, er packt mich am Hemd, klopft mit dem Knöchel an die Tür, und sie schnippt mit den Fingern, ich darf gehen, und er schubst mich hinaus und achtet nicht mehr auf mich, der Nächste in der Schlange wird kontrolliert.

Ich gehe in der Diskothek auf und ab und weiß nicht, was ich will. Hätte ich es doch gemacht wie jeden Abend: meine Frau bei ihrer Mutter angerufen und aufgelegt, bevor sie mich beschimpfen und dasselbe brüllen kann wie immer, scheiß Verrückter. Ich gehe in die abgelegenste Ecke und pinkle.

An der Bar bestelle ich einen Doppelten mit Eis, nehme einen Würfel heraus und reibe mir damit übers Gesicht, halte ihn mir an die Augen, die Schläfen. Ich gehe auf einen Billardtisch zu, die Spieler diskutieren und rempeln sich an, keiner will bezahlen. Ich kehre zurück zur Bar, noch ein Doppelter mit Eis, bitte. Vor der Toilette stehen weiter mehrere Männer an, ein anderer kommt lachend heraus, erzählt den Wartenden, wie es war, zeigt, wie er sie an den Haaren zu sich herangezogen hat. Die Billardspieler gehen jetzt mit Fäusten aufeinander los, und die Leute, die zugesehen haben, rennen davon. Drei Türsteher kommen und trennen sie, werfen sie unsanft raus. Als das Getümmel an mir vorbeizieht, spüre ich etwas an meiner Hosentasche, ich fasse hin, und mein Portemonnaie ist nicht mehr da, ich will den Dieb noch erwischen, aber er hat sich unter die Leute gemischt. Auf der Tanzfläche fängt ein

Mädchen an, sich auszuziehen, die Türsteher packen sie am Arm und schieben sie hinaus.

Ich schwitze, mein Körper macht nicht mehr mit, ich suche mir einen Platz zum Hinsetzen und lasse mich fallen wie ein Sack Steine. Mir ist schwindlig, ich bin müde, möchte nur weit fort von hier sein, vielleicht in meinem Bett und mir die Fotos meiner Kinder ansehen, als wir zusammen am Strand waren, oder die Fotos aus Afrika, irgendwas, Hauptsache, weit weg von diesem Nachtleben. Ein paarmal versuche ich, wieder hochzukommen, und gebe es auf. Ich schließe die Augen, will nicht denken, aber immer sehe ich das Bild der Barkeeperin vor mir, wie sie meine Pisse schluckt. Ein Keuchen, und ich schlage die Augen auf. Neben mir sitzt eine junge Frau rittlings auf einem Ausländer und bewegt sich so wild, dass der Mann vor Schmerzen die Hände zusammenkrampft, er will sie beißen, sie stößt ihn fort und schlägt ihm ins Gesicht, er stöhnt, es klingt wie Weinen, und sie krallt sich ans Sofa, als hinge sie an einem Abgrund, ihre Bewegungen werden immer heftiger, das dumpfe Klatschen ihrer Pobacken auf seinen Schenkeln ist zu hören, und vor lauter Verzweiflung kann der Mann nicht mehr, er packt sie an den Haaren und reißt sie von sich herunter, stößt sie fort, sie fällt zu Boden, und er krümmt sich auf dem Sofa, ringt nach Atem, wischt sich nicht mal das Sperma ab, mit dem er sich bespritzt hat. Ganz langsam steht sie auf und kommt zu ihm, streicht ihm übers Haar, mit der Zunge übers Gesicht, knöpft ihm das Hemd zu und schaut zu mir herüber, behält jede meiner Regungen im Blick. Dann ignoriert sie mich wieder, nimmt ihn bei der Hand, und sie kehren zurück auf die Tanzfläche.

Ich bin müde, so müde, dass ich die Augen nicht offen halten kann, ich lasse sie zufallen, die Musik schwindet, wird fremd, fern … und ich höre die Stimmen meiner Kameraden, wie sie um Hilfe schreien, wir sollen sie retten, aber manchmal, oder fast immer, lohnte sich das Risiko nicht. Meist habe ich ihnen in den Kopf geschossen, damit sie nicht mehr so litten, wir mussten ihrem Todeskampf ein Ende setzen. Es war zum Verzweifeln, den Rest eines klardenkenden Menschen vor sich zu haben, die Gliedmaßen in Stücken wie bei einem Puzzle, und dann sprechen sie deinen Namen, flehen, man möge sie retten. Ich will nicht mehr denken. Aber ich weiß nicht, wie ich es schaffen soll. Ich fliehe. Aber ich weiß nicht, vor wem, warum, wozu, wo sie ständig da sind, immer, ihre Mienen, ihre Stimmen, die um Hilfe schreien, eine Hilfe, die nicht kommt. Die Bilder ziehen durch meinen Kopf, ohne dass ich sie aufhalten will oder auch nur aufhalten könnte …

Ich fahre in meinem Wagen und kann nicht bremsen.

Meine toten Soldaten bitten mich, sie mitzunehmen.

Die Türsteher werfen mich aus der Diskothek.

Mit meinem Gewehr ziele ich auf ihre Köpfe.

Ich bin am Strand und kann meinen Körper nicht über Wasser halten, egal, was ich tue, ich sinke.

Ihre Köpfe bersten, als wären es Melonen …

Als ich aufwache, sind nur noch ein paar Leute in der Diskothek, sie tanzen zu einer langsamen Musik. Ich will auf die Uhr schauen, aber sie ist weg. Auch meine Schuhe hat man mir geklaut. Ich frage die Türsteher, aber sie zucken nur die Achseln. Ich gehe hinaus zum Parkplatz, öffne die Wagentür und klaube ein paar Geldstücke aus dem Aschenbecher, bis ich einen Dollar zusammenhabe. Ich gebe das Geld dem Parkwächter, und er muss sich das Lachen verkneifen, als er meine bloßen Füße sieht. Ich lasse mich in den Sitz fallen, schlafe wieder ein … Die Bremsen versagen, und ich sehe meine Kinder auf der Straße und überfahre sie, ihre Körper kippen um wie leblose Puppen.

Die Türsteher werfen mich aus der Diskothek.

Meine Kameraden lachen, suchen kriechend nach ihren Beinen oder Armen.

Ich bin am Strand und kann meinen Körper nicht über Wasser halten, egal was ich tue, ich sinke.

Ich ziele auf ihre Köpfe.

Laufe den Schuhdieben hinterher.

Und höre das Lachen der Türsteher und des Parkwächters …

Ich schlage die Augen auf, schnelle hoch und stoße mit der Brust ans Lenkrad. Langsam komme ich wieder zu Atem. Ich schätze, dass ich anderthalb Stunden geschlafen habe. Dann will ich das Radio hervorholen, aber es ist nicht mehr da. Der Parkwächter auch nicht. Ich muss an sein verkniffenes Lachen denken. Ich lasse den Motor an und fahre los, jage den Tacho auf hundertzwanzig, will, dass die klare Morgenluft diese Nacht in meinen Erinnerungen löscht. Das Blaulicht eines Streifenwagens leuchtet auf, und ein Polizist winkt mich an den Straßenrand. Ich hoffe, dass er zu mir ans Auto kommt, damit er mich nicht ohne Schuhe sieht. Er kommt tatsächlich, grüßt militärisch und fragt nach meinen Papieren. Ich erkläre ihm, dass man mich ausgeraubt hat, aber meine Rechtfertigung scheint ihn nicht zu interessieren, und verzweifelt fingere ich in den Taschen, kriege acht Dollar zusammen, er schaut sich um, bevor er sie nimmt, salutiert ein weiteres Mal und geht.

Ich fahre wieder los, will ankommen, aber wo. Von den Kopfschmerzen bin ich wie betäubt. Mehrere Krankenwagen stehen am Straßenrand, die Sanitäter ziehen die Leichen aus dem weißen Auto und legen sie auf eine Bahre, bedecken sie mit einem Tuch. Ich schaue nicht länger hin, fahre rasch weiter.

In der Kurve, dort, wo die abschüssige Strecke beginnt, sehe ich die Frau mit den Blumen. Sie winkt, kommt auf mich zu, mit noch brennender Zigarre, tritt über die Fahrbahnmarkierung und wirft sich der Länge nach auf den Asphalt. Im Widerschein des Morgens verschwimmt ihre Gestalt, ich bremse scharf. Die Frau mit den Blumen ist nicht mehr da, nur noch ein leuchtend roter Umriss auf dem dunklen Belag.

Ich fürchte, dass es jetzt tagelang so weitergeht. Ich behalte den Tacho im Auge, um das Tempolimit nicht zu überschreiten. An einem kleinen Restaurant halte ich an, ich will etwas trinken, eine Limo, die mir den bitteren Geschmack und das irritierende Bild vertreibt. Ich zähle das Kleingeld im Aschenbecher zusammen und bin froh, dass es reicht. Vom Fenster aus bitte ich den Mann, der die Tische abwischt, mir eine Limo zu bringen. Er holt sie, zählt nach und ist verärgert, weil kein Trinkgeld rausspringt.

Ich trinke langsam, rühre das Eis im Glas mit dem Strohhalm um. Auf dem Bürgersteig kommt eine Frau mit ihrer Tochter vorbei, in Schuluniform, und ein Ausländer fragt, ob sie ihm die Kleine leiht. Der Frau bleibt der Mund offen stehen, sie weiß nicht, was sie antworten soll, verwundert schaut sie auf das Kind, als hätte sie das Ansinnen nicht verstanden, schaut dann zu mir, will, dass ich ihr beispringe, aber ich weiß auch nicht, was ich darauf sagen soll. Die Mutter sagt dem Touristen, er sei pervers, das ist ein zehnjähriges Mädchen, ob ihm das nicht klar ist. Der Mann betont, dass er einen guten Preis zahlen kann, und lächelt, seine Zähne sind fleckig, sein Blick trübe, verloren. Die Frau geht schnell weiter, sagt, anständige Menschen können in diesem Ort nicht mehr leben, und dann schaut sie noch mal zu mir, angewidert jetzt, und das nennt sich Mann, sagt sie, packt die Tochter am Arm und verschwindet auf die andere Straßenseite. Der Ausländer schaut zu mir, versteht nicht, was sie beleidigt haben könnte, und noch einmal sagt er, dass er sehr gut bezahlt hätte. Ich weiche seinem Blick aus. Nicht dass er denkt, ich könnte ihm irgendwie behilflich sein oder auch nur mit ihm reden. Ich blicke in die entgegengesetzte Richtung, bis er kopfschüttelnd weitergeht.

Ich trinke aus und mache mich auf den Rückweg, möchte so schnell wie möglich zu Hause sein. Ich komme wieder an der Diskothek vorbei und sehe an der nächsten Ecke die Kellnerin stehen und die Hand raushalten. Ich bremse, sie beugt sich zum Fenster und bittet mich freundlich, sie mitzunehmen, so weit wie möglich. Ich sage, sie kann einsteigen, und dabei frage ich mich, wie sie so tun kann, als wäre nichts gewesen, wie kann sie mich ansprechen und überzeugt sein, dass nichts, absolut nichts geschehen ist. Ich schaue auf ihre Haut, ihr scheint kalt zu sein, und ich muss an ihre Brüste denken, ob sie ihr weh tun von dem Gekneife. Es überrascht mich selbst, dass ich mir Sorgen mache um diese Frau, als würde ich sie lieben. Ich möchte mich mit ihr unterhalten, ihre sanfte Stimme hören, und zum Spaß sage ich, dass ich sie irgendwoher kenne. Sie starrt mich an, und für einen Moment denke ich, dass sie sich an mich erinnert, ich werde ihr ein Lächeln schenken, wenn sie antwortet, dass wir uns womöglich schon mal begegnet sind. Ja, sagt sie, das kann gut sein, und ihr Blick verliert sich auf dem Meer, als würde sie ihn nie wieder an Land werfen, für immer verloren am Rand einer Untiefe.

Sie sitzt stumm da, rührt sich kaum, ihr Gesicht sieht nicht müde aus. Ich spüre, dass ich dieser Frau menschlich etwas schuldig bin, und ich frage sie, ob ich sie ein andermal wiedersehen kann. Ganz ruhig sagt sie, nein, das glaubt sie nicht, sie ist immer sehr beschäftigt, hat kaum Zeit, sich um die beiden Kinder und ihren Mann zu kümmern, letzte Nacht musste sie bei ihrer Großmutter bleiben und auf sie aufpassen wegen einer heftigen Erkältung, die macht ihr Sorgen, und jetzt muss sie die Kleinen abholen und zum Kindergarten bringen, danach geht sie zur Arbeit, bis am Nachmittag, da müssen die Kinder wieder abgeholt werden, und zu Hause dann das Essen …

Ich höre ihre Stimme nicht mehr, konzentriere mich auf das Motorgeräusch, das Hupen der Autos, den Wind, der gegen die Scheibe schlägt, die Reifen, wie sie über den Asphalt rollen. An dem Lichtreflex an der Windschutzscheibe erkenne ich den roten Punkt der Zigarre, das Bild dort neben mir ist die Schwarze mit den Blumen. Ich drehe mich zu ihr hin, will wissen, wer die Person ist, die mich begleitet, und es ist die junge Frau aus der Diskothek, sie spricht immer noch. Als ich wieder auf die Straße sehe, ist an der Windschutzscheibe weiter das Bild der anderen Frau, und sie bewegt die Lippen, als wollte sie mich küssen. Aber das ist mittlerweile egal. Alles ist egal.

Draußen ist jetzt heller Tag. Auf den Straßen sind überall arglose Menschen, die geschlafen haben, als das Leben an seine Grenzen kam.

Das Lenkrad glüht unter meinen Händen. Ich beschleunige. Schließe die Augen. Und umarme sie.

DIE SAU

Chepe bleibt auf seiner Matratze liegen, mit geschlossenen Augen, und knetet sich die Eier. Neben ihm, auf dem Boden, hockt ein Gefangener, der mit der letzten Gruppe gekommen ist, sein Sklave, wie er sagt. Der Mann singt und ahmt die Stimme von Julio Iglesias nach, jemand hat ihm den Spitznamen Victrola gegeben. Chepe hat ihn durch die Betten der Mithäftlinge geschickt, die er für vertrauenswürdig hält, hat ihn sogar für ein paar Schachteln Zigaretten ausgeliehen. Er darf sich kaum mal waschen, sein Haar ist schmutzig, und er kratzt sich die Pickel auf, die Fingerspitzen sind voll Blut und Eiter. Das beliebteste Lied ist *Das Leben geht weiter*, und wenn er es singt, macht keiner Witze, alles verstummt, nur gedämpftes Hintergrundmurmeln. Sie lassen ihm keine Ruhe, er hat schon die Stimme verloren. Sie mussten ihn erst ein paarmal schlagen, weil er nicht weitersingen will, ich kann nicht mehr, sagt er, und wieder Schläge. Chepe ruft, sie sollen ihm nicht seine Ware kaputtmachen, der Einzige, der hier zuschlägt, ist er, und er steckt sich die Hand in die Hose, holt seinen schwarzen Schwanz hervor und lächelt zynisch, weil alle den Kopf wegdrehen, um die Szene nicht zu sehen. Aber niemand wagt es, sich zu beklagen, sie wissen, dass der Zellenchef nicht gut drauf ist.

Chepe ist schlechtgelaunt wegen des schüchternen kleinen Dicken, der ebenfalls mit der letzten Gruppe in die Zelle gekommen ist. Er will ihn für sich haben, kann sich nicht verzeihen, dass er so langsam war. Als der Junge in ihre Abteilung kam und er auf ihn aufmerksam wurde, hätte er ihn gleich auf sein Territorium holen sollen, aber im Vertrauen darauf, dass er der Boss ist, hat er gewartet, bis es Nacht wurde. Der Lone Ranger war schlauer, er roch seine Absicht und krallte sich ihn gleich, brachte ihn in seinem Bettengang unter und versprach, ihn zu beschützen. Und der verdammte Moppel, der sich in die Hose gemacht hat vor Angst, er könnte aufgefressen werden von all den Wilden in diesem Dschungel, hat sich freiwillig diesem King Kong hingegeben, mault Chepe und vergisst, dass er selber genauso schwarz ist. Seither geht er ständig an ihren Betten entlang, passt auf, dass der Ranger nicht hinsieht, streckt dem kleinen Dicken die Zunge raus, der seinem Blick sofort ausweicht und errötet, und Chepe wird noch erregter, leckt sich über die Lippen, beißt sich drauf. Natürlich hat er seine Tricks, aber der Ranger ist nicht einfach, er ist schon ein alter Häftling. Sie kennen sich, seit sie im Gefängnis für Minderjährige angefangen haben, und er weiß, dass er sich den Fasan nicht wegschnappen lässt. Er findet es gar nicht komisch, einen so gefährlichen Feind in der Zelle zu haben, das könnte noch unangenehm werden, abgesehen von den Stunden Schlaf, die es ihm raubt. Er hat schon genug mit dem Kimbo am Hals, der ihn verfolgt, den ganzen Tag hat er in ihren Trakt reingeschaut, bestimmt auf der Suche nach seinem Bett, um einen Überfall zu planen, einen weiteren nach all den Attacken, die er im Laufe der Jahre in verschiedenen Gefängnissen erlebt hat. Sie sind unversöhnliche Feinde, und Chepe streicht sich mit der Hand über die Narbe im Gesicht und muss daran denken, wie er den Kimbo beim letzten Mal auf den Boden geschickt hat und schon glaubte, er hätte ihn getötet, kein Gefangener konnte mehr Blut haben als das, was da über die Fliesen strömte.

Chepe schaut von seinem Bett aus zu dem kleinen Dicken, der beim Lachen die Augen verdreht, und zum Ranger, der jedes Mal darüber in Verzückung gerät. Die ganze Zeit haben sie sich unterhalten, ein rasches Erzähl mir was aus deinem Leben, als würden sie morgen freigelassen, sagt er und steckt sich den Finger in die Nase, bohrt wie verrückt und holt raus, was ihn gestört hat, man könnte meinen, die wären in den Flitterwochen, brummt er. Mit den Kuppen dreht er ein Kügelchen und will es werfen, aber es bleibt am Fingernagel kleben, er versucht es mehrmals und pappt den Popel genervt ans Bett vom Albino, der ignoriert es, und auch wenn er protestieren möchte, schaut er lieber woandershin, er weiß, dass der Chef, wenn er sauer ist, irgendeinen Vorwand findet und zuschlägt.

Chepe betrachtet die zarten Bewegungen des kleinen Dicken, die Anmut seines Gesichts, seine vollen Lippen, die glatte, unbehaarte Haut. Wütend ruft er nach dem Albino: Geh und sag dem Nigger, er soll sofort herkommen, nicht dass ich eine Dummheit begehe, und der andere nickt, die Augen vor Angst geweitet, und wischt sich die Hände, die schon schwitzen, er kennt den Chef gut und weiß, dass er sich bald nicht mehr beherrschen kann, geh und sag es ihm, mal sehen, ob er dich versteht und mir aus dem Weg geht, er soll das Gewohnheitsrecht respektieren, das habe nicht ich erfunden, das ist so, seit es Gefängnisse gibt: Der Zellenchef teilt zu, sag es ihm, bis er's kapiert, na los, beweis mir, dass du zu was nützlich bist und ich deinen Arsch für irgendwas verschont habe, mal sehen, ob du Glück hast und der Schwarze dich versteht und verhandeln will.

Der Albino geht zögernd auf das Bett vom Ranger zu, nähert sich lächelnd, unterwürfig, bleibt reglos stehen, wartet darauf, dass er Schwarze nicht länger misstrauisch in alle Richtungen blickt wie ein Tier auf der Lauer. Schließlich schaut der Ranger wieder zum Albino, der zerknirscht dasteht, und winkt ihn zu sich, der atmet tief ein und tritt in den Gang, sie unterhalten sich. Albino sagt, er soll es sich überlegen, das ist seine Chance. Aber der Ranger weigert sich, er akzeptiert keinen Handel, und dann schenkt er seinem Schützling ein kleines Lächeln, um ihm die Angst zu nehmen, aber der Albino will nicht gehen, ohne dass er etwas erreicht hat, ihm ist, als bohrten sich die Augen des Zellenchefs in ihn, er kennt Chepe und fürchtet, sein Zorn könnte sich gegen ihn wenden, als wäre es seine Schuld, bestimmt wirft er ihm vor, er hätte sich nicht deutlich genug ausgedrückt, hätte sich wie eine feige Nuss angestellt, deshalb hätte er auch eine so farblose Haut, wie eine neugeborene Maus. Also sagt er dem schwarzen Koloss, er soll sich doch mit dem Chepe einigen, vielleicht kannst du ihm seine Laune ausreden, erklär ihm einfach, dass es nichts Persönliches ist. Albino merkt, dass der Schwarze nur halbherzig ablehnt, und er lässt nicht locker, etwas hoffnungsvoller jetzt, aber dann schaut der Ranger ihn kühl an, und Albino denkt, dass er zu weit gegangen ist, dass der Kerl sauer auf ihn ist und ihn gleich verprügelt, und er will ihm sagen, dass er fertig ist, er wird ihm nicht noch mal widersprechen, doch zu seiner Überraschung stimmt der Ranger zu, er möchte keine Probleme haben, er wird ihm erklären, dass es keine Laune ist, sondern etwas Besonderes, die Einzelzelle würde er nicht ertragen, jetzt, wo er nur glücklich sein will, und er streicht seinem Schützling übers Haar und verspricht, so schnell wie möglich zurückzukommen. Sie gehen durch den Raum, alles ist vollkommen still, hin zum Bett des Chefs, der auf dem Etagenbett sitzt, die Beine gekreuzt wie ein Pharao. Albino zieht sich zurück.

Der Ranger erklärt es ihm, aber Chepe besteht darauf, er sagt, zuerst der Chef, eine Frage der Disziplin, der Tradition und des Respekts, danach kriegt er ihn zurück, so ist es immer gewesen, das weißt du genau. Der Ranger lacht, du weißt selber, wenn du ihn erst eine Nacht probiert hast, willst du ihn nicht mehr zurückgeben. Chepe lächelt, kann die Lüge nicht verbergen, sagt noch einmal, dass er Wort halten wird. Aber der große Schwarze sagt, nein, diesmal nicht, Chepe, diesmal geht es um mein Leben, und nimm es mir nicht krumm, aber noch nie habe ich mich so ins Zeug gelegt, damit mich jemand versteht, bisher war es mir einfach egal. Der Chef wird ungeduldig, fährt sich mit der Hand übers Gesicht, schlägt vor, den Jungen gegen Victrola zu tauschen, aber der Ranger mag nicht, Musik ist nicht meine Sache. Der Chef atmet tief ein, sagt, er versteht es nicht, wird nie verstehen, dass man es anders macht als nach den Regeln, sonst wollen die anderen es genauso, und dann ist das Problem doppelt so groß, man muss das Übel bei der Wurzel packen, du zwingst mich zu etwas, was ich nicht will, Ranger, verstehst du? Überleg dir, ob es sich lohnt, dich mit mir anzulegen. Hier gibt es noch andere, ich gebe dir, wen immer du willst, von mir aus auch zwei, und aus der nächsten Gruppe kriegst du, um wen du mich bittest, versprochen. Aber mach dir klar, dass du mich zwingst, dich zu vernichten. Lieber lege ich mich jetzt mit dir an als später mit dem ganzen Haufen. Sonst machen sie es dir nach und sagen, was die Umerzieher ihnen erzählen: dass wir die gleichen Rechte hätten, hast du je was Blöderes gehört? Hier erwirbt man sich sein Recht jeder für sich, oder? Was meinst du? Bevor er antwortet, schaut der Ranger an die Decke, lässt seinen Blick darübergleiten. Wenn ich keine andere Wahl habe, töte mich, sagt er und wartet ab, als wäre es die größte Selbstverständlichkeit, sein Blick ohne jede Aggressivität und eben deshalb umso beängstigender. Chepe wird unruhig, lauter, und die ganze Zelle schweigt, wartet darauf, dass etwas geschieht, er brüllt ihn an, er soll nicht so dumm sein, du spielst mit dem Feuer, und daran wirst du verbrennen, das schwöre ich dir, und er kreuzt die Finger, küsst sie, so viel Ärger wegen diesem Moppel, aber wie auch immer, sieht aus wie eine brünstige Sau, und der Ranger, der weiß, dass er sich auf fremdem Terrain befindet, kehrt zurück in seinen Gang, ohne auf die Demütigung zu reagieren, genau das ist er, eine Sau, hast du gehört?

Der ganze Trakt lacht, und Chepe steigt auf sein Etagenbett und ruft, dass er allen, die lachen, den Arsch aufreißt, scheiß Nutten, ihn, und erneut herrscht tiefe Stille, die Gesichter sind blass und verschwitzt. Auf einmal sehen sie, wie er vom Bett springt und mit einem Topf in der Hand zum Klo rennt, alle zittern, und nach ein paar Sekunden kommt er wieder und wirft etwas in die Luft, wie ein Sprühregen geht es auf die Betten nieder, und der Geruch sagt ihnen, dass es

Pisse ist. Er geht noch mal zurück und holt noch mehr, die Häftlinge schützen sich mit Handtüchern und Laken, ohne ihre Gänge zu verlassen, sie wissen, wenn sie sich dem Befehl widersetzen, kann der Chepe sehr unangenehm werden, ihnen kann noch Schlimmeres passieren, gut möglich, dass er sie mit Kacke bewirft. Der Zellenchef spritzt weiter Pisse durch den Raum, beschimpft die Gefangenen, provoziert sie und wird noch wütender, als er sieht, wie der Gorilla der Sau ins Ohr flüstert, beide lächeln, es macht ihnen nichts aus, dass man sie mit Fäkalien bespritzt, und er taumelt ans Ende der Zelle, hin zu seinem Bett, sucht nach etwas unter der Matratze und kommt zurück zum Gang des Rangers, tobt: Raus da, komm her, wenn du den Mut hast, sagt er, und seine Augen sind rot und groß, als hätte er Marihuana geraucht. Der schwarze Koloss blickt langsam auf, sie mustern einander, sondieren das Terrain, schließlich steht er auf, langsam, lächelnd, geht ohne Angst, ganz normal, so wie immer, und stellt sich vor Chepe, der mit einem rostigen Messer in der Hand spielt, wie ein Zauberer lässt er es zwischen den Fingern tanzen, und der Ranger schaut hin, er ist sich sicher, dass nichts passiert, auch wenn der Chepe ihn bedroht, mit den Armen Kreise be-schreibt, ihn beäugt, auf die erste falsche Bewegung wartet, die Gelegenheit, sich auf ihn zu stürzen, aber er bleibt ungerührt stehen, ein verstörendes Bild, folgt dem Tanz des Messers, und dann hebt er die Arme und schützt sich wie ein Boxer alten Stils, die Fäuste nach oben, lauernd hinter seinen stäm-migen Armen, seiner Brustwehr, eine afrikanische Mauer, die die ersten Stiche in andere Narben erhält, kleine Einschnitte, aus denen Blut quillt und die er kaum wahrnimmt, als wären es nicht seine Arme. Die Anhänger des Zellenchefs, Albino, Jabao und Kalabass, warten zusammen mit ein paar anderen auf ein Zeichen, um über den Gegner herzufallen, auch wenn sie Angst haben. Der Chef schwingt weiter sein Messer wie ein Samurai, als wäre es ein Spiel, vielleicht will er den Ranger schwindlig machen, aber der folgt ruhig den Drehungen und Handwechseln, die sein Gegenüber mit der Klinge vollführt. Für einen Moment gehen beide in die Defensive, Chepe versucht nicht wieder, ihn zu schneiden, und Kalabass sagt, sie sollen aufhören, sonst landen sie noch in der Strafzelle wegen einer Sau, das ist es nicht wert, die interessiert den Chef doch gar nicht wirklich. Chepe und der Ranger halten in ihren Bewegungen inne, schauen sich nur an. Kalabass geht langsam auf sie zu, stellt sich zwischen die beiden, sie belauern einander weiter: Der Nigger hat seine Strafe gekriegt, sagt er, der Ranger und jeder andere wird es sich überlegen, ehe er sich mit dem Chef anlegt. Und ohne einander den Rücken zuzukehren, entfernen sich die beiden und gehen auf ihre Betten zu. Der Ranger setzt sich auf seine Matratze, achtet nicht auf das Blut, das ihm über die Arme rinnt, und lächelt dem kleinen Dicken zu, der nervös auf ihn gewartet hat. Und sie unterhalten sich weiter, als hätte niemand sie unterbrochen.

Chepe tritt aus dem Gang, immer noch mit dem Blick eines Irren, und brüllt Kalabass an, er soll das nie wieder tun, er war kurz davor, zuzustechen, deshalb entzieht er ihm jetzt jeden Respekt. Er sagt, er will niemanden außerhalb seines Gangs sehen, auch nicht nach dem Appell.

Den Rest der Nacht liegt die Spannung noch in der Luft,

viele wollen nicht schlafen, sie fürchten, sie könnten von einem erneuten Kampf zwischen dem Chepe und dem Ranger überrascht werden. Der Chef bleibt am Ende der Zelle, um nicht am Bett seines Feindes vorbeizumüssen.

Kimbo streicht draußen beim Gitter herum und tut so, als wollte er den Krankenpfleger beim Austeilen der Tabletten begleiten. Er schaut schweigend zu den Häftlingen, bittet um ein Streichholz und zündet sich eine Zigarre an. Die Rauchwolke verbreitet sich im ganzen Raum. Die Verbündeten des Zellenchefs achten auf seine Bewegungen, mit wem er spricht und ob er einen Zettel übergibt oder empfängt, damit sie ihn abfangen können.

Victrolas Stimme ist zu hören, wie immer sitzt er zu Füßen des Chefs. Der macht den Mund nur auf, um ihm zu sagen, dass er das Lied noch mal singen soll. Als Nachtruhe ist, lässt er Matías holen, die Magierin, berühmt für ihre Fähigkeit, das Fleisch in ihrem Körper verschwinden zu lassen. Sie sagt, sie hätte nicht damit gerechnet, dass er nach ihr schickt, wo du jetzt nur die Sau im Kopf hast, ich dachte schon, in deinen Wünschen gäbe es keinen Platz mehr für mich. Chepe stößt sie beiseite, und die Magierin sagt sanft, Schnuckelchen, ich bin wie das Meer, wenn es dem Anschein nach ruhig daliegt, ich bewege mich langsam, umhülle, packe zu, du wirst sehen, wie dir das Unwohlsein vergeht, und gereizt schaut der Chef sie wieder an. Die Magierin schweigt lieber und küsst seine unbehaarten dünnen Beine, steckt sich die Finger in den Mund, lang und fein wie bei jedem alten Häftling, dann küsst sie seinen Schwanz, der langsam steif wird, die kleine Sau weiß nicht, was sie verpasst, sagt sie, und Chepe sagt, sie soll die Klappe halten, konzentrier dich, heute habe ich keinen guten Tag. Die Magierin fährt mit der Zunge darüber, und aus den Augenwinkeln sieht sie, wie Victrola angewidert das Gesicht verzieht, sie lächelt und ruft ihn, komm, probier mal, aber er weigert sich und schaut weg. Sie fragt Chepe, ob er nicht zwei Zungen spüren möchte, der überlegt, sein Schwanz wird noch steifer, und dann ruft die Magierin den Sänger noch einmal, doch der antwortet nicht, und sie schaut wieder zum Chef, damit er es ihm sagt. Komm, sagt Chepe, aber Victrola weigert sich weiter, er mag das nicht, ich habe gesagt, du sollst herkommen, nicht gefragt, ob du das magst, und Victrola rutscht ängstlich zu ihm, sagt noch mal, dass er das nicht mag, und der Chef droht ihm, wenn es ihm unangenehm ist, wird es nur schlimmer: Du musst bloß mit der Zunge drüberstreichen, ich brauche keinen anderen Arsch, wenn du davor Angst hast, der von dem da reicht mir, und er deutet auf die Magierin und lächelt. Victrola sagt nichts, die Magierin fragt, ob er gerne Plätzchen isst, und er antwortet mit einem schüchternen Schulterzucken, windet sich, und die Magierin kramt im Beutel des Chefs, holt drei Plätzchen heraus, teilt jedes in vier Stücke und legt eins auf die Eichel. Komm, sagt Chepe, iss, ich mag es nicht, wenn man ein aufrichtiges Geschenk ablehnt. Victrola will immer noch nicht, aber der Chef wird ungeduldig, nimmt das rostige Messer, zeigt es ihm, und ängstlich beugt Victrola sich vor. Die Magierin drückt lächelnd seinen Kopf, und er gibt nach, nimmt rasch das Plätzchen und kehrt zurück in seine vorherige Position. Sie fragt, ob es ihm schmeckt, und legt ein weiteres Stück auf, bis sie ihm beim dritten oder vierten Mal dann einen letzten Schubs gibt, seine Lippen gleiten ab, und er spürt, wie das Stück Fleisch in seinem Mund pocht.

Die Tage vergehen, und der Ranger kommt nur ans Ende der Zelle, um das Frühstück zu holen, er bringt es auch dem kleinen Dicken, der kaum aus seinem Gang rauskommt, allenfalls zum Zähneputzen und Waschen und immer beschützt vom großen Schwarzen. Meist unterhalten sie sich, die Wunden des Rangers sind mittlerweile verschorft, sein Begleiter hat ihn liebevoll gepflegt. Nachts benutzen sie als Sichtschutz Decken, mit denen sie die Seiten des Etagenbetts verhängen, immer wieder ruckelt das Bett, kommt zur Ruhe und lässt einen erstickenden Dunst entweichen. Die Häftlinge, die ringsum schlafen, werden erregt und gehen zum Masturbieren aufs Klo.

Victrola will nicht länger singen, die ganze Zeit ist er traurig und verängstigt. Chepe schlägt ihn nicht mehr, er fürchtet, im Gesicht könnten Spuren bleiben, dafür käme er in die Strafzelle.

Der Kimbo ist zwar der Chef auf dem Hof, aber nie ist er so beharrlich bei der Zelle herumgeschlichen wie jetzt. Seit Chepe gesehen hat, wie er nach einem Vorwand sucht, um zu ihnen hereinzukommen, hat er mehrere Winkeleisen von den Beinen des Etagenbetts gelöst und schärft sie an der Wand, er sagt, sie werden ihm nicht zuvorkommen. Er setzt sich nicht mehr an die Tür aus Angst, der Kimbo könnte ihm Scheiße ins Gesicht werfen oder ihn durchs Gitter stechen. Deshalb hat er den Albino so postiert, dass er den Ranger und den Kimbo überwachen kann, nicht dass sie sich verabreden und mich fertigmachen. Halt schön die Augen auf, Albino, wenn mir was passiert und ich wieder auf die Beine komme, hast du mal ein Arschloch gehabt. Der Albino schüttelt heftig den Kopf, keine Sorge, Chepe, du weißt, mit meinem Riecher bin ich ein Hund, ich warne dich sofort, falls sie dir was antun wollen. Aber die Zeit vergeht, keine Warnung kommt. Chepe winkt ihn zu sich ans Bett, zieht ihn am Hemd, fragt, ob er darauf wartet, dass sie ihn umbringen. Der schüttelt den Kopf, er weiß von nichts, er hätte bemerkt, wenn der Kimbo und der Ranger irgendwas planen. Vielleicht bist du ja ein Komplize von denen, du Hosenscheißer, blafft Chepe, und der Albino schüttelt nur weiter den Kopf. Dann geh und finde raus, was diese Schwarzen aushecken. Der Albino nickt gehorsam.

Schon vor einer Weile hat die Glocke zur Nachtruhe geläutet, das ganze Gefängnis scheint zu schlafen. In der Zelle brennt zwar Tag und Nacht Licht, aber es ist verboten, danach noch zu lesen, Briefe zu schreiben oder sich zu unterhalten. Auf einmal geht die Tür auf, und mehrere Häftlinge kommen hereingerannt, die Gesichter hinter Tüchern verborgen, alle sind verwirrt, und Chepe greift nach seinen Waffen, er denkt, sie wollen zu ihm, Kalabass schaut ihn unentschlossen an, reagiert nicht auf den schutzsuchenden Blick des Chefs, und auch der Albino stellt sich schlafend, bis der Chef ihn mit dem Fuß anstößt. Die Häftlinge gehen zum Bett vom Ranger, erwischen ihn, wie er die Sau umarmt, sie halten ihn fest und zerren seinen Begleiter aus dem Bett, schleifen ihn durch den Gang, der Junge strampelt, der Schwarze wehrt sich, vergeblich, zu zweit haben sie den kleinen Dicken schon auf die Schultern gehoben und tragen ihn hinaus auf den dunklen Hof. Dann lassen die anderen den Ranger los und laufen auf den Ausgang zu, schließen rasch die Tür, und in seiner Verzweiflung kommt der Schwarze zum Gitter, steckt den Arm durch und packt den Mann, der das Vorhängeschloss anlegt, am Hals, würgt ihn, aber ein zweiter beißt ihn, er schreit, hält aus, drückt weiter zu, will, dass sie ihm seinen Freund zurückgeben, schreit wieder vor Schmerz und kann nicht mehr, er lässt den Mann los, der sinkt auf den Boden, spuckt Blut, während der andere ihn fortschleift.

Der Ranger weint, ruft nach den Wärtern, sie sollen ihm helfen, bitte, er hat nicht mal einen Blick auf den blutenden Arm geworfen. Er lässt sich vor der Gittertür fallen, trommelt auf den Boden, schlägt sich selber, schreit wieder nach den Wachsoldaten, man hat ihn beraubt, brüllt er. In einem anderen Trakt macht man sich lustig, er soll die Klappe halten und nicht nerven, rufen sie, bestimmt kriegt er ihn nachher zurück, vergiss nicht, ihm feuchte Umschläge zu machen, und Gelächter. Der Ranger ignoriert sie, er verlangt weiter nach den Wärtern, sie sollen endlich kommen, und dann antworten sie: Schon unterwegs, du Schreihals, hörst dich an wie eine kalbende Kuh. Die Soldaten der Garnison erscheinen, der Schwarze fragt nach den Offizieren, sie sagen, heute gibt es keine Offiziere, heute sind sie da, die Generäle, und lächeln. Der Ranger will es ihnen erklären, aber sie lassen ihn nicht ausreden, sagen, er soll ins Bett gehen, das kriegen sie schon geregelt. Er versteht nicht, starrt sie weiter an, und sie sagen noch einmal, geh ins Bett, aber er will sie nicht verstehen, bleibt reglos dort, bittet sie, ihm den Jungen zu bringen, dann öffnen sie das Gitter und kommen herein, schubsen ihn, jetzt geh schon, das ist ein guter Rat, zu deinem eigenen Wohl, und sie schubsen ihn weiter, er weicht zurück, macht wieder einen Schritt vor, sie packen ihn an den Armen und an den Beinen und heben ihn hoch, er wehrt sich nicht, sicher denkt er, dass sie ihn zu dem Jungen bringen, und sie gehen mit ihm hinaus, schließen das Gitter und verlieren sich im Dunkel des Hofs. Bald sind Schreie zu hören, sie kommen aus den Büros und zerreißen die nächtliche Stille des Gefängnisses, ihr könnt mich mal, ihr Wichser, verpisst euch, dann dumpfe Schläge, die ihn auch nicht zum Schweigen bringen, er soll verdammt nochmal still sein, aber niemand könnte ihm jetzt noch den Mund verbieten, und als den Soldaten klarwird, dass er nicht aufhört zu schreien, sehen sie einander resigniert an, knebeln ihn, schleifen ihn über den Hof zurück in die Zelle und werfen ihn auf sein Bett. Der Ranger nimmt sich den Lappen aus dem Mund und ruft weiter nach den Offizieren, bis ihm die Stimme versagt, die Soldaten lassen ihn liegen und gehen.

Als es Tag wird, weint er immer noch, schaut von seinem Bett aus stur auf die Tür, und auf einmal geht sie auf, die Sau wird hereingeworfen, schlägt auf den Boden, und die Tür geht wieder zu. Der Ranger rennt hin, um dem Jungen zu helfen, aber der lässt ihn nicht, steht allein auf, mit verweinten Augen und nassem Gesicht, schaut ans Ende des Raums, der Schwarze kniet sich hin und küsst ihm die Füße, sagt, das passiert nie wieder, schwört, dass er nicht eine Sekunde schlafen wird, dass er aufpasst, falls sie es noch mal versuchen, aber der kleine Dicke hört nicht zu, er blickt nur ans Ende der Zelle, zittert am ganzen Leib, immer wieder versagen ihm die Beine, und fast fällt er hin, aber jedes Mal hält er sich, der Ranger bittet ihn um Entschuldigung, ignorier mich doch nicht. Nur mit Mühe, in kleinen Schritten, geht die Sau voran, fort von ihm, und er folgt auf Knien, weint zum Erbarmen, bittet, ihm zu verzeihen. Als er sieht, wie der Junge am Bett vorbei weitergeht, bekommt er einen Schreck, er denkt, ihm wäre schwindlig, und bedeutet ihm, dass es hier ist, er zeigt auf sein Bett, versucht, ihn an der Hand zu nehmen, vergeblich. Die Sau geht weiter ans Ende der Zelle, der Körper fast reglos, steif, wie ein neugeborenes Ferkel. Der Ranger bleibt am Bett stehen, ruft ihn, bittet ihn, zurückzukommen, Scheiße nochmal. Aber der Junge hört nicht auf ihn.

Als er zum Bett von Chepe kommt, schüttelt der rasch das Laken aus und zieht es glatt. Die Sau legt sich auf den Bauch, die Hose ist voller Blut. Chepe wischt ihm mit der Hand die Tränen ab, schlaf, hab keine Angst, ich passe auf, sagt er, streicht ihm übers Haar und schaut ihn zärtlich an.

DIE KINDER, DIE NIEMAND WOLLTE

Das Floß entfernt sich, und die Familie verliert sich hinter diesem dunklen Streifen, der bis zur Rückkehr zwischen uns bleiben wird. Wir sehen das verzweifelte Schwenken ihrer Arme nicht mehr, wie ein SOS über der Weite des Meers, das uns von nun an trennt, uns den morgendlichen Kuss und die Tasse Kaffee verwehrt. Ihre Bilder verschwimmen, die unterdrückten Tränen saugen sie auf. Manolo klammert sich an sein Ruder, als wäre es eine Verlängerung seiner selbst. Auf seinen Lippen liegt ein gerührtes Lächeln, er versucht es zu verbergen, ich glaube, das ist der Macho in ihm. Wir alle betrachten das Schauspiel des Sonnenuntergangs. Julio singt, *mein Dorf, das du liegst auf dem Hügel, ausgestreckt wie ein sterbender alter Mann.* Ich schaue mich um, noch kann ich die Lichter der Stadt erkennen, *meine Freunde sind fast alle schon gegangen, und die anderen werden nach mir gehen.* Ich denke daran, wie traurig und voller Sorgen all die sind, die ich auf die ein oder andere Weise verlassen habe, *ein Mädchen wird weinen,* und meine Augen werden feucht, ich versuche, an etwas anderes zu denken.

Mit dem Schub des Floßes durchbrechen wir das graue Glas des Abends und flüchten uns in die Nacht. Wir sind losgefahren, als wir sicher sein konnten, dass uns die Sonne nicht mehr die Haut in Fetzen brannte. Um uns herum, die ganze Küste entlang, setzten sich Dutzende von irgendwie schwimmtauglichen Konstruktionen in Bewegung. Unsere ist ein zehn Fuß langes Floß, dem wir unser aller Leben anvertraut haben, und mit ausgestreckten Armen fahren wir auf das Land im Norden zu, auch wenn wir, um dorthin zu gelangen, zwischen Haien hindurchpflügen und den Gefahren im Todestrakt der Floridastraße trotzen müssen. Ich schaue in die Gesichter um mich herum, im Glanz ihrer Augen sehe ich die Hoffnung auf ein neues Leben.

Die Nacht umschließt uns, und das Meer, der Himmel, die Rucksäcke und unsere Hände wechseln die Farbe, bis wir im Dunkeln verschwinden. Mondlicht gibt es kaum, die Nacht ist ein großer Mantel, er macht uns zu gleichfarbigen Kindern, die nur einen einzigen Gedanken kennen, ein und dieselbe Gefahr auf der Suche nach einer Zukunft. Niemand spricht, nur das Platschen der Ruder ist zu hören, wenn sie ins Wasser greifen, und das Knarren der um die Balken gezurrten Seile.

Auf meinem Gesicht, auf den Lippen liegt eine salzige Kruste. Ich wünschte, ich könnte mich mit parfümierter Seife waschen und auf meinem Körper die verspielten Hände meiner Frau spüren. Mit geschlossenen Augen versuche ich sie zu streicheln, eine mir wohlvertraute Landkarte. Aber dann schlage ich die Augen wieder auf, und unwillkürlich suche ich nach der Stelle am Strand, wo ich sie zurückgelassen habe, fahre mir mit der Zunge über die Lippen und werde erregt, erschrecke, schaue mich um, ich muss wachsam bleiben.

Toscano sagt, dass er nicht mehr kann, er möchte abgelöst werden. Alle ziehen ihre Ruder aus dem Wasser. Manolo schärft ihnen ein, sie gut festzuhalten, nicht dass sie rausfallen. Ich taste mich durchs Dunkel, bis ich sicher bin, dass es das Ruder ist, und sage, er kann loslassen, und auch er vergewissert sich erst, dass es stimmt und er nicht riskiert, es zu verlieren. Das Floß schaukelt heftig. Julio bittet Dinky, sich bloß nicht zu bewegen, er hat Angst, weil er so korpulent ist, wegen seines Gewichts wollten wir ihn erst gar nicht mitnehmen, aber seine unerschöpfliche Kraft und Ausdauer haben uns am Ende überzeugt. Wir überprüfen noch mal das Floß und machen weiter mit dem Wechsel, vermeiden jede ruckartige Bewegung. Wichy meint, dem Juan Carlos geht's beschissen, der kann erst mal nicht rudern, aber niemand will für ihn einspringen. Dinky sagt, er rudert weiter, bis Juan Carlos sich an das Geschaukel gewöhnt hat und wieder übernimmt. Das Floß hat sich die ganze Zeit gedreht, ich muss mich fast übergeben, und ich schlucke so viel Speichel wie möglich, atme tief ein. Als alle auf ihren Plätzen sind, zählen wir bis drei und rudern los. Manchmal kommt jemand aus dem Takt, und Manolo sagt, wir sollen aufpassen, sollen im Rhythmus bleiben, als wäre es Musik.

Beim Durchziehen des Ruders versuche ich mich so weit wie möglich zu strecken, auch wenn mir das Floß kaum Platz lässt. Meine Füße sind nass, im spärlichen Mondlicht kann ich nur die Umrisse meiner Begleiter ausmachen. Auf einmal schreit Juan Carlos, und ich drehe mich um, will wissen, warum, und ich sehe, wie er sich hinkniet und kotzt, höre den Schwall aufs Wasser klatschen, und ich frage mich, ob das nicht die Haie anlockt. Wir hören auf zu rudern und bitten ihn, sich zu beherrschen. Manolo macht die Leuchte für Notfälle an und reicht sie mir. Nachdem ich das Ruder gesichert habe, rutsche ich zu Juan Carlos, er hat die Augen verdreht, würgt und kotzt wieder, auf die Brust und seine Klamotten. Ich sage ihm, er soll sich hinlegen und noch ein wenig aushalten, bestimmt sammeln uns die Brüder für die Rettung bald auf. Aber er hört nicht zu, sagt nur, er kann nicht mehr, will nicht mehr weiter, wir sollen zurückfahren und ihn am Ufer absetzen. Wir beratschlagen uns leise, und dann rufen wir alle auf einmal, dass das unmöglich ist, das akzeptiert keiner. Er bittet uns, ihn in einem aufgeblasenen Schlauch ins Wasser zu setzen, ist mir egal, wenn ich sterbe, nur die Übelkeit soll aufhören, der Magen, ich kann nicht mehr. Wir sagen ihm noch einmal, dass das unmöglich ist, und er verflucht uns unter Spucken und Würgen, werft mich ruhig ins Wasser, sagt er, macht euch um mich keine Sorgen, rette sich, wer kann, Hauptsache, ihr schafft es rüber. Wir beschließen, ihn festzubinden, damit wir weiterrudern können und er aufhört zu nerven, keiner will das Risiko eingehen, dass er ins Wasser springt und das Floß umkippt. Zuerst sträubt er sich, aber dann haben wir ihn unter Kontrolle. Ich zwinge ihn, Tabletten gegen die Übelkeit zu nehmen, und rate ihm zu schlafen.

Die Stunden vergehen, fast ohne dass wir es merken. Wir erwarten den Morgen wie ein Fest, weil wir noch leben und Kraft haben zum Weiterrudern. Juan Carlos schafft es kaum, die Augen aufzuschlagen. Manolo sagt, der ist genau wie seine Frau, als sie schwanger war, eine einzige Katastrophe, und ich setze ihn auf, damit er den Tagesanbruch genießen kann und die Sonne ihm die Feuchtigkeit aus den Knochen zieht, damit er sich anstecken lässt von der Freude über diesen ersten Sieg, fast schon ein Beweis dafür, dass wir auf der Überfahrt nicht sterben. Aber ich sehe seine Gleichgültigkeit, den Pessimismus in diesen Geieraugen, und ich gebe ihm einen mürrischen Schubs. Die anderen fragen, was mit mir los ist, und ich sage, es wäre besser, wenn er mit geschlossenen Augen liegen bleibt, falls ihm wieder schlecht wird. Juan Carlos protestiert nicht, und ich werfe ihm ein Handtuch übers Gesicht.

Um uns herum sind weitere Flöße, und als wir sie überholen, winken wir mit der arglosen Fröhlichkeit von Jugendlichen. Nur ein einziges Floß zieht an uns vorbei, mit einer unglaublichen Geschwindigkeit, es ist konstruiert aus 55-Gallonen-Fässern und mit einem riesigen Segel, das beste, das man bauen kann, erklärt Manolo, der sich selbst als Schiffbauingenieur für solche Wasserfahrzeuge bezeichnet, er macht sich schon das fünfte Mal auf den Weg, und so wie es vorankommt, sagt er, könnte man meinen, es hätte einen Motor, aber diese Fässer zu besorgen ist schwierig und teuer. Schon bald ist es aus unserem Blickfeld verschwunden.

Toscano reißt sich die Haut von den Blasen ab, die er vom Rudern an den Händen hat, und vor Schmerz verzieht er das Gesicht. Dinky sagt, seine Frau geht ihm nicht aus dem Kopf, er hat Lust zu bumsen. Dann sehen wir ein weiteres Floß voller Menschen, es sieht aus wie ein Bus, und wir zählen, es sind mehr als ein Dutzend Bootsflüchtlinge, die spinnen, sagen wir und lachen. Nach einer Weile sehen wir ein Kleinflugzeug der Brüder für die Rettung und wedeln mit den Armen, wir wollen alle gleichzeitig aufstehen, aber das Floß schwankt gefährlich, und dann entfernt sich das Flugzeug wieder. Manolo nimmt eine Leuchtrakete und schießt sie ab, wir sind uns sicher, dass sie uns bald aufsammeln, und tatsächlich kehrt das Flugzeug zurück und fliegt zweimal in geringer Höhe vorbei, wir ziehen die Ruder aus dem Wasser, und während wir darauf warten, dass man uns abholt, greifen wir zu den Lebensmitteln und verteilen sie, denken nicht mehr an die Rationen, die wir pro Tag kalkuliert haben, und setzen die Wasserflaschen an.

Seit Stunden schon halten wir uns an derselben Stelle und warten. Aber nichts passiert. Nur die Angst hat mich mit ihren Pranken fest im Griff, vor allem als dann der Himmel schwarz wird, das Wasser auch, das Meer braust auf, es ist das erste Mal, dass wir alle zusammen beten, den Heiligen etwas versprechen. Das Wasser wird immer unruhiger, trübe, und die Schrauben und die Seile, die das Floß zusammenhalten, drohen sich zu lösen, dann wären wir nur noch Treibgut. Wir fragen uns, warum sie so lange brauchen, und ich sage, vielleicht hat das Flugzeug ja nach einem bestimmten Floß gesucht, sicher haben die Angehörigen in Miami dafür bezahlt. Pablito sagt, wir hätten dieselben Rechte, und ich sage ihm, er soll nicht so naiv sein, drüben hat niemand dieselben Rechte, am besten gewöhnt er sich schon mal an den Gedanken.

Also rudern wir weiter, wickeln uns Lappen um die Hände, damit es an den Blasen nicht so weh tut. Es wird immer schwerer, voranzukommen, die Wellen heben das Floß hoch und lassen es fallen, als wollten sie es umdrehen. Jemand meint, wir sollten das Segel wegwerfen, und wir schmeißen es ins Wasser, jetzt noch zu rudern bringt auch nichts, und wir holen die Ruder ein, halten uns mit beiden Händen fest, einige binden sich an. Ich halte das Seil lieber in der Hand, aus Angst, das Floß könnte untergehen und mich in die Tiefe reißen, dann könnte ich nicht mal schwimmend mein Glück versuchen. Vielleicht, denke ich, begnügen sich die Götter ja mit einem von uns und müssen nicht alle opfern, deshalb mache ich mich auch darauf gefasst, mich von wem auch immer zu verabschieden, ich selber will mich um jeden Preis retten. Und ich schaue sie schweigend an, wünsche mir nur, dass ich überlebe. Dabei wird mir klar, dass ich tatsächlich nie an die Möglichkeit gedacht habe, zu sterben, dieses Abenteuer überfordert mich, nie hätte ich geahnt, dass es so gefährlich werden könnte. Manolo fragt, wer noch ein Versprechen schuldig ist, aber wir alle schweigen, niemand ist irgendwas schuldig.

Der Wind stößt das Floß jetzt hin und her, es treibt ohne Richtung. Allen ist schlecht, und wir weinen wie die Kinder. Ich schaue mich um, suche nach irgendeinem Zeichen, dass wir gerettet werden, will in der Dunkelheit etwas finden, was mir hilft, mich zu beruhigen und diesem Sturm zu trotzen. Das Floß ist wie ein sich aufbäumendes Pferd, ständig hüpfen wir und knallen irgendwo gegen. Ich blute am Arm, Juan Carlos an der Wange. Wann immer es hochgeht, denke ich, das ist das letzte Mal, und ich spüre, wie sich mein Körper erhebt, das Floß schwimmt nicht mehr auf dem Wasser, steht reglos in der Luft, ein paar endlose Sekunden lang, ich klammere mich mit den Fingern, den Nägeln fest, würde selbst ins Holz beißen, in den Wind oder in mein eigenes Fleisch. Irgendwann ist mir so übel, dass ich die Gebete nicht mehr zusammenkriege, am liebsten würde ich loslassen, mich von den Fluten mitreißen lassen, die Finger lockern sich schon, das Seil gleitet mir durch die Hand, eine seltsame Ruhe überkommt mich, ich will die Augen schließen und schlafen, aber dann krachen mir die Wellen ins Gesicht, heben uns hoch wie eine Schaukel, stoßen uns wieder ins Leere, manchmal weiß ich nicht, ob ich noch auf dem Floß bin oder schon draußen, denke an meine Mutter, an die Bücher, die ich immer schreiben wollte, und ein innerer Funke sorgt dafür, dass ich mich an ein Seil klammere, hilft mir, mich zusammenzureißen, aber ich weine, die anderen schreien nach ihren Familien, verabschieden sich, sie sind es leid, zu diesen tauben Heiligen zu flehen, die nicht die geringsten Anstalten machen, uns zu retten. Die Wellen sind drei oder vier Meter hoch, und wann immer sie gegen diese Konstruktion aus Holz und Metall krachen, spüre ich es, als wären es meine eigenen Knochen, sie wirbeln uns hin und her, wieder und wieder, Dutzende Male, und auf einmal sieht es so aus, als wollte die Welle uns umkippen, wir schreien, ich komme mir so klein vor, wie behindert, unfähig, es mit einer Ameise aufzunehmen, und ich schließe die Augen, dann kommt es eben, wie es kommt, sage ich, und ich fühle mich wie Spucke im Wind, vielleicht weniger noch, nichts, ich habe einfach nicht auf mich aufpassen können, und ich begreife, dass es mich eigentlich schon gar nicht mehr gibt. Jemand ruft, die Wellen dürfen nicht von vorn oder von der Seite gegen das Floß schlagen, es kippt sonst um, wir müssen es so halten, dass sie immer an einer Ecke auftreffen, und der Überlebenswunsch ist so groß, dass wir aufwachen und schauen, woher die Wellen kommen, und jetzt schreien wir alle jedes Mal, wenn wir den Eindruck haben, dass eine auf uns zurollt, und bringen das Floß in eine Position, dass es nicht umgeworfen wird. Manchmal schreien zwei oder drei gleichzeitig, und wir wissen nicht, auf wen wir hören sollen. Die Wellen heben das Floß immer wieder an, es ist wie auf der Achterbahn, und dann knallen wir aufs Wasser, mir tun schon die Hände weh, die

Arme, die Beine, die Kiefer, so fest presse ich sie zusammen, der Rücken, der ganze Kopf, wir sind klatschnass und kotzen einer auf den anderen, auf die Sachen, die wir dabeihaben, ich will die Dunkelheit aus meinen Augen vertreiben, will wissen, dass jemand bei mir ist, ich würde es nicht ertragen, allein auf dem Floß zurückzubleiben. Mittlerweile spüre ich kaum noch meine Hände, die Arme, die Beine, und alles dreht sich, die Nacht, die anderen, ich selbst, wie auf einem Karussell. Julio wird losgerissen und kippt um, ich sehe zu ihm hin, will ihn festhalten, aber er hüpft wie ein Ball, federleicht, und als der nächste Stoß kommt, reagiert er nicht und fährt ins Wasser, als hätte er schon immer dort hingehört, und in meiner Panik schreie ich, dass Julio im Wasser ist, aber niemand beachtet mich, alle passen weiter angespannt auf die Wellen auf. Ein Ruder schlägt Pablito in den Rücken und wirft ihn ebenfalls ins Wasser, aber diesmal sage ich nichts, es hat keinen Sinn, niemanden kümmert es, denn in diesem Kampf geht es nur darum, selber nicht hinauszufallen, Pablitos Schreie sind jetzt überall, wir drehen und drehen uns, hüpfen, mein Körper geht hin und her, bis ich am Kopf einen heftigen Schlag spüre, und etwas Warmes läuft mir übers Gesicht, ich bin müde, schließe die Augen, will ausruhen, diesem Todeskampf entfliehen, alles ist mir egal, ich bin mir egal, ein dunkler Schatten legt sich über meine Gedanken, und alles verlischt

Ich habe nicht mitbekommen, wann es vorbei war. Als ich aufwache, ist meine Brust voller Erbrochenem. Am Kopf spüre ich einen Schmerz, ein Brennen, und ich fasse hin, es ist die Wunde von dem Ruder. Das Floß stößt gegen irgendwelche Hindernisse, ganz leicht nur, schnell treiben sie davon. Ich blicke auf und sehe mir die anderen an, sie haben Ringe unter den Augen, Wunden. Das Meer ist ruhig, wie ein Scherz, nachdem es uns einen solchen Schreck eingejagt hat, eine Aufforderung, hineinzuspringen und zu schwimmen. Rings um uns ist alles bedeckt von leeren Flößen oder Floßteilen, ein wahrer Friedhof. Ich muss mich zwingen, mir die Szenerie anzusehen, man könnte meinen, ein Schlachtfeld. Manolo sagt, so was hätte er nicht mal in Angola gesehen, und tatsächlich treiben dort so viele Leichen, dass man sie unmöglich zählen kann. Mein Kinn zittert, und ich setze mich hin, schaue mich um und begreife, dass ich der einsamste Mensch der Welt bin. Ich streiche mir über den Kopf, damit es nicht so weh tut, und muss schluchzen, auch die anderen kommen langsam wieder zu sich, bleiben aber stumm. Jemand sagt, einer der Körper im Wasser würde sich bewegen. Wir denken, da lebt einer noch, aber dann stürzen sich die Flossen der Haie auf ihn. Die Panik, die mich überfällt, sprengt alle Grenzen der Verzweiflung. Dinky kann nicht mehr, sein Gesicht verzerrt sich, und dann stößt er einen ohnmächtigen Schrei aus. Ich sage nichts, nehme mir ein Ruder, das im Wasser schwimmt, und rudere los, um von dieser Stelle wegzukommen, die anderen tun dasselbe. Niemand weiß, in welche Richtung es geht. Es interessiert uns auch nicht. Wichtig ist allein, von hier zu fliehen, egal ob wir ankommen oder zurückkehren. Das Einzige, was uns antreibt, ist, uns zu retten.

Manchmal spüre ich, wie das Ruder mit etwas kollidiert, etwas Weichem, wie es in das aufgequollene Fleisch drückt und es fortstößt, aber ich schaue nicht hin.

Es reicht.

EINE LATERNE AM HORIZONT

Ich gestehe, ich war ein gewöhnlicher Vampir. Einer von denen, die sich nachts auf Nahrungssuche begeben und dem Sonnenaufgang an einem dunklen Ort entgegensehen. So verstrich mein Leben. Bis ich die Eintönigkeit durchbrach und entdeckte, dass es eine andere Möglichkeit der Existenz gab … Danach war alles anders.

Eines Nachts lief ich verzweifelt durch den Parque de la Fraternidad, ich fand kein frisches Blut, wie ein Sterblicher wohl sagen würde. Ich streifte durch den Säulengang beim Laden La Sortija, über den Bürgersteig beim Kino Payret, wartete an der Ecke Monte und Cienfuegos, vergeblich. Ich kam mir vor wie der trostloseste Vampir der Welt.

Nirgendwo waren Heteropärchen, auch keine Schwulenpärchen, unvorstellbar in einer Geschichte vom nächtlichen Havanna. Zu allem Übel nicht mal eine Schnapsleiche, mein letzter Strohhalm, da ich völlig abstinent bin. Ein eiskalter Wind wirbelte in die Bäume, und die Äste schüttelten sich, als wollten sie mich in meinen Unterschlupf jagen. Ich konnte nichts weiter tun, war ein Gespenst ohne Ziel. Als Trost blieb mir nur ein Fläschchen Blut, das ich für den Notfall aufbewahrte, aber allein zu trinken, ohne dieses erregende Gefühl, ist bloßer Trotz, gerechtfertigt allein durch die Angst, nicht zu existieren. Ich machte mich also auf den Rückweg, getrieben von den ersten Anzeichen des Morgens.

Als ich in eine Seitenstraße einbog, blieb ich instinktiv stehen, schnupperte. Zuerst war es nur ein Schatten, der rasch hin und her schwang. Ich fürchtete, es wäre irgendein Bruder mit dem gleichen Schicksal wie ich … Es gibt die unerhörtesten Geschichten von Vampiren, die ihresgleichen saufen. Einfach unglaublich, ekelhaft. Um mein durch jahrelange Übung erworbenes Können unter Beweis zu stellen, bewegte ich mich so unmerklich, dass der Gegner mich kaum wahrnehmen konnte. Er malte auf eine Wand. Sein Arm fuhr hoch und zog große Striche. Bestimmt ein verrückter Künstler. Oder ein kunstliebender Verrückter. Und wenn er einen Tagesanbruch malte? Mein sehnlichster Wunsch. Ich verspürte Neugier und Neid, als ich sah, wie er seinem Geist die Freiheit gab. Genau in dem Moment, und zu meiner Überraschung, entdeckte ich, dass mir der Sinn mehr nach guter Kunst stand als nach ein bisschen Blut.

Gewiss hatte diese Offenbarung etwas zu tun mit meinem großen Geheimnis: Ich träume davon, ein Gemälde zu besitzen, das das natürliche Licht abbildet, damit ich es neben meinem Bett aufhängen und mich nachts daran erfreuen kann. Die Sonne würde mir nichts ausmachen, ich könnte mich in ihrem Anblick verlieren, bis ich mit der Landschaft oder der Menschenmenge verschmelze … Mit den anderen Vampiren kann ich diesen Wunsch nicht teilen, er würde verstanden als eine ideologische Laune. Genauer gesagt: Hochverrat.

Der Mann stand weiter dort, versunken in sein Werk. Ich trat näher, vielleicht zu nah, und sah seine präzise Linienführung. In der anderen Hand hielt er, auf halber Höhe vor der Wand, eine gelöschte Laterne, um Details auszuarbeiten. Er musste verrückt sein, ganz eindeutig. Ein Schöpfer, mit anderen Worten.

In großen gotischen Lettern konnte ich ein T lesen, dann ein J, ich suchte nach dem Anfang des Satzes: FREIHEIT JETZT. War das alles!? Ich will nicht verhehlen, dass es mich ärgerte, denn ein Revolutionär bin ich nie gewesen, auch kein Dissident, meine Freiheit bestand darin, zu leben, was so viel hieß wie: saugen bis zum Abwinken. Die Einzigen, mit denen man sich in diesen Jahren der Revolution nicht angelegt hat, sind die Vampire. Wir haben Kreuzzüge erlebt gegen Freaks und Schwule, Nonnen und Priester, gegen Freimaurer und alle, die aus dem ideologischen Raster herausfielen. Unsere Zunft aber haben sie akzeptiert, mit anderen Worten, ihre Geschäfte haben die meinen nicht gestört. Am meisten umgetrieben hat mich in der Vergangenheit, wie ich an meine Lieblingsblutsorten kam. Nichts geht über AB negativ, bis man satt ist und der Tagesanbruch noch fern. Ich hatte gehofft, ich hätte einen kreativeren Künstler vor mir, wähnte mich im Besitz des Privilegs, mir ein Werk der akademischen oder naiven Kunst anzusehen. Was konnte ein Vampirling wie ich mehr verlangen angesichts der Bedrohung durch den Morgen! Ein paar Kollegen nennen mich im Scherz Pinky und übersehen tunlichst meine Blässe.

Ich weiß nicht, was genau mich zu dem Entschluss brachte, sein Blut zu saugen. Mehr als der Not gehorchend tat ich es, um ihn für seine mindere Kunst zu bestrafen. Mein Anblick entsetzte ihn nicht, es war eine Zumutung, wie seine Augen vor Wonne glänzten. Nicht er war meine Nahrung, sondern ich die seine. Sein Leben, begriff ich, hing ab von meiner Tat. Ich sehe ihn noch vor mir mit seiner Dose schwarzer Farbe, dem fast borstenlosen Pinsel, dem gesprungenen Glas in seiner Brille, den kurzen Hosen, alten Stiefeln. Ich roch seine Angst und einen ranzigen Duft, Tabak, Schweiß und Schmutz, aber er versuchte nicht zu fliehen. Dass er alle Unruhe hinter sich gelassen hatte, war unerträglich. Jeder andere hätte sich geschützt, um nicht in meine Fänge zu geraten. Unbegreiflich, dass er nicht reagierte, ich nahm es als aggressiven Akt. Eine Demütigung. Kaum hatte ich ihn zu mir hingezogen, schlug ich meine Zähne in ihn. Ich wollte ihm zeigen, dass er am falschen Ort war. Wollte mich in dem Glauben wiegen, dass es in dieser Gesellschaft jemanden gab, der noch unglücklicher war als ich, und in einem Fädchen Atemluft verlor er sein Leben, wie ein Tropfen im Regen ging es vor mir dahin.

Mich ärgerte diese Entsagung. Die sanfte Art, mit der er sich ergab, ohne die geringste Gegenwehr. Als hätte er schon immer auf mich gewartet. Seine Hand klammerte sich weiter an die Laterne, und mir war, als wäre ich von meinem Opfer benutzt worden. Tiefere Gründe kamen mir in den Sinn, mögliche Antworten. Lieber aufhören. Ich verstand es als Tapferkeit, dass er versucht hatte, seine Nöte über Wandparolen mitzuteilen. Als ich von ihm abließ, hörte ich nur den Aufschlag der Laterne, die für mich von nun an eine lebenswichtige Bedeutung erlangte. Leblos sank sein Körper hin, nur die Knochen klackerten. Was von ihm blieb, war ein Bündel Kleidung, getragen von einem Phantom. Ich griff nach der Laterne, und als ich daran zog, spürte ich Widerstand. Ich schlug ihm die Zähne in die Hand, bis ich sie befreit hatte. Sie war meine Beute. Ein Schauer durchlief mich, und ich spürte, wie ich erstickte, die Nacht erdrückte mich. Panisch setzte ich zur Flucht an, ohne Blick zurück, ich weiß nicht, ob vor Ekel, aus Mitleid oder Verlegenheit. Ich wollte nur weit weg sein, rannte verzweifelt, umklammerte die Laterne. Es war ein angenehmes Gefühl, dass ihr Metall noch die Wärme bewahrte.

Auf dem Weg schlug ich mehrere verführerische Angebote aus: den schlafenden Polizisten in seinem Streifenwagen, die drogenabhängige Nutte, den Voyeur, von dem ich immer gehofft hatte, er würde von seinen Mauern und Dächern herabsteigen, und dem ich am Ende jedes Mal verzieh, da seine Ängste auf eine etwas sonderbare Art meinen eigenen ähnelten; auch den Bäcker, der rauchend an seiner Theke stand und auf das gebackene Brot wartete. Das Letzte, woran ich mich in dieser Nacht erinnere, ist der Duft von frischem Brot.

Kaum in meiner Höhle, legte ich mich hin. Ich wollte nicht denken. Ich musste das Geschehene vergessen, denn eine seltsame Überzeugung sagte mir, dass mein Leben sich fortan aufteilen würde. Selbst nach einer halben Woche hatte ich es noch nicht akzeptiert. Es war ein langsamer Prozess, wie wenn man die Haut verliert, und aus dem tiefsten Inneren wächst eine neue Dermis. Genauso war es mit dem Licht der Laterne, vor meinen Augen erwachte es, und auch der Wunsch, etwas zu erschaffen, wurde immer größer. Meine Artgenossen kamen zu mir, luden mich zum Schmaus, aber unter irgendeinem Vorwand lehnte ich jedes Mal ab, und sie gingen erst wieder, nachdem sie mir Kerzen geschenkt hatten, um sich über die Laterne lustig zu machen, die sie Schrott nannten.

Schon seit einer Woche ziehe ich nicht mehr durch die

Stadt. Der Blutvorrat, den ich mir angelegt habe, ist aufgebraucht. Ich verlasse das Bett und gehe auf die Straße, aber meine Suche erstreckt sich nur bis zur nächsten Ecke. Ich bin nicht mehr derselbe. Ich verabscheue die Zusammenkünfte der Sippe. Der Geschmack von Blut stößt mich ab. Ich widerspreche den Versionen der Gewandten, die seit Jahrhunderten den Verband der Vampire leiten und denen ich den größten Respekt schulde, Meister vom ersten Tage an, aber jetzt überwiegt für mich die Differenz, die Indifferenz. Ständig protestiere ich. Meist bin ich anderer Meinung, manchmal auch weder dafür noch dagegen. Sie schauen mich überrascht an und sagen nichts. Wenn ich etwas fürchte, dann ihr Schweigen, es ist das Vorspiel zu einer unerwarteten Aktion.

Der Gedanke an Isolation verfolgt mich. Die Gewandten schöpfen schon Verdacht wegen meines geringen Interesses an der Zunft. Ich habe nicht wieder Blut für den gemeinsamen Vorrat beigesteuert, kommentiere keine neuen Erfahrungen, warne nicht vor gefährlichen Zonen, wo uns die Vampirjäger erwischen könnten, auch habe ich keine möglichen Gegner ausfindig gemacht. Nichts scheint mich zu interessieren. Sie lehnen meine extreme Blässe ab, Zeichen meines unausweichlichen Niedergangs.

Ich erkläre mich zum Feind meiner selbst. Unvereinbar mit mir und den anderen. Aber ich weiß weder, warum, noch was ich will. Ich verstehe nur, dass ich ein anderer bin. Mein Weg gabelt sich. Ein Alien ist in mir geboren, verlangt nach dem Unbekannten, fordert meine Erziehung heraus. Wenn ich über die Straße gehe, erlebe ich eine andere Form von Existenz. Vielleicht ist es dieser gefürchtete und zugleich so ersehnte

Morgen, weshalb ich mir immer wieder sage: *Freiheit jetzt.* Ich bin wie besessen davon. Nie hatte ich mich einem solchen Bedürfnis gestellt: Wörter in Bilder zu verwandeln.

Prostituierten klaue ich die Handtasche, beraube sie ihrer Lippenstifte und Kosmetika, gewinne daraus die Farben für Landschaften, die ich auf andere Wände in dunklen Straßen male. Manchmal möchte ich das Bild des Windes einfangen. Es gibt nichts Spontaneres und Dringlicheres als das Wehen im Wipfel der Bäume, in den Bergen, als die Luft, die vom Hafen her mit dem Geruch von Salz, Öl und Fisch durch die Straßen fegt. Ich versuche die Brise und das natürliche Licht festzuhalten, dieses Gefühl von nahender Freiheit, so wie van Gogh die Farbe seiner Sonnenblumen.

Seit ich das Blut des Malers getrunken habe, ist die Angst mein Begleiter. Ich ertrage sie nur, weil das Bedürfnis, meiner Sehnsucht nach dieser Illusion Ausdruck zu verleihen, so groß ist. Erschrocken schaffe ich mir meine Welt. Ständig fürchte ich, dass man mich überwacht, träume von meiner Gefangennahme. Aber ich habe gelernt, damit zu leben, denn noch mehr entsetzt mich mein vergangenes Leben. Schon mehrere Nächte kehre ich nicht heim, melde mich auch nicht. Ich will mir gehören, will selber entscheiden, zum ersten Mal wissen, was ich mir wünsche. Will mich von meinen Gefühlen leiten lassen.

Deshalb töne ich die Morgendämmerungen ab, schwelge in gelben Farben, kräftig sollen sie sein, um diese Erschütterung zu spüren, die das Sonnenlicht schenkt. Ich habe gelernt, meine Gefühle in die Entwürfe zu legen, sie helfen mir, die Unsicherheit zu überwinden.

Seit einigen Tagen verkrieche ich mich unter der Treppe eines verfallenen Hauses. Gegen Abend weckt mich das Spiel der Kinder, sie tummeln sich in den Trümmern und ahnen nicht die Gefahr, die auf sie lauert, auch wenn ich mich beherrsche. Verborgen vor dem Licht unterdrücke ich den Wunsch, die Wände zu bemalen, dafür öffne ich meiner Phantasie die Tore, ein weiterer Morgen geht in mir auf und zeigt mir Bilder, ich sehe Entwürfe, sehe mich in einem kreativen Raum. Die Sonne ist ein Synonym fürs Warten auf die Rückkehr zum Malen. Und bei allem kann ich die Unruhe nicht abstreifen, die mein hoffnungsfrohes Gemüt verdunkelt.

Das Einzige, was mich rettet, ist der Gedanke an das Bild, das ich in der vorigen Nacht unvollendet gelassen habe. Ich war völlig darin versunken, als zwei Vampire der Spezialgarde der Gewandten erschienen, sie wollten mich mitnehmen, ich weigerte mich, dann versuchten sie es mit Gewalt. Sie rissen mir die Laterne aus der Hand und warfen sie fort. Kaum zu glauben, aber jemand kam mir zu Hilfe. Während ich rannte, konnte ich erkennen, wie der Voyeur meine Kollegen wegstieß. Dank ihm konnte ich fliehen. Nach zwei oder drei Straßen hielt ich erschöpft an, wartete, dass die Schweißausbrüche aufhörten. Ich machte mir Sorgen um meinen Verteidiger. Ob das Glück mit ihm war? Lieber wollte ich mich ergeben, als hinzunehmen, dass man der ersten Person, die sich mir gegenüber nobel zeigte, etwas antat. Ich rang mit mir, fragte mich, was wichtiger ist: die eigene Existenz oder die von jemandem, der dir beweist, dass du ihm etwas bedeutest. Ich kehrte rasch zurück, sah aber keinen der drei. Auch nicht die Laterne, was meine Fragen noch lauter werden ließ. Ich suchte an Orten, an denen der Voyeur sich gewöhnlich herumtrieb, aber ich fand ihn nicht. Als es Tag wurde, gab ich die Suche auf.

Ich konnte kaum schlafen. Das Schicksal warf mich in ein Bad der widerstreitenden Gefühle: Der Verlust der Laterne war verheerend für mein Gemüt und meine Pläne; dass jemand mich verteidigt hatte, rührte mich und brachte Hoffnung in mein Leben. Immer haben die Menschen mich wegen meiner Vampirnatur zurückgewiesen. Die Tat des Voyeurs hat etwas verändert. Sobald es dunkel wird, gehe ich hinaus und suche weiter nach ihm, ich will wissen, ob er wohlbehalten ist, und ihm für seine Hilfe danken. Er wird mein erster Freund sein. Ich werde meine Bilder mit ihm teilen, werde mir seine Kritik anhören oder seine ästhetischen Präferenzen, und auf die ein oder andere Weise werden wir uns Gesellschaft leisten. Unser Leben und unser Schicksal, denke ich, ähneln sich: Beide brauchen wir von den anderen, was am verborgensten in ihnen ist. Ich das Blut, er ihre Intimitäten. Und beide erfahren wir die tiefste Ablehnung.

Ich streife durch die Viertel, die er normalerweise besucht, aber er ist nirgends. Ich warte. Frage mich, wie lange ich wohl aushalte, ohne Blut zu mir zu nehmen. Aus einem Versteck heraus erkenne ich die Mitglieder der Spezialgarde, sie suchen nach mir, durchkämmen die dunklen, abgelegenen Ecken. Ich beobachte sie, sehe ihre Bestürzung. Seit langem hat es keinen rebellischen Akt im Verband gegeben. Sie sind nicht geschult darin, es zu verstehen, fürchten, andere könnten dem Beispiel folgen. Sie werden mich mit Gewalt zurückbringen, werden verlangen, dass ich vor allen meinen Irrtum einsehe. Und dann sperren sie mich für immer weg.

Jemand geht an einem Dachrand entlang. Ich erkenne ihn, klettere hinauf. Als ich auf ihn zukomme, erschrickt er. Hastig sage ich, dass ich der bin, den er verteidigt hat. Er misstraut mir und schaut sich um, vergewissert sich, dass es kein Trick ist, um ihn zu schnappen.

»Was willst du?«, fragt er.

Ich weiß nicht, wie ich es erklären soll. Er hört sich ein paar Sekunden mein Gestammel an und geht weiter seinen Weg.

»Warte«, sage ich, »ich wollte wissen, ob es dir gutgeht. Und dir für deine Hilfe danken.«

Er zuckt die Schultern, nickt.

»Keine Sorge, du schuldest mir nichts«, und erneut kehrt er mir den Rücken zu.

»Aber vielleicht du mir«, sage ich, einfach so.

Er ist stehen geblieben, denkt über meine Worte nach, weiß nicht, was er antworten soll.

»Wie darf ich das verstehen?«, sagt er.

»Ich beobachte dich schon länger. Ich weiß, dass du nicht eben ein Hobbyastrologe bist und auch nicht auf die Dächer steigst, um die Antennen auszurichten.«

»Und? Worauf willst du hinaus?«

Ich schüttle den Kopf, und als ich zu einer Antwort ansetze, unterbricht er mich.

»Mein Leben hat dich nicht zu interessieren … Wenn ich dir deinen Feinden gegenüber geholfen habe, vergiss es, um einen anderen Lohn bitte ich nicht.«

»Ich möchte, dass wir Freunde sind«, sage ich überstürzt.

Er wundert sich, als hätte er damit zuallerletzt gerechnet.

»Ich achte deine Tugenden«, sage ich, »vor allem aber deine Makel, und das wünsche ich mir auch für mich.«

»Bist du schwul?«

»Nein, aber sobald ich dir sage, wer ich bin, ist es dir bestimmt lieber, ich wäre es.«

»Von der Polizei!«

»Erst recht nicht.«

»Ein Dieb?«

»Nein, wenn du damit meinst, wie man materielle Dinge gewöhnlich in Besitz nimmt … Andererseits schon, denn ich nehme mir ohne Erlaubnis gewissermaßen die Energie, das Familienerbe anderer.«

»Ich verstehe nicht recht … Aber ich will auch nichts weiter hören. Du gehörst nicht zu meiner Familie. Du bedeutest mir nichts.«

»Warum hast du dich dann diesen Männern in den Weg gestellt? Bist du Robin Hood?«

»Robin Hood? Von wegen! Ich bin nur ein kleines Licht, aber ich ertrage solche Übergriffe nicht. Schuldest du den Typen Geld?«

Ich verneine.

»Wenn nichts Wirtschaftliches, dann was Politisches«, sagt er. »Das sind die beiden einzigen mir bekannten Gründe für eine Entführung.«

»Die Wirklichkeit geht über unser alltägliches Tun hinaus, das kannst du mir glauben.«

»Du willst mir Angst einjagen«, sagt er.

»Ich versichere dir, aus Dankbarkeit für deine Tat würde ich mein Leben geben, um dich zu beschützen.«

»Mensch, das ist ja ein Ding … Und darf man wissen, warum?«

»Weil niemand je solidarisch mit mir war«, sage ich. »Nie habe ich Zuneigung gespürt. Und in letzter Zeit habe ich erfahren, dass es sie gibt. Mit deiner Tat habe ich sie kennengelernt, und seither möchte ich ohne sie nicht leben.«

»Was erwartest du von mir?«

»Alles und nichts«, antworte ich rasch.

Er verzieht ungeduldig das Gesicht.

»Wir beide werden abgelehnt. Die Gesellschaft verabscheut uns«, sage ich. »Wir haben dieselben Uhrzeiten, sind beide geächtet. Ich bin sicher, was dein Fieber schürt, kannst du niemandem anvertrauen. Das Unumgängliche, um du selbst zu sein, die einzige Erregung, die du verspürst. Ich biete dir diese Gelegenheit, denn genau das fehlt dir: ein Gegenüber, das Gespräch, die Möglichkeit, die Gefühle zu teilen.«

»Und das Geld teilst du auch? Ich habe Hunger.«

Ich lächle und gebe ihm das Geld, das ich dabeihabe. Er will es ausschlagen. Das ist zu viel, sagt er, aber ich lasse nicht ab.

»Dann nehme ich es als Lösegeld«, sagt er spöttisch, »ich habe deine Laterne und kann sie dir wiedergeben, offenbar ein Familienandenken.«

Ich möchte ihn umarmen, aber er stößt mich zurück.

»Nicht gleich übertreiben.«

Wir gehen in ein nahes Café mit Landeswährung, perfekt für mich, weil an der Decke ein paar Leuchten fehlen. Ich schlage die Essensangebote aus. Mein Freund versichert mir, meinem Äußeren sehe man den Nahrungsmangel an. Ich zeige ein gespieltes Lachen. Dann kauft er Zigaretten, und während er den Rauch ausbläst, sagt er, er verspüre Lust. Das Einzige, was den Abend noch zu einem besonderen mache, sei eine Mulattin, die in einem dritten Stock wohne und sich nach der Arbeit immer bade, für ihn wäre es ein unendlicher Genuss.

»Um Freunde zu sein, müssen wir offen sein«, sage ich, »und ich muss dir sagen, wer ich in Wirklichkeit bin.«

»Schieß los, wie ernst es auch ist, ich akzeptiere es.«

Ich suche nach den richtigen Worten.

»Ich bin ein Vampir.«

Er sperrt weiter die Ohren auf, als hätte ich noch nichts gesagt, wartet auf eine andere Wahrheit.

»Verstehst du nicht? Ich bin ein Vampir!«

»Mensch, Junge, was soll das, ich dachte, es wäre was Ernsteres … Dann sag die Wahrheit oder halt für immer den Mund.«

»Nein, verdammt, das ist die Wahrheit!«, ich zeige ihm die Fangzähne.

»Pech für dich, ich bin kein Zahnarzt, aber geputzt werden müssten die mal. Den Mundgeruch habe ich schon bemerkt.«

»Ich bin ein rebellischer Vampir, ich fliehe vor meiner Gemeinde … Die beiden, die nach mir gesucht haben, wollten mich zurückbringen, sie möchten das Risiko vermeiden, dass ich unsere jahrhundertealte Geheimgesellschaft öffentlich mache.«

Er sitzt wie versteinert da.

»Dafür gehe ich das Risiko ein, zu deinem Opfer zu werden, wenn das stimmt«, sagt er.

»Niemals«, antworte ich sofort. »Du bist mein erster Freund. Ich werde auf dich aufpassen, mehr als auf mich selbst. Glaub mir.«

Wir haben das Thema nicht wieder angesprochen. Von dem Moment an änderte sich unser Leben. Er schlug vor, für mich Spenderblut in einem Krankenhaus zu beschaffen, wo ein Verwandter von ihm arbeitete. Ich war einverstanden, zumindest ersparte es mir das Gefühl, jemandem etwas anzutun, ihn anzustecken. Als wir das Café verließen, ging er in ein Haus und brachte mir die Laterne. Gleich spürte ich, wie die ersehnte Kreativität in mir zu vibrieren begann.

Wenn er nachts hinaufsteigt, um seine kleinen Schlachten zu schlagen, male ich. Ihm zuliebe habe ich ihn einmal begleitet und durch die Ritzen geschaut, aber da war nichts von dieser Faszination, die er versprochen hatte, ich langweilte mich. Lieber warte ich auf ihn und widme mich meinen Morgendämmerungen. Mich so auszudrücken ist erregend, mit immer größerem Eifer gehe ich zu Werke, vor Augen mein künstlerisches Ziel, eigenhändig die Schönheit zu erschaffen, das Alternative, der Phantasie neuen Raum zu geben, sie auszuleben. Seit ich in seiner Gesellschaft bin, habe ich das Glück, keinem meiner Landsleute zu begegnen, was meinem Selbstvertrauen und meiner künstlerischen Beständigkeit zugutekommt.

Wir suchen uns ein Haus, das wegen Einsturzgefahr leer steht. Mein Leben, denke ich, ist wie dieses Gebäude. Wenn der Freund zum Schlafen heimgeht, versuche ich ebenfalls einzuschlafen, was mir für wenige Stunden gelingt. Nachts holt er mich ab. In dem Zimmer, das ich mir ausgesucht habe, wähle ich eine Wand, auf der ich den Morgen schattiere. Ich will, dass meine Fiktion in Erfüllung geht.

Zunächst habe ich eine Bleistiftskizze angefertigt, kopiert aus einem Touristenprospekt mit Stränden und kühlen Drinks. Mein Freund besorgt mir Ölfarbe, ihr Glanz hebt das Gemalte noch hervor. Das Licht der Laterne schenkt mir die Welt.

Mehrmals hat er mich gefragt, ob sonst jemand von meiner Natur weiß. Ich ahne, wie sehr er fürchtet, dass man uns verrät. Seine Besessenheit, mich zu beschützen, wird lästig. Aber ich bin ihm dankbar, dass er sich um mich kümmert. Jeden Tag bringt er mir Blut, und fast immer achtet er darauf, dass es AB negativ ist. Aus einem seltsamen, dem Schöpferischen innewohnenden Grund male ich heute Nacht weiter die Landschaft auf die Zimmerwand, ich möchte sie zum Jahreswechsel fertig haben. Es ist mein Geschenk. Aber die gelbe Farbe geht mir aus. Ich will welche kaufen, der Händler hat keine festen Uhrzeiten. Wann immer ich komme, stöhnt er, die Künstler seien Verrückte, lacht, und ich bin stolz, weil ich mich schon für einen Meister halte. Ich muss mich beeilen, bis zum Morgen bleibt nur wenig Zeit. Wie immer gehe ich übers Dach hinaus und nehme die hintere Treppe. Ich höre Stimmen, verstecke mich. Es ist mein Freund, merkwürdig, dass er in Begleitung ist, deshalb gehe ich ihm nicht entgegen. Ich warte und sehe die Mitglieder der Spezialgarde und den Obersten Gewandten.

»Falls ungewiss ist, ob weitere mögliche Kontakte bestehen, müssen wir warten«, betont der Oberste Gewandte. »Wir dürfen nicht das Risiko eingehen, dass andere die Wahrheit kennen und wir sie nicht zum Schweigen bringen.«

»Ich versichere Ihnen, ich habe ihn mehrmals gefragt, und ich überwache ihn ständig«, antwortet der Voyeur.

Ich spüre, wie meine letzten Kräfte schwinden.

»Sie können gehen. Ihr Auftrag ist erfüllt«, sagt der Oberste Gewandte und drückt ihm ein paar Scheine in die Hand.

Mein falscher Freund geht. Ich werde die Laterne nicht retten können, habe auch kein Wünsche mehr in mir. Die Träume fliegen davon. Ich weiß, dass ich das Bild nicht mehr beenden kann. Nie werde ich einen Morgen neben meinem Bett haben. Ich bin ein Schatten, der im freien Fall versucht hat, sich der Familie zuzuwenden, und niemand hat mich verstanden; der Freundschaft, und man hat mich verraten; der Kunst, aber sie ist unzugänglich geblieben, fern, gleichgültig gegenüber den Herausforderungen, sie zu begreifen, gegenüber der Enttäuschung. Als sie die Tür des Zimmers aufstoßen, in dem ich mich vermeintlich befinde, entwische ich.

Ich weiß nicht, wie lange ich schon ziellos umherlaufe. Ich suche nach einem Gefühl, versuche mich zu finden. Will wieder der sein, der ich war, mich erlösen, auch wenn der Preis der Verzicht auf das Schöpferische ist. Aber ohne die Malerei scheint mir nichts von Bedeutung zu sein, und ich gebe auf. Ich weiß genau, dass es keine andere Gelegenheit geben wird, meinen Morgen zu erschaffen. Ich spüre, wie die Stadt untergeht, bewohnt von Schatten, die ebenfalls vor der Sonne fliehen. Die Luft ist schwer. Sie widert mich an. Ich kann in meinem Lauf nicht innehalten, ich brauche das Licht der gelöschten Laterne, ihr Strahlen, das den kleinen Details zu Hilfe kam, sonst kann ich den Satz des Dichters, der nach Freiheit schrie, nicht beenden.

Ich sehe das Morgenrot hinter den Häusern. *Nie ist es dunkler, als wenn der Tag erwacht.* Ich flüchte aus einem düsteren Raum, trete aus einem langen, kalten Tunnel. Meine Knochen fangen an zu verschwinden. Das Licht schlägt mir ins Gesicht. Meine Hände kommen zum Vorschein, sie sind anders, fremd.

Ich habe Angst. Angst, diese Wirklichkeit zu verlieren. Mit dem Blick töne ich meinen Tagesanbruch ab, setze Lichttupfer, Vögel, Bäume, Windstöße, die die Spuren der Nacht verwischen, auch Menschen, Phantome, die vorbeigehen, ohne mich zu bemerken. Sie tun mir leid, denn den Morgen der Seele, das weiß ich nun, kennen sie nicht.

Zum ersten Mal nehme ich die wirklichen Farben der Blumen wahr, ihren Duft. Ich rieche das Gras nach dem Tau. Streiche über die feuchte Erde. Ich gehöre nicht mehr der Dunkelheit an. Es gibt kein Zurück. Ich schütte Gelb aus, auf dass es das Gemälde, das mein Leben ist, überschwemmt und erstrahlen lässt.

Und gehe, bis ich eins werde mit dem Licht des Horizonts.

DIE CREOLEN, DIE DEM MOND
AM HIMMEL FEHLEN

In ihrem Rücken spürt sie das ganze Gewicht der Nacht. Sie holt einen kleinen Spiegel hervor und pudert sich, um die Schatten unter den Augen zu verdecken. Der Taxifahrer schaut sie im Rückspiegel an und kann sich ein zynisches Lächeln nicht verkneifen, er weiß, sie riecht nach Sex. Als sie ihm das Geld gibt, nimmt er ihre Hand, hält sie ein paar Sekunden fest, aber dann sieht er ihr verärgertes Gesicht und lässt los. Wie immer, wenn sie aus dem Auto steigt, streckt sie sich und versucht, jedes Unwohlsein zu verbergen, nickt den Nachbarn zu, die sie von den Balkons, aus den Hauseingängen grüßen, und geduldig nimmt sie aus der großen Plastiktüte kleinere heraus, mit Deodorant, Seife, Zahnpasta, und drückt sie in die Hände, die sich ihr verzweifelt entgegenrecken, ihre Pflicht, sagt sie, ihr Kreuz, und schließlich schafft sie es zur Wohnung. Die Mutter steht in der Tür und zieht sie am Arm. Komm schon, Liebes, du bist schließlich nicht Gott, sie nimmt ihr ab, was noch in der Tüte ist, und setzt sie aufs Sofa, ihr Mann reicht ihr ein Kissen, damit sie die Füße drauflegt, und zieht ihr die Schuhe aus, die Strümpfe, massiert sie, küsst sie, die Großmutter bringt ein Tablett mit Kaffee und Orangensaft, schön kühl für mein kleines Mädchen, du solltest diesen Leuten nichts geben, sie danken es dir nicht, außerdem werden die Heiligen noch eifersüchtig, so viel Glück schenken sie dir, das solltest du nicht ohne ihr Einverständnis weiterverschenken, das habe ich dir immer gesagt, und als sie ihr einen Kuss geben will, weist sie sie zurück, ich bin fix und fertig, sagt sie, aber ich muss bald wieder los. Eine Verabredung, ach, schade!, ruft die Großmutter, ich wollte dir was Leckeres zu essen machen, aber gut, erst die Arbeit, dann das Vergnügen, sagt sie, ohne nachzudenken, und sie schämt sich, als sie die vorwurfsvollen Blicke ihrer Tochter und des Ehemanns der Enkelin sieht, auch wenn Xinet weiter die Augen geschlossen hält, als hätte sie nicht zugehört oder als wäre es ihr egal. Die Mutter unterbricht und liest aus ihrem Notizblock vor: Alicia hat angerufen, dir bleibt nur noch diese Woche, um dem Rektor zu schreiben, dass du das Studium wieder aufnimmst. Sie schweigt einen Moment, ich weiß nicht, ob ich das kann, Mama, wenn man einmal angefangen hat, kommt man nur schwer wieder raus, ich habe so vielen Leuten etwas vorgemacht, alles wird zu einem einzigen Knäuel, die Verabredungen, unser Lebensstandard, ihr wisst genau, mit den schönen Dingen ist es dann vorbei, alles wird wieder wie vorher, und die Großmutter bekreuzigt sich und schaut zu der kleinen Statue der Barmherzigen Jungfrau, ihre Mutter zerknüllt das Blatt, ihr Mann senkt den Kopf, ringsum tiefes Schweigen, unterbrochen nur von der Mutter, die weiter ihre Notizen vorliest. Jetzt geht es um Berta, die Nachbarin, bitte, eine Schwester ihres Mannes ist aus der Provinz gekommen, sie möchte, dass du ihr sagst, was man so wissen muss, Orte, Zeiten, Tarife, damit das Mädchen mal in die Gänge kommt und es zu was bringt, dort ist es noch schlimmer als hier, sagt die Mutter, und nach einer Pause, sie weiß schon nicht mehr, seit wie vielen Monaten es keine Seife und keine Zahnpasta mehr gibt, die Leute waschen sich mit Gras und diesen alten Eingeborenensachen, von Lebensmitteln gar nicht zu reden, ja, meine liebe Jungfrau, wo soll das alles noch mal enden, jammert die Großmutter, und Xinet schlägt die Augen auf, nimmt die Füße vom Kissen, sagt, das ist nicht gut, sich einfach so zu beklagen, und die zerknirschte Großmutter hält sich die Hand vor den Mund. Xinet muss ausruhen, soll sie der Verwandten von Berta doch sagen, sie kann morgen kommen, heute ist sie wirklich erschöpft, alle nicken, und sie steht auf und geht ins Schlafzimmer, während die Mutter die Fenster schließt, um sie vor dem Lärm zu schützen. Ihr Mann folgt ihr, geht ebenfalls hinein, setzt sich aufs Bett und betrachtet das Haar, das ihr über den Rücken fällt, er weiß, dass sie es nicht mag, dass man sie anfasst, bevor sie sich nicht gewaschen hat, bevor nicht alle Spuren getilgt sind, jeder Rest von Geruch, der sie daran erinnert, wo sie gewesen ist, und er muss sich zurückhalten, sie zu küssen oder zu streicheln, es verletzt sie nur, sie mag sich nicht mal selber anfassen. Er sitzt reglos da, aufmerksam, falls sie um etwas bittet, so fühlt er sich irgendwie nützlich. Er schaut auf die Stelle, wo das Hochzeitsfoto stehen sollte, sie haben es weggeräumt, erinnert sich an Bilder von den Flitterwochen, ihrem Zusammensein, dann an die Dinge, die auf einmal zu fehlen begannen, das Essen, die Seife, das Öl, an die leeren Töpfe und den Tag, als ihre Kommilitoninnen sie müde nach Hause brachten, dieses demütigende Gefühl und die Gewissheit, dass sie eine Krisenzeit durchlebten, in der man die Liebe beiseiteschieben und in der Erde scharren muss. Er wusste nicht mehr, was er tun sollte, verzweifelte schon, und dann die Festnahme, weil er Fahrradteile weiterverkauft hatte, das Revier, die Zellen, die Schreie und die ruppigen Polizisten, die saftige Geldstrafe, die Nulloption, was die eigene Wohnung betraf, das Chaos. Und auf einmal kommt diese Freundin, sie würde uns helfen, das Problem zu lösen, sagte sie, Xinet müsste nur abends mit ihr ausgehen, am Anfang waren es zwei oder drei Stunden, dann wurden es immer mehr. Und jetzt dreht sie sich auf dem Bett zu ihm, schaut ihn an und lächelt, ist es sehr schwer für dich, Schatz?, und er verneint, drückt ihre Füße, küsst sie und wird erregt, beißt ihr in die Knie, die Schenkel, bis sie ihn fortschiebt und ins Bad geht. Er folgt ihr, setzt sich aufs Klobecken, während sie sich duscht, wartet stumm, bist du da, Schatz?, ja, meine Kleine, antwortet er, ich werde immer da sein, und sie, sag mir bitte was anderes, was anderes?, ja, etwas Neues, egal was, Hauptsache, es ist neu, und er denkt nach, was könnte neu sein?, er steht auf, schaut an die Decke, die Wände, auf die Füße und in den Spiegel, und im Spiegel blickt ihn ein anderer Mann an, der *ich* sagt, und er betrachtet diesen Mann, der sich ihm dort auf einmal zeigt. Sie steckt den Kopf durch den Vorhang, kommt heraus und stellt sich hinter ihn, schaut ebenfalls den Mann im Spiegel an, danach ihn, wer ist das? Die Antwort ist ein Schulterzucken, verliere ich dich?, wir haben es beide so gewollt, oder? Ja, sagt er, ich wusste schon, was es heißt, die fremden Blicke nicht zu ertragen, aber jetzt halte ich meinen eigenen nicht mehr aus, es hat einfach keinen Sinn, eingeschlossen in diesen vier Wänden, nicht einen einzigen Dollar bringe ich nach Hause, warte mit zwei Frauen auf dich, die es nicht sagen, aber denken, ich komme mir vor wie die Drohne im Bienenstock, verstehst du?, sie geht wieder ins Schlafzimmer und lässt ihn zurück mit dem Unbekannten im Spiegel, der immer noch leise lächelt. Sie zieht sich an, macht sich vor dem Spiegel im Zimmer zurecht, betrachtet sich, bin ich das?, ist doch egal!, sagt die andere zu ihr und lächelt, und die vor dem Spiegel zuckt die Schultern und deutet ebenfalls ein wissendes Lächeln an, schaut ins Bad, er ist immer noch dort, tastet sein Gesicht ab. Am Anfang ist es immer so, denkt sie, danach gewöhnt man sich, und als sie das Schlafzimmer verlässt, stehen die Großmutter und die Mutter vom Tisch auf, iss was, bevor du gehst, Mädchen, ich kann nicht, wenigstens eine Kleinigkeit, sie tritt durch die Tür und klebt sich ein breites Lächeln auf, das bis zur Rückkehr halten muss. Xinet, hört sie, und er kommt hinter ihr her, welcher bist du?, ich weiß nicht, sagt er und küsst sie auf die Stirn, viel Glück!, ruft er noch, als sie sich eilig entfernt. Hände winken ihr nach, um sie herum tollen die Kinder, bitten sie, Kaugummi und Bonbons mitzubringen, sie verspricht es. Und geht weiter, hält einen Mietwagen an: Universität von Havanna, bitte, sagt sie dem Fahrer und steckt sich ein Kaugummi in den Mund. Das Auto ist alt, jede Schraube macht Dutzende von Geräuschen. Xinet kaut das Kaugummi ein paarmal durch und spuckt es zum Fenster hinaus. Sie sieht sich an, was einmal die Calzada de Jesús del Monte gewesen ist, die Portale der Häuser, von den Abgasen der Busse geschwärzt, die endlosen Schlangen. Balken stützen die meisten Häuser, fangen die Dächer ab, durch die der Regen sickert, die Sonne, auf den Bürgersteigen gebeugte alte Männer, die Zigaretten tauschen oder einzeln weiterverkaufen, andere bieten Avocados an und Bündel Bananen, geschlossene Geschäfte, die Leuchtreklame kaputt. Sie schließt die Augen, will nicht denken, aber sie kann das Bild des Rektors nicht ausblenden, sie weiß, dass ihr der Traum, einmal eine Akademikerin zu sein, entrinnt. Als sie die Augen wieder aufschlägt, kommen sie an der Freitreppe vorbei, hier bitte, sagt sie, und das Auto bremst abrupt. Sie wartet darauf, dass der Fahrer ihr sagt, wie viel er nimmt, er dreht sich zu ihr und mustert ihren Körper, während er rechnet, dann hebt er drei Finger, und Xinet nimmt drei Dollar aus ihrer Handtasche, steigt aus und geht auf die Freitreppe zu, damit die Alma Mater, die Jungfrau der Studenten, ihr Rückendeckung gibt. Ängstlich geht sie ein Stück die Straße entlang, überprüft immer wieder ihre Kleidung, zupft hier und da etwas zurecht. Sie schaut nach links, dort hinten ist die Büste von Mella, sein Gesicht so ernst wie schön. Wie gerne wäre sie Tina Modotti gewesen. An der Schleife erkennt sie die Blumen, die sie zuletzt für ihn gekauft hat, sie sind schon welk. Und auf einmal schämt sie sich, weil sie den Eindruck hat, dass Mella sie beobachtet, streng und kalt wie die Bronze, bist du böse auf uns?, wo wir nur zu überleben versuchen!, ganz in der Nähe steht noch eine andere am Straßenrand und hält die Hand raus, schaut verärgert zu ihr, fühlt sich bedroht, das ist ihr Revier, schließlich war sie zuerst da. Xinet versteht sofort, und um ihr zu bedeuten, dass sie nicht stören will und auch niemanden angelt, tritt sie vom Bordstein zurück und schaut demonstrativ auf die Uhr. Die andere registriert es und wendet sich ab, macht weiter, aber dann erschrickt sie, verlässt den Bürgersteig, läuft zur Haltestelle und versucht, sich unter die Leute zu mischen. Xinet wird sich der Gefahr gleich bewusst, und sie setzt sich auf die Treppe, zieht irgendein Lehrbuch aus der Tasche, liest, unterstreicht, markiert mit Sternchen, und schon kommt der Streifenwagen, ganz langsam, die Blicke drohend, aber sie hat nur einmal eine Verwarnung bekommen, dank ihrem Studentenausweis, oder ist es ihre Schuld, wenn gegenüber von dort, wo sie studiert, ein Hotel steht, das diesen Flittchen Touristen anbietet? Der Wagen fährt weiter, erwischt das Mädchen, fast schon an der Haltestelle, sie winken sie zu sich, militärischer Gruß, Ausweis, bitte, sie zeigt ihn, kommen Sie mit, und vom davonfahrenden Streifenwagen aus sieht die junge Frau durch die Rückscheibe neidisch auf die Studentin mit ihrer Lektüre. Xinet klappt das Buch zu und betet: Alma Mater, bitte mach, dass ich abgeholt werde, bevor sie zurückkommen, und dann zu Mella mit seinem unerschütterlichen Blick, komm schon, sei nicht so, du weißt, dass ich das nicht gerne tue, aber der Hunger ist noch schlimmer, vergiss nicht deinen Hungerstreik im La Cabaña, wie dünn du warst, na los, hilf mir, ich verspreche dir, ich bringe dir auch wieder Blumen, aber lass mich nicht im Stich, du selbst hattest schließlich auch eine Beziehung mit einer Ausländerin. Eine alte Frau kommt vorbei, will ihr Erdnüsse verkaufen, ein Verrückter durchsucht einen Abfalleimer an der Ecke, an der Kreuzung stürzt sich ein Jugendlicher auf die Autos, um die Windschutzscheiben zu putzen, manche geben ihm etwas, andere lächeln nur, ein paar Kinder betteln die Touristen um Kaugummi und ein bisschen Geld an. Wieder kommt ein Auto, ganz langsam, fast herausfordernd, aber sie muss lächeln, der Wagen hält an, und bevor Xinet einsteigt, zwinkert sie der Alma Mater zu, wirft Mellas Büste einen Kuss zu, ich verehre euch, murmelt sie, und der Mann fragt, *what?*, und sie lächelt noch breiter, küsst ihn auf die Wange, hebt den Daumen, alles in Ordnung, dann nimmt er einen Stadtplan, und sie schließt die Augen und zeichnet mit dem Finger Kreise. Sie weiß, dass diese Männer das lustig finden, die sind so einfach gestrickt, mögen es, wenn es originell aussieht, dabei weiß sie genau, wo der Finger landet, sie hat den Plan ausgemessen, ein schlichter Ort, preiswert und abgelegen, *what?*, fragt er noch mal, Dos Gardenias, *wonderful!*, und sie lachen, fahren über die großen sauberen Alleen mit ihrem frisch gemähten Rasen und den bunten Leuchtreklamen, und als sie zum Restaurant kommen, stürzen sich mehrere Kinder auf sie, bieten an, auf das Auto aufzupassen, es zu waschen, halten ihnen freundlich die Türen auf. Sie trinken, essen, er schaut sie voller Lust an, Xinet zeigt sich geschmeichelt, ihre Hände umfassen sich, noch hat sie sich nicht küssen lassen, Taktik und Strategie, denkt sie lächelnd und fragt sich, was sie aus ihm rausholen kann, ohne Drumherum wäre das Schnellste, und ihm einen Tarif zu nennen noch einfacher, aber sie spielt gerne, will sehen, wie weit sie kommt, vielleicht findet sie jemanden, der sie ein für alle Mal von der Straße holt, sie erwartet nicht viel, weder Jugend noch Schönheit, Junggeselle muss auch nicht sein, nur ein gutes Einkommen, damit sie das Studium beenden kann, ohne diese ständige Erschöpfung und Übelkeit. Er unterbricht das Schweigen, breitet den Stadtplan aus, *house?*, und rasch rechnet sie, er ist in die Falle getappt, sie kann noch mehr rausholen, und dann deutet sie auf das Viertel, das Haus, und er gibt mit Worten und Gesten zu verstehen, dass er sie besuchen möchte. Sie weigert sich, meine Familie weiß nichts davon, und macht ein erschrockenes Gesicht, fast panisch, aber er lässt nicht nach, sagt, er ist ein guter Mensch, und zeigt ihr seinen Pass: *single*, und sie tut, als würde sie überlegen, fragt sich, warum es immer gleich ablaufen muss, wie nach Drehbuch, aber von ihr aus kann es so bleiben, sie mag keine Überraschungen, hat Erfahrung genug, und jedes Mal fällt es ihr leichter, mit der Situation umzugehen. Also gut, sie ist einverstanden, hält wieder den Daumen hoch, *okay?*, und macht ihm klar, du gibst dich als *teacher* aus, *teacher?*, ja, *yes*, *visit* in der *university*, *okay*, *yes*, sie legt sich die Hand auf die Brust, als könnte sie selber nicht glauben, wie schwierig das alles ist, und er juxt, als liebte er solche Situationen. Draußen stehen die Kinder um den Wagen, er verteilt Kleingeld, und dann fahren sie zu ihr nach Hause, unterwegs hält er irgendwo an, kauft Bier, Limo, Wein und kommt fröhlich zurück, der Weihnachtsmann und Rotkäppchen, denkt Xinet, und er nimmt die Hand vom Steuer und legt sie ihr aufs Bein, aber sie schiebt sie weg, *bad boy*, sagt sie, und ehe sie in das Viertel kommen, akzeptiert sie einen Kuss. Sie halten vor dem Haus, die Nachbarn nehmen den Inhalt der Plastiktüten in Augenschein, die Kinder bleiben abseits und zwinkern ihr zu, dann die Tür, die Klingel, sie tut, als hätte sie einen Riesenbammel, und zeigt es ihm deutlich, auch wenn sie ebenfalls lächelt, aber sie hat es geschafft, ihn nervös zu machen, ganz sicher. Die Mutter öffnet, Empfang durch eine wohlerzogene Familie, die Großmutter, noch ein Kuss, der Ehemann kommt hinzu, sie weiß nicht, ob der von vorher oder der neue aus dem Spiegel, mein Bruder, sagt sie und stellt sie einander vor, der junge Mann lächelt, dann ein brüderlicher Kuss auf die Stirn, setzen Sie sich doch bitte, sagt die Mutter, und sie platzieren ihn auf dem Sofa, die anderen drum herum, schauen zu Xinet, bitten sie, nein, verlangen offenbar eine Erklärung für diese ungewöhnliche, peinliche Situation, damit dem Mann klar ist, dass der Besuch eines Ausländers alles andere als üblich ist, und Xinet räuspert sich und stellt ihn als Lehrer vor, *teacher*, hilft er ihr, *teacher?*, ja, Mama, als Gast an der Universität, und der Mann nickt, er hat eine kubanische Familie kennenlernen wollen, wie sie lebt, bemüht er sich zu erklären, ach so!, die Mutter hat endlich verstanden, möchten Sie Kaffee?, *what?*, *coffee*, sagt die Tochter, *oh, yes, coffee!*, die Großmutter läuft in die Küche, und sie schauen einander wortlos an, er fragt nach dem *father*, und die Mutter bedeutet ihm, dass er vor Jahren gestorben ist, seither muss sie sich im Haus um alles kümmern, wissen Sie, zwei Kinder, und das in den heutigen Zeiten!, Kinder aufzuziehen ist sehr schwer geworden, sagt sie, und dabei stellt sie sich vor, wie ihr Mann gerade irgendwo in Miami bei Bier und Tamales am Strand sitzt. Die Großmutter fragt von der Küche aus, ob sie ihm den Kaffee mit ein bisschen Milch machen soll, und die Mutter steht auf und sagt ihm ins Ohr, dass es das erste Mal ist, als wüssten die Leute in ihrem Land nicht, wie man welchen macht, als müssten sie es erst erklärt bekommen, um beim nächsten Mal einen richtigen zuzubereiten, und der Bruder fragt, woher kommen Sie?, aber er versteht nichts, die Mutter lächelt und denkt, mit den Italienern, Brasilianern und Franzosen ist es viel einfacher, und sie fuchteln weiter, damit er versteht, und endlich begreift er, *oh, yes, house, Toronto!*, ah, sehr gut, Kanadier, sagt die Großmutter, während sie die Tassen kubanischen Kaffee bringt, mein Traum war es immer, die

Niagarafälle zu besuchen, das Schönste, was es auf der Welt gibt, und sie schaut zu ihrer Tochter, weil sie diesmal die Versionen nicht verwechselt hat, je nach Nationalität: der schiefe Turm von Pisa, die Copacabana oder der Eiffelturm, und der Besucher riecht an dem Kaffee und schließt die Augen, *wonderful!*, trinkt in winzigen Schlucken, danach dann die Biere, der Wein, die Großmutter bereitet dünne gebratene Kochbananenscheiben zu, dicke gebratene Kochbananenscheiben, sie unterhalten sich, gegen Mitternacht bricht er schließlich auf, sagt an der Tür noch mit Gesten und kaum verständlichen oder unverständlichen Wörtern, die sie aber erraten oder sich denken können, dass er einen wunderbaren Abend verbracht hat, küsst der Mutter und der Großmutter die Hand, eine Umarmung für den Bruder, und Xinet begleitet ihn zum Wagen, *tomorrow?*, ja, morgen, sie küssen sich auf die Wange, er drückt ihr die Hand, umfasst ihren Po und will sie auf den Mund küssen, aber sie schiebt ihn lächelnd von sich, er beharrt nicht weiter, steigt ein und ruft *bye!* aus dem schon losfahrenden Auto. Sie gehen wieder hinein, schließen die Tür, sinken erschöpft auf die Stühle, ich dachte schon, das hört nie auf, sagt die Mutter, und die Großmutter, glaubt ihr, ihm hat der Kaffee tatsächlich geschmeckt?, ist doch egal, sagt Xinet und geht ins Schlafzimmer, ihr Mann folgt ihr, hilft ihr, die Schuhe auszuziehen. Sie geht ins Bad, und von der Dusche aus bittet sie ihn, ihr etwas Altes zu erzählen, etwas Altes?, ja, sehr alt, und er denkt nach, schaut auf seine Füße, an die Decke, steht auf, der Spiegel sagt wieder *ich*, und er tastet sich übers Gesicht. Sie kommt aus der Dusche, tritt heran und sieht ebenfalls, dass im Spiegel ein alter Mann ist, ich habe dich verloren, sagt Xinet, und er zuckt mit den Schultern. Zurück im Schlafzimmer, hilft er ihr, das lange Haar zu kämmen, vor einem anderen, größeren Spiegel, und in dem Bild sehen sie einen alten Mann, der eine alte Frau kämmt. Danach schlafen sie miteinander, und sie träumen denselben Traum, ein Sturm fegt ihnen Sand in die Augen, und während sie es noch zu verhindern suchen, trennt er sie voneinander, unter den Blicken der Großmutter, der Mutter und des Ausländers, die in einem Glaskasten dröhnend lachen, die Mutter und die Großmutter küssen ihn auf den Mund, schubsen sich eifersüchtig, und der Mann lacht, lacht und sieht die Schlangen nicht, die auf ihn zukriechen, und erschrocken wachen sie auf, schauen, wie spät es ist, Xinet muss sich ranhalten, um noch rechtzeitig zu der Verabredung zu kommen, und er zieht ihr die Schuhe an, reicht ihr das Kleid, während sie sich das Haar zurechtmacht und die Augen schminkt, er drückt ihr die Zahnpasta auf die Bürste, beeil dich, soll ich ein Taxi rufen?, und in einem Wirbel von Bildern kommt das Taxi, sie steigt ein, es fährt rasch los und verliert sich im Lärm, im Staub. Als sie zur Freitreppe kommt, sitzt der Mann im Wagen und unterhält sich durchs Fenster mit einem jungen Paar auf dem Bürgersteig, er lächelt, als er sie im Taxi sieht, und beachtet die jungen Leute nicht länger, die verstehen und gehen verärgert fort. Xinet steigt ein, er will sie küssen, lächelt, als er sieht, dass sie eifersüchtig ist, *you don't understand*, doch, ich verstehe, und zwar sehr gut, ich-bin-nicht-so-wie-die-anderen, ich habe dir nicht die Hand rausgehalten, als-wollte-ich-trampen-und-dich-erobern, du bist zu mir an die Treppe gekommen, wo ich gesessen und gelernt habe, angelockt von meinem Haar, hast du gesagt, um mich kennenzulernen, du bist mir sympathisch, klar, aber für mich bist du ein Mann wie jeder andere. Ich mag Männer, die älter sind, ich finde sie attraktiv, leider bist du Ausländer, das macht die Beziehung etwas schwierig, hier wird das nicht gern gesehen, hier muss man sehr wohl mit den Leuten zusammenleben und sich an die Regeln halten, und dann tut sie, als bliebe ihr die Luft weg, sie ballt die Fäuste, ohnmächtig, beißt hinein und weint, er versucht sie zu beruhigen, *I'm sorry*, umarmt sie, und nach und nach beruhigt sie sich, fürchtet, zu weit zu gehen, und immer noch unterhält sich das andere Mädchen mit dem jungen Mann, schleicht um die Beute, und sie fahren los, er legt ihr die Landkarte auf die Beine und deutet auf Varadero, Varadero?, und die Uni?, sie will erst ein enttäuschtes Gesicht aufsetzen, aber das wäre kein guter Anfang, sie darf ihn nicht mit Problemen belasten, also lächelt sie und sagt, egal, und sie fahren hinaus aus Havanna. Sie nennt ihm die Strände, die Ortschaften, die touristischen Ausflugsziele an der Strecke. Als sie in Varadero ankommen, ist alles einfacher, ein Mann, der irgendein Hotel betritt und nach einem Zimmer fragt, und das nicht auf Spanisch, da heißt es gleich: *Yes, Sir.* Später ruft sie zu Hause an und sagt, wo sie ist, vielleicht bleibt sie eine Woche, er hat mir Kleidung und Geschenke für euch gekauft, hat mich auch gefragt, ob mein Bruder eine Freundin hat, sicher will er ihr auch was schenken, wirklich aufmerksam, dieser Ausländer, sehr höflich, ich habe ihn schon auf den Fernseher fürs Schlafzimmer angesprochen, und als er sich über die Hitze beklagt hat, bin ich ihm gleich mit dem Klimagerät gekommen, das hat geklappt, nächstes Wochenende bin ich zurück, tschau. Und den ganzen Tag klingeln sie nach dem Zimmerservice, unterhalten sich, erzählen sich ihre Vorlieben und andere Sachen, und als es ans Eingemachte geht, spricht sie lieber nicht weiter und lässt ihn nicht mehr an sich heran. Am Abend beschließen sie zurückzufahren. Den ganzen Weg schweigen sie, hier und da ein *it's cold*, ja, es ist kalt. Mitten in der Nacht kommen sie zum Haus. Sie verabschieden sich, morgen sehen wir uns wieder, versprochen. Die Mutter fragt, was passiert ist. Nichts, wir haben unsere Pläne geändert, sie geht ins Schlafzimmer, will schlafen, könntest du es mir kurz erklären?, fragt er, ja, kurz, er vermittelt hübsche Mädchen an Bordelle, die sie bei ihm bestellen, man kann sich das gewünschte Land aussuchen, als wären wir so blöd!

Die restliche Nacht können sie kaum schlafen. Sie ziehen sich gegenseitig das Laken weg, seufzen. Wälzen sich auf der Matratze. Am Morgen bleibt sie im Bett liegen, während er sich anzieht, einen Koffer packt, sie anschaut: das Haar, die Beine, den Po, und er wird erregt, wendet den Blick ab und setzt sich den kleinen Koffer auf die Schulter, öffnet die Tür, die Großmutter kommt aus der Küche, wo sie Kaffee gekocht hat, du gehst?, er nickt, möchtest du Kaffee?, ja, will er sagen, aber dann tritt er ans Fenster und sagt, nein, ich habe es eilig. Er geht hinaus zu dem Wagen, steigt ein, *good morning*, hört er, ein Streicheln über die Wange, aber er antwortet nicht, schaut in den rechten Rückspiegel, und wo ein junger Mann sitzen sollte, ist niemand. Der Wagen beschleunigt aufs Meer zu, verliert sich an der Küste in Richtung Varadero, *nice day*, und jetzt ist es das Bein, das gestreichelt wird, der Junge schweigt weiter, der Drang wird immer heftiger, die Hand fortzuschieben, aber lieber die Zähne zusammenpressen, die Fäuste, das Meer betrachten, eine Möwe, die dahingleitet und dann hinabstößt auf der Suche nach Futter, einfach das Meer, die sanften Wellen ... ja, ein schöner Morgen, und lächelt ihm zu.

MANDELA, SIE KOMMEN DICH HOLEN!

*Kubas grauenhaftem Strafvollzug gewidmet,
insbesondere dem Gefängnis 15–80 in Havanna,
auf dass es diese Erzählung wegsperren
und daran hindern möge, nach draußen
zu gelangen und frei umherzufliegen.*

Heute ist mein neunter Tag im Hungerstreik. Sie hatten mich nackt in die Zelle geworfen und dann vergessen. Ich bekomme bloß ihre Hände zu sehen. Sobald die Sonne aufgeht, bricht mir vor Hitze der Schweiß aus, und nachts finde ich vor Kälte kaum Schlaf. Das Bett aus Gussbeton verursacht dort, wo der Körper aufliegt, stechende Schmerzen. Früh am Morgen höre ich Rufe aus den benachbarten Zellen.

Als ich in dieses Gefängnis verlegt wurde, wartete der Chef fürs Interne zusammen mit zehn Wärtern auf mich, die Gefangenen hatten allen Grund anzunehmen, dass etwas Ungewöhnliches vorging, und die Anspannung war groß. Gerüchte machten die Runde, es werde jemand Gefährliches gebracht, einer vermutete ein Monstrum wie Hannibal Lecter und schürte damit die Furcht unter den Gefängnisbewohnern, bis sie durch meine Weigerung, die Anstaltskluft zu tragen, erfuhren, dass ich ein Politischer war. Das erzählt mir der Gefangene gleich neben mir und sagt, er sei froh, dass ich in Ordnung bin, dann würde ich den Elefanten nichts tun. Ich halte den Mund und versuche, den Witz zu verstehen. Da versichert er mir, dass sie draußen weiden. Wovon redest du?, frage ich. Siehst du sie denn nicht!, entgegnet er. Sie sind dort, vor deiner Nase, sagt er, hinter der scheinbaren Dunkelheit. Sie sehen irgendwie grün aus. Und ich starre hin, weil ich sie gern erkennen möchte, das brauche, und mein Blick verliert sich in diesem angestrengten Fokussieren, wie ein Papierdrachen, der sich, wenn die Schnur reißt, mit dem Wind verbündet, aufsteigt und zwischen den Wolken davontreibt, dann falle ich ins Leere, ein Taumel erfasst mich, ich trudele, es ist wie auf Droge, es befördert mich durch Zeit und Raum. Dann nehme ich allmählich eine sanfte Bewegung wahr, Blätter, vom Wind bewegt, ich rieche Erde und taufeuchtes Gras und sehe die Dickhäuter in der freien Natur, wie sie ihre Rüssel tanzen lassen zum Rhythmus von Gottes Oboenspiel.

»Schön, aber genug für heute!«, unterbricht mich mein Nachbar. »Jetzt erhol dich von der langen Reise … Ich passe auf und beschütze sie.«

Ich fühle mich erschöpft, bin verschwitzt. Die Beine taub, als hätte ich den Dschungel durchwandert. Der Durst ist ein aufdringliches Kratzen im Hals, Katzen in überstürzter Flucht. Ich falle in ohnmächtigen, bleiernen Schlaf.

Den Gefängnisdirektor, der mich mit Drohungen zum Essen bewegen will, ignoriere ich. Als er weg ist, fragen die Gefangenen, ob ich durchhalte, fürchten, ich könnte abbrechen, und rufen deshalb, dass ich bin wie Mandela, du kriegst sie unter, du machst ihnen zu schaffen, gib nicht auf.

Sie hören mein Lachen und applaudieren.

»Er bleibt dabei«, verkündet der, der sich Isla nennen lässt.

In dieser Nacht suchen die Schwindelgefühle mich heim, bei der kleinsten Bewegung steht die Dunkelheit kopf. Mir war nicht klar, dass ich mitten im Nichts einen Punkt verlieren kann, den es, auch wenn ich ihn nicht zu lokalisieren vermag, offenbar gibt. Ständig fragen die Gefangenen, wie es mir geht, meine Antwort »es geht weiter« genügt ihnen. Ich weise die Ärzte ab, die meine Vitalparameter überprüfen wollen. Das Schlimmste ist gar nicht der Hunger, der ist nach dem dritten Tag vorüber, schlimmer ist die Angst, dass man die Zähne verliert, das Augenlicht, dass man Blut spuckt und hinterher nicht mehr derselbe ist, sollte das Schlimmste geschehen: dass man am Leben bleibt; aber die Quälerei ist es wert, denn auf dem Weg in den Tod erstrahlt etwas im Innern und durchbricht das Dunkel. In die Einsamkeit hinein ruft mich eine nahe Stimme bei dem Spitznamen Mandela, und ich antworte nicht, will kein anderer sein, akzeptiere das einfach nicht. Misstrauen steigt in mir auf, es könnte Einbildung sein, ein Spiel meiner Phantasie, Fallstricke meiner Gedanken, um mich zu retten. Aber er bleibt beharrlich, ich bin's, Isla, sie haben mich zum Scheren rausgeholt, und ich rücke näher ans Gitter: was? Bleib stark, bittet er, halt durch, wir sind stolz auf dich, dein Kampf ist auch unserer, wenn du es schaffst, dass die von der Staatsanwaltschaft kommen, dann müssen sie uns auch anhören. Wir Allerweltsfälle sind denen egal, erklärt er, nie haben sie die beiden angehört, die dann vor Monaten hier gestorben sind, in der Zelle, wo du jetzt bist. Ich habe Glasscherben geschluckt, Löffel, aber denen ist mein Protest egal, auch wenn ich auf meine Rechte bestanden habe, bei dem ganzen Unrecht, das sie uns hier antun. Wir interessieren die nicht.

»Mandela«, sagt er über einen Gang hinweg, durch zwei Gitter von mir getrennt, »du bist die einzige Hoffnung. Ohne dich sind wir machtlos, ist alles verloren.«

Und dann geht er fort, bevor er entdeckt wird. Es ist ihnen verboten, sich mir zu nähern, nach mir zu sehen, das ist nur den Wärtern erlaubt.

Am Morgen träume ich vom Wind, der über mein Gesicht streift, ein wohliges Gefühl durchströmt mich, ich muss lächeln und wache auf. Es kribbelt an meiner Nase, und als ich mich kratze, entdecke ich eine Kakerlake, wische sie angewidert fort von mir und suche mich dann am ganzen Körper ab. Mich schaudert bei dem Gedanken, dass Papillon so was essen musste, um am Leben zu bleiben.

Die Wachsoldaten treten an mein Gitter und höhnen, dass ich bald sterben werde. Ich antworte nicht. Schweigen ist die gröbste Beleidigung. Sie schalten das Licht auf dem Gang an, die Helligkeit ist mir unerträglich, grell wie Sonnenlicht prügelt sie auf meine Sinne ein, ich flüchte mich in eine Ecke, will meine Augen schützen.

Ich sehe sie nicht reinkommen, plötzlich sind sie über mir. Sie fixieren mich mit ihren Handschellen, legen sie mir möglichst stramm um Handgelenke und Fußknöchel. Im Sitzen halten sie mir die Nase zu, so dass ich durch den Mund Atem holen muss, und diesen Moment nutzen sie, um mir eine stinkende Flüssigkeit einzuflößen, die mir die Luft nimmt.

Aus ihren Zellen schreien die Gefangenen zu uns rüber,

und sie hören auf, gehen raus zum Prügeln, kehren von manchen unverrichteter Dinge zurück, weil die sich mit Exkrementen beschmiert und einen Teil davon als Wurfgeschosse zurückbehalten haben.

»Wir kommen wieder, wenn deine Schweinerei da getrocknet ist«, versichern sie und ziehen ab.

Danach fragt Isla, wie es mir geht. Ich habe die stinkende Flüssigkeit schon erbrochen und sage unter Spucken und Husten, gut.

»Sie kriegen dich nicht klein, Mandela«, ruft er.

Die kalte Nacht umfängt uns früher als an den Tagen zuvor. Isla erzählt sein Leben, er war von Gerona nach Havanna gezogen in der Hoffnung auf ein lukratives Geschäft, aus dem aber nichts wurde, weil man ihn mit Unterstützung der Polizei übers Ohr gehauen hat. Ich weiß nicht, wann ich aufgehört habe, seiner Geschichte zu lauschen. Als wäre die Zeit in einem Blitzstrahl vergangen, bricht der Tag an, und da ist Isla nach seinem Bericht, man könnte meinen, er hat nicht geschlafen, hat ein Guten Morgen für mich und die Neuigkeit, dass alle bereit sind, mich ohne Rücksicht auf die Folgen zu unterstützen, wenn man noch mal versucht, mich zu brechen.

Als mich die Offiziere drei Tage später nicht zum Frühstücken bewegen können, wenden die Wachsoldaten noch einmal dasselbe Verfahren an, damit ich die stinkende Suppe schlucke, und wieder erbreche ich mich und bekomme Durchfall.

Isla will nicht länger zulassen, dass ich gequält werde, man muss etwas tun! Er fordert eine solidarische Erhebung, einen

Generalstreik, worauf ich ihm klarzumachen versuche, dass das mein Kampf ist, dass sie das Leid aushalten müssen, das kann ich ihnen allerdings nicht ersparen, und dann bin ich still vor Erschöpfung. Er wahrt ein Schweigen, das ich als einen Schrei aus Ohnmacht empfinde.

»Mach dir keine Sorgen, Mandela«, sagt er, »wir finden eine Lösung.«

Seit Tagen habe ich mich bemüht, mit dem Elefantenwärter Kontakt aufzunehmen, hatte schon etliche Versuche unternommen, in seine Scheinwelt zurückzukehren, die Illusion zu betreten, ohne dass es mir gelungen wäre. Ich dachte, ich brauchte vielleicht den ermutigenden Singsang, in dem er die Zauberworte gesprochen hatte, ein Murmeln des unvergesslichen Flusses der Kindheit, es bedürfe so etwas wie einer Erlaubnis, um in die Geisterwelt zu gelangen, im Kaleidoskop zu stranden und sich zwischen Figuren aus buntem Glas zu verlieren, deshalb rufe ich weiter nach ihm, ohne Antwort. Ich stelle mir vor, wie er diesen Dschungel durchstreift, wo niemand ist und nichts und alles, und dabei seine grünen Elefanten bestaunt.

Ich habe schon aufgegeben, da höre ich seine Stimme laut werden, sein unausgesetztes Klagen, kaum zu verstehen.

»Sie sind fort«, sagt er.

»Wer?«

»Die Elefanten.« Und er weint.

»Wohin?«

»Ich weiß nicht, sie haben sie mitgenommen.«

»Vielleicht bringen sie sie wieder zurück.«

»Ausgeschlossen«, sagt er ohne einen Rest von Zweifel.

»Die Soldaten haben sie vertrieben, und die bringen nichts zurück.«

Eine ungeheure Stille breitet sich aus, wie am tiefsten Meeresgrund, von wo es keine Rückkehr gibt.

Um die Mittagessenszeit höre ich einen Aufruhr, hastende Schritte und das Scheppern der Gitter. Wir kommen dich holen, Mandela! Du bist frei! Ich begreife nicht, und ich wundere mich, dass sie offenbar die Schlüssel haben. Sie schalten das blendende Licht ein, zertrümmern die fortgesetzte Nacht, die in meinen Augen herrscht. Als ich ihre Umrisse erahnen kann, stehen sie als Gruppe vor mir, ich bitte sie, etwas zu sagen, damit ich sie an den Stimmen auseinanderhalten kann, und während sie das tun, ordne ich ihnen Namen zu. Isla ist der Erste und mir am vertrautesten, er antwortet auf das Was ist passiert? Wo sind die Wärter? Ich erkenne jetzt, dass ihm Zähne fehlen, und er hat ein paar Schnitte an den Armen. Er versichert, dass es ihnen gutgeht, sie säßen mit Handschellen gefesselt und mit Knebeln im Mund in einer Zelle, zusammen mit den beiden Gefangenen, die fürs Putzen zuständig sind. Die gehen uns nicht mehr auf den Sack, sagt der Zurdo, die Kehle könnte ich denen durchschneiden. Und in seinen Augen sehe ich die Gewalttätigkeit des Mörders.

»Ich lasse nicht zu, dass ihr den Wärtern oder den Gefangenen etwas antut oder sie demütigt«, sage ich, so energisch ich kann. »Die Ordnung muss wiederhergestellt werden: Sie zurück auf ihre Posten und wir in die Zellen.«

Der Zurdo beschwert sich, sie hätten das für mich getan, damit die täglichen Misshandlungen aufhören. Ich versuche, ihnen begreiflich zu machen, dass das Teil der Auseinandersetzung ist, dass die Antwort darauf gewaltlos sein muss, weil uns das von ihnen unterscheidet, sonst wären wir wie sie, und gekämpft wird für einen Wandel, weniger einen politischen als einen menschlichen.

Sie sehen mich enttäuscht an. Dann bringe ich sie zu den Zellen und schließe unter ihren verständnislosen Blicken hinter jedem Einzelnen das Vorhängeschloss. Ich trete zu der Zelle des Elefantenwärters. Ein Einsiedler, der sich im Vergessen verloren hat. Er sitzt auf dem Boden, der gesenkte Kopf lehnt am Gitter, sein stumpfer Blick ist in die Ferne gerichtet. Ich grüße ihn, und er antwortet nicht, ich fasse seine Schulter an, und sie ist kalt, ich bewege ihn, und er bleibt ohne Regung.

Ich gehe zu den vier Geknebelten, um sie zu befreien, nehme ihnen die Lappen aus den Mündern, erkläre, dass ihre andauernden Misshandlungen diese Aktion provoziert haben, dass wir die Disziplin aus Gewissensgründen wiederherstellen, also sollten sie das hinterher nicht ausnutzen und mit Repression beantworten. Sie erklären sich einverstanden und bitten mich, ihnen die Handschellen abzunehmen. Ich mache aber nur die Gefangenen los und gebe ihnen die Schlüssel, um zurück hinter Gittern zu sein, wenn sie die Wärter befreien.

Unverzüglich kontrollieren sie, ob alle wieder eingesperrt sind. Als klar ist, dass sie erneut das Sagen haben, schreien sie Grobheiten, schwören Rache, rufen den Wachoffizier und berichten ihm, was vorgefallen ist. Wenig später kommen sie mit Druckwasserschläuchen an und richten Wasserstrahlen auf uns, die uns gegen die Wand schleudern. Ich schlucke Wasser, will mich bewegen auf der Suche nach einem Mundvoll Sauerstoff, aber ich kann nicht, weil mir weiter Wasser in die Kehle dringt, in die Nase und die Ohren, ich fühle mich wie auf dem Meeresgrund.

Als sie fertig sind, legen sie mir Handschellen an und zerren mich in den Hof, lassen mich dort in der prallen Sonne liegen. Die anderen bringen sie im gleichen Zustand. Sie verpassen uns jedes Mal Tritte, wenn sie vorübergehen, Schläge, unter denen wir aufstöhnen. Weil die Handschellen sich schmerzhaft ins Fleisch graben, schreien wir sie an, sie zu lockern, und bekommen nur Häme zur Antwort.

Isla bereut, die Meuterei ohne Verhandlung beendet zu haben, du hast uns verraten, Mandela, sagt er. Ein anderer meint, das hätte auch nichts gebracht, weil sie uns sowieso belogen hätten. Dem Zurdo macht zu schaffen, dass er sie nicht umgebracht hat, das würde zumindest die Strafe rechtfertigen.

»Nichts hab ich denen getan, verdammt«, jammert er. »Und das bei allem, was sie uns angetan haben, diese Wichser!«

Da fallen die Wärter über ihn her, treten so fest auf ihn ein, dass sich die Tritte nach einer Weile formlos anhören, hohl, als wäre in dem Körper kein Atem mehr, er nur noch ein leeres Gefüge, das keinen Widerstand bietet. Und das lässt sie aufhorchen, sie betrachten uns, verwundert vielleicht, und angesichts unserer entschlossenen Zurückhaltung und des stummen Protestschreis, der uns den Hals zuschnürt, zerren sie ihn weg zu den Zellen.

Als die Sonne sich zurückzieht, werden wir unter Stößen und Tritten wieder hineingeschafft. Die Wärter stellen sich in zwei Reihen auf, bilden ein Spalier, ziehen uns, wenn wir an ihnen vorbeikommen, mit aller Kraft die Schlagstöcke über und versichern uns dabei, dass wir das nicht noch einmal versuchen werden. Sie nehmen uns die Handschellen ab, ehe sie die Gitter schließen. Wir haben kaum noch Gefühl in den Armen, das wiedereinströmende Blut schmerzt, es dauert, bis wir die Muskeln wieder bewegen können.

»Sie kommen dich holen, Mandela«, warnt Isla mich vor.

Sie richten mich auf und zerren mich in Handschellen nach draußen. Der Schatten, den er wirft, zieht meinen Blick auf ihn. Und ich sehe den Zurdo am Fenstergitter hängen. Sein Mund und die Augen lassen nicht auf Erstickungstod schließen. Sie bringen mich in den Haarschneideraum. Mein erster Gedanke ist, dass sie befehlen werden, mich kahlzuscheren. Da fragen sie mich, ob ich zugebe, die Meuterei angeführt zu haben. Ich antworte nicht.

»Wenn du nicht reden willst, dann haben wir was für dich«, sagen sie und stopfen mir dabei einen Lappen in den Mund, es sind dieselben Wärter, denen ich die Knebel rausgezogen habe. Sie lachen. »Hast du gedacht, du kriegst, was du willst? Dass du nach der Meuterei dastehst wie der Retter?«

»Wir wissen, dass du nicht dumm bist«, sagt ein anderer, »aber du hast uns unterschätzt.«

Und sie schalten das Licht aus. Der alte Friseurstuhl dreht sich schneller und schneller, und sie schlagen mit ihren Gummiknüppeln auf mich ein.

Ich bekomme nicht mit, wann sie damit aufhören, noch nicht einmal, wann und wie ich in die Zelle zurückgebracht werde. Zum Glück hatte ich das Bewusstsein verloren. Ich rieche nach Exkrementen, taste mich ab, bestätige mir, dass ich das bin, bepinkelt habe ich mich auch. Niemand spricht. Die Gefangenen sind still. Seit der Meuterei wurde kein Essen mehr ausgegeben, zur Strafe hat man einen Hungerstreik verhängt. Die Kopfschmerzen sind heftig, das Bedürfnis zu schlafen drängend. Der Schlaf ist die einzige Möglichkeit, dieser Hölle zu entfliehen. Ich rufe mir die Lektüre des Grafen von Monte Christo ins Gedächtnis. Ich werde ein Edmond Dantès, eingesperrt im Château d'If. So entkomme ich der Realität.

Am Morgen öffnen sie die Zelle, und ich flüchte in eine Ecke, ich will nicht, dass sie mich zurück auf den Friseurstuhl bringen, ich würde auch keine Prügel mehr ertragen oder dass sie mir mit Gewalt etwas zu essen einflößen. Sie kriegen mich unter, ich gebe auf, ich bitte um Gnade; aber sie hören nicht, legen mir Handschellen an und zerren mich wieder weg, niemand erhebt die Stimme dagegen, die anderen tun, als wären sie nicht da, oder vielleicht sind sie wirklich nicht da, sind in andere Gefängnisse verlegt worden; jetzt bin ich der einsamste Mensch im Universum. Aufhören, schreie ich, ich komme an dem mit einem Laken verhängten Leichnam des Eremiten vorbei, und um ihn herum sehe ich die Elefanten, traurig und abgemagert. Draußen nehmen sie mir die Handschellen ab und lassen mich auf der Erde liegen. Nach einer Weile versuche ich, die Lider einen Spaltbreit zu öffnen, damit meine Augen sich an die Helligkeit gewöhnen. So erkenne ich langsam, wo ich bin. Auf dem Baseballfeld. Ich sehe mich um, und niemand ist da. Ich suche ein Fleckchen Schatten, um das Brennen auf der Haut zu lindern.

»Mandela«, ruft jemand.

Erschrocken schaue ich in die Richtung, aus der Islas Stimme gekommen sein muss. Ich antworte; mir ist egal, ob ich mir das nur einbilde, ich muss wissen, was mit ihnen passiert ist, mir notfalls etwas vormachen und so etwas gegen meine Verzweiflung tun.

»Mandela«, ruft er wieder.

Ich sehe ihn näher kommen, er ist allein und ohne Handschellen. Mühsam richte ich mich auf. Wie kann der menschliche Körper all das aushalten! Ich öffne die Arme, um ihn zu begrüßen, wie er es verdient, und ihm zu zeigen, wie sehr ich mich freue. Als er zu mir tritt, nehme ich ein verdächtiges Aufblitzen in seinen Händen wahr, er drückt mich an sich, und ich spüre, wie das Metall in meinen Körper dringt. Ich sacke auf seine Oberarme.

Ich starre ihn an, will ihn an seinem Blick wiedererkennen, der jetzt feucht ist, der klar war in den Minuten der Kühnheit im Zellentrakt.

»Und der Kampf?«, frage ich.

»Ich hatte Hunger!«

»Und die Prinzipien?«

»Sie haben meine Männlichkeit erniedrigt!«

»Wie schaffen wir Gerechtigkeit?«

»Sie haben mir die Freiheit versprochen«, rechtfertigt er sich und umarmt mich.

Über seine Schulter hinweg sehe ich den Posten an der Sicherheitsschleuse und sein Gewehr, das auf uns zielt. Ich versuche, Isla zu decken, er merkt es, lächelt und lässt nicht zu, dass ich ihn schütze.

»Besser als nichts, Mandela!«, sagt er und schenkt mir seinen durchscheinenden Blick. »Ich konnte nicht mehr. Sie haben mich untergekriegt.«

Wie ein Blitz in mondloser Nacht zerreißt eine Kugel seinen Schädel, wir stürzen hin, unser Blut fließt zusammen.

»Mich auch«, sage ich, und endlich kommt der ersehnte Frieden.

FROHE WEIHNACHTEN

Kaum hatten die Dorfbewohner von unserer Ankunft Wind bekommen, verließen sie ihre Quimbos, nahmen die Kinder an die Hand, packten sich einen Beutel voller Lebensmittel auf die Schultern und gingen in die Berge. Wann immer wir kommen, flüchten sie, denn die Männer der Familien sind in Savimbis Truppen, und sie fürchten, wir könnten ihnen Fragen stellen und gegen sie vorgehen, weil sie ihnen weiterhin Medikamente, Informationen und Essen beschaffen. Außerdem dachten sie wohl, dass wir diesmal noch aufgebrachter sind, da einer unserer Soldaten verlorengegangen ist und wir keine Spur von ihm haben finden können.

Vor lauter Sorgen haben wir uns vom Lager entfernt, ohne auf Verstärkung oder neue Befehle zu warten. Aber der Hauptmann will seinen Rekruten wiederhaben, mit allen Männern zur Einheit zurückkehren, das sind meine, sagt er dauernd.

Als wir die Hütten umzingeln, so wie immer, fürchten wir einen Hinterhalt. Es ist einfach zu still, eine verpestete Stille, die einem durch die Poren dringt, bis man es nicht mehr aushält. Ein Dunst, der beim Einatmen brennt.

In einem Quimbo regt sich was, und jemand schießt, ohne auf den Befehl der Offiziere zu warten. Ich werfe mich auf den Boden und nehme jede Stelle in Augenschein, wo eine Waffe herausschauen könnte. Aber nichts passiert, und wir sehen zum Hauptmann und warten auf seine Entscheidung. Er winkt mich zu sich und befiehlt mir knapp, was ich zu tun habe. Ich denke, fick dich ins Knie, weil er mich ausgewählt hat, und ich deute auf den Kameraden neben mir, soll ihn das gleiche Schicksal treffen wie mich, diesen Drecksack, schließlich wollte er mir heute Morgen keine Zigarette abgeben. In seinem Blick sehe ich, dass er dasselbe über mich denkt, fick du dich, aber das ist mir egal, man nimmt es schweigend hin, wir sagen es so oft am Tag, dass wir uns daran gewöhnt haben.

Ich gehe langsam auf die Hütte zu. Die Schritte meines Kameraden jagen mir immer wieder einen Schreck ein, und ich sehe ihn vorwurfsvoll an, damit er die Stiefel vorsichtiger aufsetzt. Aber wenn man so kurz davor ist, das Leben zu verlieren, stört sowieso alles, und jetzt höre ich mein Herz schlagen, als wäre es ein Geräusch von außen, eine Trommel, die jemand direkt an meinem Ohr schlägt. Am liebsten würde ich ebenfalls schießen, um sicherzustellen, dass mich drinnen niemand erwartet, aber das wäre zu feige, ich will auch nicht, dass einer unserer Männer vor Nervosität abdrückt und ich von den eigenen Kugeln getötet werde. Außerdem würde nur der Feind auf uns aufmerksam, dann legen sie sich in einen Hinterhalt und machen uns auf dem Rückweg fertig. Als wir beschließen, hineinzugehen, sehen wir einen Hammel, den die Salve getroffen hat, in der Eile haben sie ihn nicht mitnehmen können und angebunden zurückgelassen.

Noch im Eingang bleiben wir erschrocken stehen, den Finger am Abzug, die Muskeln so angespannt, dass wir nicht daran denken, dem Hauptmann Bescheid zu sagen, er wartet schon ungeduldig auf ein Zeichen von uns. Wenigstens was

Richtiges zu essen!, sagt der Leutnant, der dann kommt, und er schleift das Tier an einem Hinterbein hinaus.

Die Soldaten, die am Boden liegen geblieben sind, stehen auf, klopfen sich die Uniform aus. Der Hauptmann wirft dem Kameraden, der geschossen hat, einen strengen Blick zu, und der senkt den Kopf und schaut auf das Gewehr in seinen Händen. Und wenn sie unseren Mann dort angebunden hätten?, fragt er. Ich habe nicht nachgedacht, antwortet der Soldat, aber der Hauptmann scheißt ihn lieber nicht zusammen, kehrt ihm bloß den Rücken zu.

Der Leutnant ruft den Koch und wirft ihm den Hammel vor die Füße: Für dich, sagt er, und gleich nimmt sich der Koch den Hammel, legt ihn auf einen Stein, und wir sehen, wie er ihm mit erstaunlichem Geschick den Kopf abschneidet.

Wir durchsuchen jeden Winkel dieses Hüttendorfs. Von einem Hügel bringen sie eine Familie herunter, die sich dort versteckt hat, darunter drei barfüßige Männer, offenbar hat man sie als Nachhut zurückgelassen, um unsere Bewegungen auszuspionieren. In dem Moment wird uns klar, dass der Hauptmann Leute ausgeschickt hat, sich in der Gegend umzusehen, er hatte schon den Verdacht, dass man uns beobachtet. Der Hauptmann sagt, wir sollen sie durchsuchen, sollen die Frauen und die Kinder gehen lassen und die Gefangenen fesseln, die kommen mit ins Lager, und verhört sie, das sind garantiert Kwachas, und er tritt an einen von ihnen heran und drückt ihm den Lauf seiner Kalaschnikow auf die Brust, fragt, ob dort noch mehr Männer versteckt sind, zeigt auf die Hügel, aber der Gefangene tut, als würde er nichts verstehen, alle drei machen ein Gesicht wie geistig Minderbemittelte, schauen einander erschrocken an, sprechen ihren Dialekt, den niemand übersetzen kann, und wir sehen, dass die Hose des Mannes, auf den die Kalaschnikow zielt, nass ist und wie ihm die Pisse bis zu den Füßen läuft. Zum Teufel mit denen, sagt der Hauptmann und nimmt den Lauf herunter, unsere Offiziere von der Spionageabwehr werden sie schon zum Reden bringen.

Der Hauptmann war mal Gefangener der Unita, es heißt, man hätte ihn gefoltert, und als man ihn erschießen wollte, hätten sie ihn befreit. Aber er spricht nicht gerne darüber, wann immer wir ihn fragen, weicht er aus. So erklären wir uns auch seine Übergriffe auf die Gefangenen, auf die Bevölkerung. Manchmal denke ich, dass es ihm sogar Spaß macht, vielleicht ist es seine Art, sich für den Schmerz zu rächen, den man ihm zugefügt hat, aber das ist sein Geheimnis, deshalb sagt er nichts. Tatsächlich ist er der Einzige, der nicht auf die Insel zurückwill, er ist schon seit drei Jahren in dieser Hölle, und wie es aussieht, hat er immer noch nicht genug.

Die Soldaten, die die Sachen der Gefangenen durchsuchen, finden die Brieftasche unseres vermissten Kameraden, mit einem Foto seiner Familie. Der Hauptmann kommt wütend zurück und packt den Mann, der sie bei sich hatte, am Hals, schüttelt ihn, wo habt ihr ihn?, aber der Gefangene deutet nur auf einen der Wege, die sich zwischen den Hügeln verlieren. Der Hauptmann schubst ihn, er soll vorangehen und uns zeigen, wo. Der Gefangene läuft los. Immer wieder zögert er, als wollte er das Ziel nicht erreichen. Erst geht es hundert Meter hoch, dann wieder bergab, dann bleibt er stehen. Der Hauptmann schaut uns an, wartet darauf, dass jemand verstanden hat, was zum Teufel er damit sagen will. Und wir sehen die umgegrabene Erde. Hier haben sie ihn verscharrt, meint der Leutnant. Und der Hauptmann schaut auf die Erde, als könnte er es nicht fassen, den Finger am Abzug der Kalaschnikow, er will das Magazin schon auf den Schwarzen abfeuern, und der erschrickt, weint, schüttelt den Kopf, jammert in seiner Sprache, und wir alle verstehen, was er sagen will, nicht er hat ihn getötet. Der Hauptmann bringt ihn zurück, stößt ihn mit dem Kolben vor sich her, manchmal verliert der Schwarze das Gleichgewicht und fällt hin, und noch ehe er wieder aufstehen kann, hat der Hauptmann ihn getreten.

Ich gehe langsam, achte auf die zahlreichen Fußspuren in der Nähe der umgegrabenen Erde. Sie waren viele, mit Stiefeln, und die Spuren sind so tief, dass sie schwerbewaffnet sein mussten. Aber jetzt ist egal, wer es war, es geht darum, zu bestrafen, unserer Gewalt freien Lauf zu lassen. Wir alle würden den Einheimischen am liebsten verprügeln, möchten die Gewissheit haben, dass wir ihm etwas antun können, ihn töten.

Die haben mir meinen Soldaten umgebracht, sagt der Hauptmann und bebt, dafür werden sie bezahlen, er presst die Zähne aufeinander, schreit seine Wut hinaus. Dann lässt er die Waffe fallen und weint wie ein hilfloses Kind, läuft zurück, wühlt mit den Händen in der Erde, um den Leichnam auszugraben. Der Leutnant packt ihn, hilft ihm auf. Nicht mal seine Knochen haben sie verdient, sagt der Hauptmann. Aber jetzt ist keine Zeit, meint der Leutnant, vielleicht sind die Unitas schon bald zurück, und dann machen sie uns alle fertig. Sie haben ihn umgebracht, Scheiße, sagt der Hauptmann noch einmal, sie haben unseren Jungen umgebracht. Wir können nichts mehr tun, sagt der Leutnant, besser, wir beeilen uns und holen die Truppe aus dieser Falle raus. Und dann umarmt er ihn und bringt ihn zurück zum Dorf.

Nach einer Weile beruhigt sich der Hauptmann, als hätte er resigniert oder als würde ihm mit einem Mal bewusst, dass er seine übrigen Männer retten muss. Er schüttet sich Wasser ins Gesicht. Raucht. Und sagt, dass ein paar Soldaten bei den Gefangenen bleiben und sie bewachen sollen, bloß nicht aus den Augen lassen, diese Arschlöcher werden dafür bezahlen. Wir durchsuchen weiter die Hütten. Als wir bei einer der letzten sind, finde ich eine tragbare Nähmaschine, sie ist praktisch neu. Ich stelle mir vor, wie glücklich meine Frau wäre, wenn ich sie ihr zum Ende des Jahres schicken könnte, vielleicht mit einem Cousin von ihr, der ist Pilot und fliegt die Strecke nach Luanda. Dazu würde ich ihr eine Postkarte schreiben, darauf in großen Buchstaben: Frohe Weihnachten.

Ich rufe den Hauptmann und bitte um Erlaubnis, sie als Beute mitzunehmen. Zuerst schaut er mich überrascht an und sagt, wir hätten schon viel Gepäck, so würden wir es unmöglich zurückschaffen, der ganze Rucksack voller Munition und Proviant, und dann noch dieses Ding, das wiegt jede Menge, sagt er, und wegwerfen können wir auch nichts, es kann noch viel passieren, vielleicht brauchen wir das Doppelte von dem, was wir dabeihaben. Der Hauptmann hat mehr vom Krieg gesehen als wir alle, sicher bereitet die Rückkehr zum Lager ihm Sorgen, zu viele Kilometer im Eilmarsch auf gefährlichen Wegen, wie gemacht für einen Hinterhalt. Natürlich hat er recht, und ich nicke. Aber kaum macht er kehrt, kommt mir eine Idee, und ich hole ihn ein. Hauptmann, sage ich, und wenn ich mir einen der Gefangenen nehme, damit er sie trägt? Er überlegt, ja, das wäre möglich, antwortet er, aber dann kann er hinterher sagen, wir hätten gestohlen und ihn misshandelt, und geht weiter.

Wir haben alles im Dorf durchsucht und keine Waffen gefunden, auch keine weiteren Männer, nur die drei, die man zurückgelassen hat, damit sie uns beobachten. Der Hauptmann sagt, wir müssen aufbrechen, sonst wird es noch Nacht. Dem Koch, der dem Tier schon die Haut abgezogen hat, befiehlt er, die besten Stücke herausschneiden und sie zu braten, sobald wir einen Ort für eine Pause gefunden haben. Er muss uns nicht sagen, was er befürchtet. Die Bewohner könnten die Leuten von der Unita informieren, und dann warten sie hinter den Hügeln auf uns und machen uns nieder.

Wir nehmen Aufstellung für den Rückzug. Setzen die Gefangenen als Schutzschilde an die Spitze, auch wenn wir genau wissen, dass es nichts bringt, andere Male haben sie trotzdem geschossen, egal wie viele ihrer eigenen Leute dabei draufgegangen sind. Der Hauptmann gibt ihnen zu verstehen, dass sie nicht fliehen sollen, sonst schießt er auf sie, und dabei hält er die Kalaschnikow und zuckt, als würde er eine Salve abgeben. Die Schwarzen blicken auf den Lauf des Gewehrs, als kämen dort wirklich Kugeln raus.

Dann ruft mich der Hauptmann zu sich und fragt, was ich vorhabe mit der verdammten Nähmaschine. Was immer Sie sagen, antworte ich. Sieh mal, sagt er, ich habe darüber nachgedacht, und es stimmt, in diesem Krieg opfern wir unser Leben für nichts. Niemand könnte uns einen Vorwurf machen, wenn wir irgendwas für die Familie mitnehmen, das ist das mindeste, was wir für unsere Angehörigen drüben tun können. Ich habe in einem der Quimbos auch was gefunden, einen Mixer, noch in der Verpackung, wie sollen die ihn auch zum Laufen bringen, wo sie noch nie elektrisches Licht gesehen haben, und er schaut zu den Schwarzen und sucht nach einer Erklärung, aber so aufmerksam die drei auch zuhören, verstehen sie nicht, was zum Teufel er von ihnen will. Also, fährt der Hauptmann fort, ich denke, der Gefangene könnte die beiden Geräte für uns tragen, und er deutet auf einen von ihnen. Was meinst du?, fragt er mich. Ich weiß nicht, was ich antworten soll, und schaue ihm weiter fest in die Augen, irgendwie ärgert es mich, dass er sich meine Idee zu eigen macht. Aber ich bin einverstanden. Okay, sage ich. Und der Hauptmann lächelt. Nur glaub nicht, dass es so einfach wird, sagt er, und ich bin verwirrt. Ich ziehe die Schultern hoch. Natürlich wird das kein Spaziergang über den Prado, betont er noch mal. Jetzt kommt der andere Teil, vielleicht der schwierigste, aber auch der gerechteste, darauf können wir uns freuen, macht er mir klar. Möglich, dass diese Typen hinterher anfangen zu plaudern, und du kennst ja die Litaneien und Drohungen des Politoffiziers, von wegen, sich fremde Güter unter den Nagel reißen und sich an der Bevölkerung vergehen, und mich bestrafen sie bestimmt auch, weil ich zugelassen habe, dass man sie als Sklaven benutzt. Aber egal, sagt er, dieser Schwarze wird es sowieso nicht bis ins Lager schaffen, der bezahlt mit seinem Leben für den Tod meines Soldaten. Ich stutze, vielleicht scherzt er ja, aber an seinen Augen sehe ich, dass er es bitterernst meint. Er streicht sich durchs Haar, schaut sich um. Willst du die Nähmaschine wirklich haben?, fragt er noch mal. Ja, antworte ich mit fester Stimme … Und er atmet tief ein: Dann hast du keine andere Wahl, bevor wir zum Lager kommen, musst du ihn von den anderen beiden trennen, du sagst, du gehst auf Erkundung, und dann tötest du ihn, wir sagen später, er hätte versucht, durch die Büsche zu fliehen. Er darf keine Gelegenheit bekommen, uns zu verraten, außerdem müssen wir unseren Kameraden rächen. Ich schaue ihm wieder fest in die Augen, will herausfinden, ob er es für unseren Soldaten tut oder für all das, was er in Gefangenschaft mitgemacht hat, aber ich finde nichts darin, vielleicht ist es zu tief verborgen. Sie haben Schlimmes erlebt, Herr Hauptmann, ja?, frage ich, und kaum habe ich es ausgesprochen, packt er mich am Hemdkragen. Was zum Teufel willst du von mir?, und er zieht mich zu sich, gekränkt. In seinen Augen entdecke ich jetzt etwas, was man ihm angetan hat und wovon ich nichts hören will. Nichts, sage ich und versuche die Spannung herauszunehmen, reine Neugier, glauben Sie mir, ich wollte nur gerne wissen, was uns erwartet, wenn wir ihnen in die Hände fallen. Er blickt mich misstrauisch an, und dann merkt er, dass die anderen jedes Wort von uns, jede Regung verfolgen. Er lässt mein Hemd los und sieht alle an, und sofort tun sie, als hätten sie nichts mitbekommen, und schauen woandershin. Dann entscheide du, was du machst, sagt er, aber ob er die Nähmaschine trägt oder nicht, es ändert nichts, und wenn ich es selber tun muss. Ich bleibe stumm, zögere. Eine große Sache ist das sowieso nicht, sagt er, entweder sie sterben durch unsere Kugeln oder durch ihre eigenen. Ich muss wieder an meine Frau denken, an ihr Lächeln, wenn sie das Geschenk mit der Postkarte erhält, von mir eigenhändig geschrieben. Und ich schaue zu den Gefangenen, die uns ebenfalls beobachten, und frage mich, was sie wohl zu ihrer Rettung tun würden, wenn sie verstehen könnten, was der Chef und ich planen. Muss daran denken, wie sie unseren Kameraden wahrscheinlich grausam gefoltert und umgebracht haben. Aber einer von ihnen schaut uns die ganze Zeit an, als wenn nichts wäre, es ist derselbe, der uns zu der Stelle geführt hat, wo sie ihn verscharrt haben, und sein Blick ist so klar, als würde es ihn nicht im mindesten bekümmern, dass sie ihn getötet haben, oder als hätte er es schon vergessen. Nein, sage ich mir, die Gelegenheit, diese Nähmaschine mitzunehmen, werde ich mir nicht entgehen lassen, das würde jeder an meiner Stelle tun. Außerdem sterben die Leute hier scharenweise vor den Augen ihrer Götter, und nichts passiert, das heißt, einer mehr, was soll's. Ich tue es, sage ich zum Hauptmann, und er lächelt zufrieden. Ich gehe zu dem Gefangenen, mache ihm die Hände los und binde ihm einen längeren Strick um den Hals, ziehe ihn zu dem Quimbo, nehme die Nähmaschine und setze sie ihm auf die Schulter. Der Hauptmann gibt mir den Mixer, ich stecke ihn in einen Beutel und binde ihn an der Nähmaschine fest. Dann schubse ich den Gefangenen hinaus und stelle ihn wieder in die Reihe.

Der Hauptmann hebt den Arm, und der Rückmarsch zum Lager beginnt, zwanzig Kilometer über irgendwelche Pfade. Um einen von uns zu retten, hat er alle geopfert, hat es gemacht wie dieser Mann, der nur zwei Streichhölzer hatte: Mitten in der Nacht fällt ihm eins auf den Boden, und um nach ihm zu suchen, zündet er das andere an.

Ich muss an meine Frau denken und wie glücklich ich sie mit dieser Nähmaschine mache, an die Möglichkeiten, Geld zu verdienen, wenn sie etwas näht, was sie auf der Straße verkaufen kann. Ich sehe ihre glatten Beine vor mir, ihre zarten Hände und wie sie über die Stoffe streicht. Ich fühle mich wie ein Tier und wünsche mir nichts sehnlicher, als heimzukommen und sie über mich zu ziehen und ihr in die Augen zu schauen, ihr lustvolles Stöhnen zu hören. Ich bin erregt und möchte am liebsten wichsen, das habe ich schon seit Tagen nicht getan. Manchmal schämen wir uns, wenn beim Aufwachen irgendein Kamerad bemerkt, wie die Decke sich hebt. Aber man kann nichts dagegen tun.

Nach zwei Stunden pausenlosem Marsch denken wir alle an die Fleischstücke, die der Koch dabeihat. Eine weitere Dose Thunfisch würden wir heute nicht runterbekommen, schon bei dem Geruch wird uns übel. Ich schaue zum Hauptmann und möchte ihm vorschlagen, anzuhalten und das Fleisch zu braten, nicht dass es verdirbt und wir Bauchschmerzen kriegen. Aber für ihn ist nur wichtig, dass wir auf seine Befehle hören und lebend das Lager erreichen, er weiß genau, dass er sich nicht so weit hätte entfernen dürfen, der Oberst wird eine strategische Erklärung von ihm verlangen.

Als ich schon keine Hoffnung mehr habe, dass wir jemals haltmachen, hebt der Chef den Arm, und wir alle lassen erschöpft die Rucksäcke und die Gewehre fallen. Der Gefangene setzt die Nähmaschine ab, so vorsichtig, dass man meinen könnte, er trägt sie für seine Frau und nicht für meine. Ohne dass ich ihn auffordere, setzt er sich neben mich, lächelt mir zu. Er holt eine Schachtel Zigaretten hervor und bietet mir eine an. Ich habe Lust zu rauchen, aber verächtlich winke ich ab, schließlich ist er der Mörder meines Kameraden. Er hat ein wunderschönes Feuerzeug, und nachdem er sich die Zigarette angezündet hat, steckt er es wieder ein. Wann immer ich aufstehen will, bietet er mir seine Hilfe an und lächelt, obwohl ich mich jedes Mal weigere. Ich öffne eine Dose Thunfisch und gebe sie ihm, er muss bei Kräften bleiben, bis wir in der Nähe des Lagers sind. Er isst schweigend. Ich schaue auf seine Füße, sie sind bedeckt von einer ledernen Haut, und ich kann mir nicht vorstellen, dass es eine Schuhsohle gibt, die sie besser schützt.

Das Fleisch wird ausgeteilt, einige beklagen sich, dass es noch roh ist, aber sie kauen weiter. Als wir gegessen haben, gibt der Hauptmann den Befehl zum Weitermarsch. Kaum sind wir aufgebrochen, wird auf uns geschossen, jemand stößt mich zur Seite, ich habe Angst. Immer denkt man, das ist das Ende, und hinterher machen wir uns lustig über diesen Quatsch und wie feige wir sind, wenn es um die eigene Haut geht. Dann erkenne ich, wer mich gestoßen hat, es ist der Schwarze, den ich am Strick führe, und ich will ihn schon mit dem Bajonett stechen, aber da wird mir klar, dass er mich nur beschützt hat. Ich ziehe ihn von dort weg und gehe in Stellung, um das Feuer zu erwidern, entsichere die Kalaschnikow, schieße wild um mich. Alle tun dasselbe. Als wir ausmachen können, woher das Feuer kommt, schießen wir dorthin, robben fort auf der Suche nach einer besseren Stelle. Ich muss an den Schwarzen denken und wie er sich für mich eingesetzt hat, ich kann mich kaum auf die Verteidigung konzentrieren. Die ganze Zeit frage ich mich, warum er mich beschützt, vielleicht hofft er, dass ich ihm vertraue, und wartet auf die Gelegenheit, mich zu töten.

Wir hören einen Jeep, denken, sie bekommen Verstärkung, aber das Motorgeräusch entfernt sich wieder, entweder sie fliehen, oder sie sind hinter anderen her. Der Leutnant, der mit den übrigen Soldaten in der Nähe des Hügels ist, kommt zu uns herüber und informiert uns, dass die Unitas weg sind. Wir durchkämmen das Gelände und sehen die Reifenspuren. Der Hauptmann schaut nach, ob jemand verwundet ist, zum Glück sind wir heil davongekommen. Er entscheidet, eine andere Richtung einzuschlagen, durch eine Schlucht hindurch und dann durch den Fluss auf die andere Seite, die Brücke wäre zu gefährlich, dort würde uns der Feind, nachdem wir uns hingeschleppt hätten, den Rest geben.

Natürlich könnte die Tat des Schwarzen ein Beweis dafür sein, dass er zu keiner feindlichen Gruppe gehört und unseren Kameraden auch nicht getötet hat, oder er hofft auf Gnade. Aber mittlerweile ist es egal, wer er ist, niemand würde ihm vergeben wollen. Ohne anzuhalten hole ich eine weitere Dose Thunfisch aus meinem Rucksack, vielleicht um mich zu bedanken. Ich öffne sie und halte sie ihm hin, und er blickt mich an wie ein Zirkustier, das nach seiner Nummer auf die Belohnung wartet. Er nimmt die Dose mit seinem freien Arm und kippt sich den Inhalt in den Mund, das Öl läuft ihm über den Hals, vermischt sich mit dem Schweiß, und jetzt glänzt seine Haut wie Elfenbein, aber es stört ihn nicht, oder es ist ihm egal. Er wirft die Dose weg und kaut genüsslich. Dann greift er in die Hosentasche und steckt sich eine Zigarette in den Mund. Wieder sehe ich das Feuerzeug.

Der Hauptmann lässt anhalten, weil es am Rand eines Steilhangs entlanggeht. Er macht sich Sorgen, fürchtet, wir könnten einen weiteren Kameraden verlieren, und dann würde er dem Lagerkommandeur seine Befehle erklären müssen, müsste sich anhören, was er richtig oder falsch gemacht hat und ob er ein Lob verdient hat oder einen Anschiss. Der Chef ermahnt uns, nicht nach unten zu schauen, wir sollen uns gut festhalten, und wenn unser Leben in Gefahr ist, sagt er, können wir den Rucksack abwerfen, und dabei sieht er uns in die Augen, um uns zu bedeuten, dass das die allerletzte Option ist, nicht dass wir sie fallen lassen, weil wir feige sind oder allzu schlau und denken, so kämen wir besser voran, ohne die ständigen Schmerzen im Rücken und diesen Maultierkomplex, mit dem wir geschlagen sind. Ich blicke hinunter, und mir wird klar, dass es bei einem Absturz keine Rettung gibt, die Schlucht ist fünfzig Meter tief, und unten sind nur große Steine.

Ich weiß nicht, ob ich dem Schwarzen den Strick abnehmen oder um den Hals lassen soll. Ich habe Angst, er könnte die Nähmaschine fallen lassen und fliehen, lieber ziehe ich dann, und er stürzt mit ihr hinunter, er bleibt also angebunden. Doch nachdem der Hauptmann zu dem Schluss gekommen ist, dass die meisten ihre Rucksäcke abwerfen könnten, sagt er, dass es unmöglich ist, mit dem Gepäck dort langzugehen, und er schickt einen Soldaten mit einem Seil um den Bauch auf die andere Seite, dann ziehen wir die Rucksäcke und die Gewehre hinüber. Mit der Nähmaschine ist das unmöglich, sagt der Hauptmann, der Schwarze wird es riskieren müssen.

Und am Seil hängend, geht einer nach dem anderen rüber. Dann ist der Schwarze mit meiner Nähmaschine an der Reihe, und ich bedeute ihm, dass er vorgehen soll, ich selber mache mir den Strick los und halte ihn nur locker in der Hand, nicht dass er mich in den Abgrund reißt, falls das Ding ihn aus dem Gleichgewicht bringt. Der Hauptmann sagt mir ins Ohr, dass er es unmöglich schafft, der Rand ist viel zu schmal, garantiert stürzt er ab. Und allein der Gedanke, meiner Frau diese Freude mit der Nähmaschine nicht machen zu können, nimmt mir allen Mut. Aber der Gefangene geht jetzt ganz langsam über die Kante. Seine Hand bewegt sich geschickt, seine Füße sind angespannt und sicher, wie bei einer Zirkusnummer, wir sehen, wie sich seine Muskeln durch die Kleidung abzeichnen, und endlich erreicht er die andere Seite. Jetzt will ich hinüber, und ich binde mir den Strick wieder um die Hüfte, dabei achte ich auf seine Reaktion und stelle fest, dass er mich zu ermutigen versucht, er hat immer noch sein edles Lächeln und zeigt mir die ganze Reihe seiner blitzweißen Zähne. Womit zum Teufel sie sich die wohl putzen … Ich mache die ersten Schritte, die Hälfte des Fußes steht über, manchmal reicht es nur, um die Stiefelspitzen aufzusetzen, ich halte mich an ein paar Löchern im Fels fest und schaue zum Hauptmann auf der Suche nach irgendeinem Halt, aber dort finde ich keinen, dafür zeigen mir die Augen des Schwarzen, welche Bewegung ich ausführen soll, wie ein Dirigent, der den Taktstock schwingt. Auf einmal ist der Schwarze zu meinem Ziel geworden, wenn ich es bis zu ihm schaffe, ist es das Beste, was mir seit Monaten passiert ist, vielleicht in meinem ganzen Leben. Aber ich rutsche ab, kann mich nur noch mit den Händen festhalten, und mir ist, als würde etwas mein Blut ersetzen und alle Räume ausfüllen, etwas wie gemahlenes Glas, mir stockt der Atem, und ich verkrampfe die Finger, spanne die Muskeln an und schaue zu dem Schwarzen, und der hebt das Kinn, die Arme, schreit in seinem Dialekt, so wie alle jetzt schreien, aber die anderen höre ich nicht, nur die Stimme des Gefangenen, so eindringlich, dass sie sich mir vollkommen mitteilt, sie gibt mir die Kraft und die notwendige Sicherheit, und ich setze die Füße wieder auf und gehe weiter über den Rand bis zu ihnen.

Als ich mich von dem Schreck ein wenig erholt habe, sehe ich, wie der Gefangene mich immer noch anschaut, wie er meine Panik spürt, als wäre es seine eigene. Denn der Schock lässt mich nicht los, die Angst hat sich in mir eingenistet, als wäre sie dort zu Hause. Allein der Gedanke an den freien Fall und wie ich auf die Steine schlage nimmt mir den Atem. Der Schwarze sagt weiter kein Wort, er packt sich die Nähmaschine wieder auf die Schulter und geht vor mir her. Ein ängstlicher Soldat ist ein toter Soldat, das ist mir klar, also atme ich tief durch, und jedes Entweichen der Luft ist wie eine kleine Dekontamination.

Nach einer Weile zieht der Gefangene die Schachtel Zigaretten heraus, bleibt stehen und bietet mir eine an. Ich nehme sie. Dann steckt er die übrigen wieder ein und gibt mir Feuer. Als die Zigarette brennt, bitte ich ihn um das Feuerzeug, betrachte es, und mir ist, als hätte ich nie ein schöneres gesehen. Ich gebe es ihm zurück. Der Hauptmann befiehlt anzuhalten, wir werden die Nacht dort verbringen und bei Tageslicht weitermarschieren. Er teilt die Wachen ein.

Hunger habe ich keinen, immer wieder ist mir kotzübel. Ich bekomme noch ein Stück Fleisch und gebe es dem Gefangenen. Der Schreck sitzt mir weiter in den Knochen, und ich denke nur daran, was hätte passieren können. In der Nacht kann ich kaum schlafen, ich habe Albträume.

Als es hell wird, sitzt der Gefangene neben mir und zeichnet kleine Figuren in die Erde. Filho, sagt er in miserablem Portugiesisch. Ich hole die Fotos meiner Kinder hervor und zeige sie ihm. Er lächelt, als wären es seine eigenen. Dann zieht er sieben Striche in den Boden, und ich verstehe, dass das die Zahl seiner Kinder ist. Viele, sage ich und schüttle alle meine Finger. Wieder lacht er, übers ganze Gesicht jetzt, er findet das lustig, meine Augen so aufgerissen zu sehen und wie überrascht ich bin über all die Mäuler, die er zu stopfen hat. Dann schaue ich ihn ernst an, und zum ersten Mal wird auch er traurig, hält meinem Blick aber stand. Ich sehe, wie der Hauptmann verächtlich zu mir herüberschaut, was soll der Scheiß, als wärt ihr verliebt, sagt er, spuckt aus, kehrt mir den Rücken zu und gibt den Befehl zum Weitermarsch.

Eine Stunde später kommen wir an einen Fluss, er scheint mir noch gefährlicher zu sein als die Schlucht, wo ich beinahe ums Leben gekommen wäre. Die Strömung ist stark. Ich mache den Strick von meinem Bauch los, und wir gehen der Reihe nach hinüber. Auf unseren Köpfen tragen wir die Rucksäcke mit den Feldflaschen, den Stiefeln, den Munitionsgurten und Handgranaten, den Pistolen, den Kalaschnikows. Der Gefangene trägt meine Nähmaschine und schafft es, dass sie nicht nass wird. Vor mir kann ein Kamerad sich nicht halten und wird vom Fluss mitgerissen. Der Hauptmann brüllt ihm hinterher, als hätte der arme Kerl einen Befehl von ihm missachtet und würde jetzt gemeldet. Als alles wieder einigermaßen unter Kontrolle ist, stößt einer der Gefangenen gegen den Leutnant, der verliert das Gleichgewicht, das Wasser reißt beide mit, doch der Schwarze, der die Nähmaschine trägt, spürt den Ruck, und er taucht unter, nur seine Arme stemmen weiter die Fracht hoch, der Leutnant erwischt gerade noch den Strick und hält sich daran fest, ich will ihm helfen, mein Rucksack und die Waffe werden klatschnass. Der Leutnant hat sein Gepäck losgelassen, die Strömung reißt es gleich mit, er klammert sich fest an den Strick um den Hals des Gefangenen, und der gibt nicht nach, versucht ans Ufer zu kommen, stapft voran mit der Kraft einer Lokomotive, die Arme weiter hochgereckt, damit meine Nähmaschine nicht nass wird, immer gegen die Strömung, den Leutnant im Schlepp. Seine Halsadern scheinen zu platzen, und die Farbe seiner Haut nimmt schon einen roten Ton an, bis er es unter unseren flehentlichen Blicken schafft, noch vor allen anderen ans Ufer zu kommen. Er setzt die Nähmaschine ab, macht rasch den Strick los, und ich bedaure, dass ich meine Waffe nicht bereithabe, um auf ihn zu schießen, blöder Niggerarsch, ich hätte dich an einem Stein festbinden sollen, denke ich, wenn er es bis in die Büsche schafft, finden wir ihn nie wieder. Aber der Schwarze hält den Strick weiter in den Händen und zieht den Leutnant, bis auch er am Ufer ist. Dann kommen wir. Der Gefangene ist völlig erschöpft, schnappt nach Luft. Ich beschließe, ihm den Strick nicht wieder umzubinden, er hat ihm ins Fleisch geschnitten, außerdem hat es keinen Sinn mehr, nachdem er die letzte Gelegenheit, sein Leben zu retten, vertan hat.

Der Hauptmann teilt uns neu ein, sagt, dass wir einen Soldaten und einen Gefangenen verloren haben. Wir suchen das Flussufer ab in der Hoffnung, sie zu finden. Vergeblich. Dann marschieren wir weiter in Richtung Lager, es kann nicht mehr weit sein. Die Sonne heizt unsere Mützen auf, das Gepäck ist jetzt dreimal so schwer, wir kriegen kaum die Füße hoch, stoßen gegen die Steine, manchmal fällt einer hin, dann halten wir an und warten, bis er weitergehen kann.

Nach ein paar Stunden befiehlt der Hauptmann eine Pause. Er ruft mich, sagt, dass jetzt der Moment ist, das Vereinbarte auszuführen, ich warte hier auf dich, und er setzt sich auf einen Stein und raucht. Ich schaue zu dem Schwarzen hinüber, er lächelt, man könnte meinen, er ist dankbar für all die Schrecken, die wir ihm zugemutet haben. Ich gehe zu ihm und bedeute ihm, die Nähmaschine abzusetzen, dann führe ich ihn in eine Richtung abseits unseres Wegs. Wir gehen eine Weile durchs Gestrüpp. Wann immer ich zu ihm hinsehe, lächelt er, schaut dann nachdenklich. Ich frage mich, warum er nicht flieht. Ist ihm sein Schicksal immer noch nicht klar? Versteht er nicht, was ich vorhabe? Auf ihn zu schießen, wenn er flüchtet, ist nun mal weniger unangenehm, als ihm dabei in die Augen zu sehen.

Ich habe Angst, dass ich mich zu weit entferne und der Feind mich überrascht, außerdem verdunkelt sich der Himmel, und ich will nicht das Risiko eingehen, wieder klatschnass zu werden und mich zu erkälten. Ich ziehe die Pistole und ziele auf seinen Kopf. Er wundert sich nicht, schaut mich nur weiter an, lächelt, nimmt sein Feuerzeug.

»Ich weiß, dass es dem Kameraden gefallen hat«, sagt er in einem leidlich verständlichen Spanisch. Ich schaue das Feuerzeug an, nehme es und stecke es ein. »Und den Soldaten habe ich nicht getötet«, sagt er weiter. »Ich habe ihn nur begraben, um mein Leben und das meiner Familie zu retten.«

Da begreife ich, dass er immer wusste, was ihn am Ende erwartete. Und ich weiß nicht, was ich tun soll. Ich blicke zurück, schaue rasch auf meine Waffe und in seine Augen und zu den Wolken hinauf und verliere mich in Bildern. Ich muss daran denken, wie er mich vor den Schüssen seiner eigenen Leute beschützt hat. Aber auch an das Familienfoto des toten Soldaten. Und dass wir den Weg durch den Fluss auf uns nehmen mussten, der einem weiteren Kameraden das Leben gekostet hat. Mich rührt der Gedanke, wie glücklich meine Frau mit dem Geschenk das neue Jahr begrüßen kann. Und sehe den so ermutigenden Blick des Gefangenen an der Schlucht vor mir. Das Lächeln auf dem Foto des Soldaten mit seiner Familie. Im Geiste schreibe ich die Weihnachtskarte. Erinnere mich daran, mit welcher Zähigkeit der Schwarze im Fluss gestanden und den Leutnant gerettet hat. Denke an die Tränen der Familien, wenn sie die Nachricht vom Tod unserer Kameraden erhalten, ihre Trauer. Sehe die Aggressivität im Blick des Hauptmanns, als ich ihn nach seiner rätselhaften Vergangenheit fragte. Die Tränen meiner Frau beim Abschied. Den Brief meiner Mutter, in dem sie mir schreibt, dass meine Frau nach ewiger Heimlichtuerei und dauerndem Fernbleiben von zu Hause ihre Sachen gepackt und die Kinder genommen hat und zu ihrer Mutter gezogen ist. Mir lässt der Empfang im Lager keine Ruhe und dass der Politoffizier unseren Einsatz untersuchen will. Die Zeichnung seiner Filhos. Meine eigenen Kinder.

Und ich schieße.

NACHWORT

Am liebsten würde ich diese Zeilen beginnen mit der Geschichte einer mutigen Tat. Leider wird daraus nichts. Wer in Kuba in einem Klima der Angst ums Überleben kämpft, Tag für Tag, einem Klima von ermüdender Gleichförmigkeit und einer Banalität, die an das Böse bei Hannah Arendt erinnert, der kann nur schwer von großartigen Begebenheiten erzählen, von wunderbaren Geschichten, es sei denn, sie entspringen der puren Phantasie. Die Wirklichkeit, das plumpe Misstrauen im Alltag gibt nichts her für Heldenlieder, heute nicht und früher ebenso wenig. Zumindest galt das für mich, denn mein Leben in Kuba kannte keine andere Tapferkeit als jene, die der Akt des Schreibens bedeutete. Will ich etwas über Ángel Santiesteban sagen, muss ich auch von meiner eigenen Angst sprechen. Das ist das mindeste. Und so altmodisch es klingen mag: Der Anstand gebietet es.

Havanna 1992. In den Etagen der Macht und nicht nur dort, aber dort vor allen Dingen, war man über der Zerfall des sogenannten sozialistischen Lagers so erschüttert wie ratlos. Drei Jahre zuvor war in Berlin die Mauer gefallen, selbst über Moskau wehten statt der roten Flagge mit Hammer und Sichel wieder die weiß-blau-roten Farben Peters des Großen.

Im Januar oder Februar dieses Jahres – wann genau, weiß ich nicht mehr – saß ich in der Jury für den jährlichen Literaturpreis der Casa de las Américas, Kategorie Erzählung. Die Aufgabe reizte mich. Noch besaß die Casa de las Américas institutionellen Glanz und in der Kultur Lateinamerikas erheblichen Einfluss, vor allem, wie mir heute bewusst wird, innerhalb dieser Gruppe von naiven oder infamen (wenn nicht beides) Intellektuellen, die wir die lateinamerikanische Linke nennen. Die Casa de las Américas konnte es sich leisten, eine internationale Jury zu berufen, und man brachte uns zu einem Hotel mit einigem Komfort, abseits der Ineffizienz und des Verfalls gerade auf dem Land, und dort, in einer fast idyllischen Umgebung, lasen wir die Bücher, die für den Preis im Rennen waren.

Die wirkliche Welt hatte da längst ihre Richtung geändert. Die alten Länder Osteuropas kämpften darum, ihre unwiederbringlich verlorenen Jahre zurückzugewinnen, in Bosnien-Herzegowina lief alles auf einen Krieg hinaus … Und dennoch, eine Woche lang waren wir, am Ufer des Río Ariguanabo, die »Privilegierten«: stille Leser nahe den stillen Wassern eines reglosen Flusses.

Rasch kristallisierte sich eines heraus: Das beste Buch war ein Erzählungsband mit dem Titel *13. Grad südlicher Breite* von Ángel Santiesteban. Da bei diesem Literaturpreis die Einreichungen nicht anonymisiert vorgelegt werden, war uns der Name des Autors bekannt. Ein sechsundzwanzigjähriger junger Mann (geboren 1966), der zu jener Gruppe von Erzählern gehörte, die man schließlich die »Novísimos« nannte, die Neuesten.

In diesen Jahren hatte die kubanische Literaturkritik nichts Besseres zu tun, als sich die albernsten Etiketten auszudenken – die Novísimos, die Postnovísimos, die Postmodernen, die Ungestümen, die Exquisiten und so weiter –, um eine erzählerische Wirklichkeit in den Griff zu bekommen, die, jeweils geprägt von den unterschiedlichen Biographien und Temperamenten, in einer Abkehr von der gefälligen Literatur bestand, einer Hinwendung zur realen Welt, zur politischen Wirklichkeit auf der Insel. Es war eine Generation, die nicht nur ein klares Bewusstsein vom Scheitern der Utopie besaß, vom Scheitern des Lebens innerhalb dieser Utopie, sie nahm sich auch vor, Zeugnis abzulegen von ihrer Wut und ihrem ganzen Frust.

In der kubanischen erzählenden Literatur des zwanzigsten Jahrhunderts hatte es zwei bedeutende Momente gegeben. Zunächst in den Vierzigern, eine wahre Explosion, als sich ebendiese Literatur in die Moderne katapultierte, genannt seien Autoren wie Alejo Carpentier, Lino Novás Calvo, Virgilio Piñera, Carlos Montenegro, Enrique Labrador Ruiz. Die zweite Sternstunde waren die Sechziger, als sich ihnen so bewundernswerte Schriftsteller hinzugesellten wie José Lezama Lima, Reinaldo Arenas, Guillermo Cabrera Infante, Norberto Fuentes, Severo Sarduy, Jesús Díaz oder José Soler Puig.

Danach brach die unendliche Ödnis der Siebziger herein: der abgestandene Stalinismus in der kubanischen Kultur. Dissidenten wurden verfolgt, ob echte oder vermeintliche, Schauspieler, Theaterregisseure, Tänzer, Maler, Künstler mit »überfremdeten« Sichtweisen, Homosexuelle und alles, was die Revolution als »Zeichen von Schwäche« betrachtete. Wer nicht für die Revolution war, war gegen sie. Um dem Apolitischen oder einer offen »reaktionären« Kunst etwas entgegenzusetzen, erschienen zahllose Bücher, von denen die allerwenigsten überdauert haben. »Kämpferische« Druckerzeugnisse, nicht mal Mittelmaß, sondern einfach nur schlecht, voller Lobhudelei und schlecht, die platteste Verherrlichung, wie sie der politischen Propaganda zu eigen ist. Kunst als »Waffe der Revolution«. Und damit einhergehend die Bestätigung, dass Kunst als Waffe der Revolution, oder Waffe wofür auch immer, nicht länger Kunst ist.

So war es bis in die achtziger Jahre, als langsam wieder eine Literatur aufzuleben begann, die gegen Ende des Jahrzehnts dann ganz unverstellt ihren Nonkonformismus zeigte, ihren Überdruss. Es war die Absage an jede politische Verpflichtung gegenüber einer totalitären Wirklichkeit, die die Jüngeren als das ansahen, was es genau genommen auch war: eine stillstehende Revolution (das heißt, das Gegenteil einer Revolution), etwas Zugeteiltes, Aufgezwungenes, bei dem sie nicht hatten mitreden dürfen. Für die sozialen Folgen fühlten sie sich nicht verantwortlich, mithin auch nicht für die fehlenden Freiheiten. Und sie machten sich daran, herauszufinden, inwieweit es Freiheit für sie überhaupt gab. Sie stellten sich in die Tradition, die kannten sie gut, und brachen mit ihr, taten den notwendigen Schritt auf der Suche nach einer eigenen Empfindsamkeit.

Vom Ende der achtziger Jahre bis heute hat die Literatur sich immer wieder neuen Themen zugewandt, ist zurückgekehrt zu ihrer natürlichen Aufsässigkeit, ihrer Vielschichtigkeit, ihrer tiefen Verweigerung. Und als eigene Macht, so wie es ihr zukommt (ganz im Sinne Flauberts), weckte die Literatur wieder das Misstrauen der anderen Macht.

Inmitten dieses Schwungs, der sich nicht zuletzt den veränderten historischen Bedingungen verdankte, ragte unter den Dichtern und Erzählern, die nach einem *frisson nouveau* suchten, einem neuen Erschauern, bald der junge Ángel Santiesteban heraus: mit seinen Erzählungen über den Angolakrieg zum Beispiel, einem Krieg, in dem während des kubanischen Militäreinsatzes zwischen 1975 und 1991 Tausende von Kubanern einen absurden Tod starben. Kurzgeschichten, geschrieben in einer geschliffenen, schnörkellosen Prosa, in denen es nicht darum ging, eine Heldentat hervorzuheben oder den Patriotismus zu verherrlichen, die »Solidarität mit den sozialistischen Brudervölkern«, die Kriegstugenden, sondern allein darum, sich hineinzubegeben in die Tragödie des Menschen im Griff einer Historie, die ihn mit Füßen tritt, erniedrigt, zunichtemacht. Seine Erzählungen waren weit entfernt von diesen Schriften im Dienst der Propaganda. Die Texte, die Santiesteban für den Premio Casa de las Américas eingereicht hatte, besaßen etwas unverschämt Zartes, eine groteske Schönheit, sie waren voller Wut, Trauer und Enttäuschung, wie sie in all ihrem Schrecken und ihrer Erhabenheit nur die Literatur zu zeigen vermag.

Es war mit Abstand das beste Buch unter den Bewerbungen für den Preis.

In diesem Hotel am Ufer des Río Ariguanabo nun nahm mich die politische Polizei beiseite. Man verlangte von mir, dafür zu sorgen, dass der Preis nicht Ángel Santiestebans *13. Grad südlicher Breite* zugesprochen wurde. Literarische Argumente galten nicht. Der Polizei und erst recht denen, die den Arm der Polizei führen, liegt an der Literatur nur in dem

Maße etwas, als sie sich ihrer bedienen können. Man möge mir den Gemeinplatz verzeihen.

Nein, unmöglich. Zumindest nicht zu diesem Zeitpunkt.

Ángel Santiesteban durfte den Preis der Casa de las Américas nicht gewinnen. Und er hat ihn auch nicht gewonnen.

So weit die kurze Geschichte eines großen Buches. Und die meiner großen Feigheit. Ein Zeugnis auch des einzigen echten Krieges in Kuba – welch glanzvoller Erfolg für das, was sich Kommunismus nennt –, denn ein Krieg war nicht die von den USA eingefädelte Invasion in der Schweinebucht und auch kein anderer, sondern allein der Krieg gegen uns selbst.

Die Erzählungen, die *Wölfe in der Nacht* versammelt, wurden unter den widrigsten Umständen geschrieben. Zu den üblichen Unabwendbarkeiten im Leben auf Kuba, wo der Kampf ums Überleben selbst den Träumereien eines einsamen Spaziergängers einen Strich durch die Rechnung macht – »Verdient habe ich mir mein Brot, das Gedicht kann werden«, heißt es bei José Martí in seinen *Freien Versen* –, kommen die Erfahrungen hinzu, die Santiesteban machen musste, der als Schriftsteller noch unerbittlicher verfolgt wird als andere. Der das Grauen im Gefängnis erlebt hat und der all dies – das Inselgefängnis, das Gefängnis innerhalb des Gefängnisses – in eine künstlerische Form gebracht hat.

Aus dem reifen jungen Mann von sechsundzwanzig Jahren ist ein reifer Schriftsteller in den Fünfzigern geworden. Sein Glaube ist ungebrochen, und ebendieser Glaube hat ihm geholfen, umso stärker daraus hervorzugehen, umso kämpferischer, wie es nicht selten geschieht, wenn ein Schrift-

266

steller mit seinem Misstrauen gegenüber der Welt ringt. In seinem Blog mit dem bezeichnenden Namen *Los hijos que nadie quiso* (Die Kinder, die niemand wollte) – was für viele Generationen von Kubanern gelten mag – hat er mit wachen Augen alles in den Blick genommen, was um ihn herum passiert. Und er hat weiter geschrieben: »Das Lächeln in der Leere«, »Die Kammer der Träume«, »Eine Laterne am Horizont«, »Marlbrough zog nicht in den Krieg«, »Ölbild mit Frau und Blumen«, »Stiller Fluss«, »Frohe Weihnachten«, »Mandela, sie kommen dich holen!«, alles Erzählungen, die der deutschsprachigen Leserschaft vorbehalten bleiben, denn auf Spanisch, in der Originalsprache, können sie mangels Publikation nicht gelesen werden – Santiestebans Texte dürfen seit mehr als zehn Jahren nicht mehr in Kuba erscheinen. Das Thema der Männer in einem Krieg, mit dem sie nichts am Hut haben, hat sich in dem vorliegenden Band aufgefächert, angereichert, ist komplexer geworden. Der Realismus hat sich erweitert, hat andere Schwingungen aufgenommen (metaphysischer Art?), hat einer Phantasie die Tore geöffnet, die darum nicht weniger realistisch ist, so paradox es vielleicht klingt. Aber denken wir an die Geschichte, erzählt von der Hauptperson eines Romans, der am Ende vernichtet wird; den ehemaligen Schriftsteller, der einen Besucher empfängt, der den Verrat vorhersehen möchte; den Vampir, der Angst hat, nicht zu existieren ...

Dennoch sollte man nicht der naheliegenden Versuchung erliegen, die Erzählungen als bloße Geschichten einer Dissidenz zu lesen. Ich glaube, sie sind es, aber genauso glaube ich, dass sie es nicht sind. Die Literatur, die wahre Literatur – oder, was aufs Gleiche hinausläuft, die einzige, die es gibt –, ist immer, was sie zu sein scheint, und dazu noch viel mehr, etwas Verborgenes und Fernes, so wie der Horizont. Das Schicksal der Menschen in Kuba ist für Ángel Santiesteban die Folie, vor der er das Schicksal des Menschen an sich beleuchtet, die wechselnden Formen des Gefängnisses, in dem er lebt.

Denn wer wollte es bezweifeln: Der kleine Ehrgeiz, den Schrecken und den Glanz im Hier und Jetzt zu ergründen, führt fast unweigerlich zu sehr viel größeren Fragen und Antworten. Unabhängig von den je eigenen Umständen rührt das Geheimnis dieser Erzählungen – mit all ihrer Verzweiflung, all ihrer Hoffnung – an das Geheimnis eines jeden von uns. Oder ist die Geschichte eines Menschen nicht die Geschichte aller Menschen? Epiktet formulierte es glasklar: »Du bist ein unverzichtbares Stück im Puzzle der Menschheit.«

Abilio Estévez

Der Autor und Dramaturg wurde 1954 in Marianao, Kuba, geboren und lebt seit dem Jahr 2000 in Spanien. Seine Bücher wurden mit zahlreichen Literaturpreisen ausgezeichnet und in mehrere Sprachen übersetzt.

EDITORISCHE NOTIZ

Die Erzählung »13. Grad südlicher Breite« stammt aus dem Band *Sueño de un día de verano* (Ediciones Unión, Havanna 1998), ausgezeichnet mit dem Premio UNEAC 1995. Die Erzählung wurde zunächst zensiert und erschien dann unter dem geänderten Titel »Sueño de un día de verano« (Ein Sommertagstraum) in unveränderter Form.

Die Erzählungen »Die Vergessenen«, »Wölfe in der Nacht«, »Die Kinder, die niemand wollte«, »Die Creolen, die dem Mond am Himmel fehlen« stammen aus dem Band *Los hijos que nadie quiso* (Editorial Letras Cubanas, Havanna 2001), ausgezeichnet mit dem Premio Alejo Carpentier 2001.

Die Erzählungen »Der Mond, ein Toter und ein Stück Brot«, »Die Hündin« und »Die Sau« stammen aus dem Band *Dichosos los que lloran* (Fondo Editorial Casa de las Américas, Havanna 2006), ausgezeichnet mit dem Premio Casa de las Américas 2006.

Die Erzählungen »Das Lächeln in der Leere«, »Die Kammer der Träume«, »Eine Laterne am Horizont« stammen aus dem auf Spanisch bislang unveröffentlichten Band *Libre albedrío*. Sie wurden um das Jahr 2008 verfasst.

Die Erzählungen »Marlbrough zog nicht in den Krieg«, »Ölbild mit Frau und Blumen an einer Ecke in Luanda oder Guanabo Beach«, »Stiller Fluss« und »Frohe Weihnachten« stammen aus dem auf Spanisch bislang unveröffentlichten Band *El regreso de Mambrú*. Sie wurden um das Jahr 2012 verfasst.

Die Erzählung »Mandela, sie kommen dich holen!« ist bislang auf Spanisch unveröffentlicht. Ángel Santiesteban schrieb sie im Jahr 2013 während seines Gefängnisaufenthalts.

INHALT